Te regalo un caballo blanco

Te regalo un caballo blanco

Amalia de Tena

Editado por HarperCollins Ibérica, S. A.
Avenida de Burgos, 8B - Planta 18
28036 Madrid

Te regalo un caballo blanco
© 2022 by Amalia de Tena
Publicado por primera vez en holandés con el título *Jij krijgt van mij een wit paard cadeau* por la editorial | Anthos Uitgevers, Amsterdam
© 2023, para esta edición HarperCollins Ibérica, S. A.

Diseño de cubierta: CalderónSTUDIO®
Imágenes de cubierta: archivo familiar de la autora con intervención del artista Antonio Fuertes.

ISBN: 978-84-18976-53-7

Para mi querido hijo Pablo

1

No voy a llorar aunque se haga oscuro y nadie venga a buscarme. Papá dice que las niñas listas no lloran. Las niñas listas explican lo que les pasa y así los mayores las pueden ayudar. Si te pones a llorar y a gritar, te da hipo y se te caen los mocos. Y claro, así te tiras una hora para decir algo y encima no se te entiende ni jota.

Mi hermana María del Mar y yo sabemos que, si nos perdemos, tenemos que parar a alguien por la calle y enseñar la medalla del bautizo. Es de oro. La mía tiene la Virgen por un lado y, si le das la vuelta, pone *Ana de Sotomayor* y justo debajo: *17-11-1957,* que es el día de mi nacimiento. Después de mirarla bien, la gente te lleva a la policía y pueden encontrar a tus padres y llamarlos para que vengan a por ti, pero aquí en medio del mar no hay nadie que me pueda llevar a la policía, y yo tengo mucho miedo. Ahora veo a gente que está muy lejos y que cada vez se hace más pequeñita. Igual luego viene un tiburón, me arranca las piernas de un mordisco y me desangro. Mejor no me muevo, así el tiburón no me ataca y se va. La gente pequeñita se parece a los liliputienses del cuento de Gulliver, que es mi libro favorito. Si estuviera en ese país, me atarían con cuerdas y me arrastrarían hasta la playa.

El pato inflable me lo compraron ayer, bueno, mamá dice que es un cisne. En la tienda había flotadores de muchos colores y formas. A mí me gustó el cisne y a mi hermana María del Mar también. Es una «culo veo, culo quiero». Siempre me copia. Esta mañana mamá nos ha ayudado a inflarlos y hemos venido a la playa con los flotadores puestos. Mis primos nos estaban esperando delante de la caseta. Como el cuello del cisne es muy gordo, no veía nada y me he pegado un porrazo tremendo. Todos han empezado a reírse de mí. Estaba tan enfadada que me he metido en el agua sin permiso de la tata Angelita. Y con este calorcito tan rico que hace, me he quedado dormida en mi cisne.

Ahora estoy lejos de la playa y mamá estará llorando y buscándome y riñendo a la tata Angelita. Papá estará también asustado. Igual se tira al agua y viene a salvarme. Siempre tiene miedo de que nos pase algo malo, como al tío Pobre José. Por eso no nos deja subirnos a las sillas altas, bañarnos donde cubre, atravesar la calle sin darle la mano a un mayor, comer cacahuetes por si nos asfixiamos ni cortar con tijeras de verdad.

Las tijeras están guardadas en un cajón de la cocina cerrado con llave. El otro día lo vi abierto y las cogí. Era para cortar una rosa del jardín. Papá me pilló y me las quitó. Luego, por la tarde, me dio un paquetito envuelto en un papel con globos de colorines. Eran unas tijeras de plástico como las de los parvulitos. Le dije gracias porque mamá nos ha explicado que es de buena educación. Siempre que te hacen un regalo tienes que poner cara de contenta, aunque no te guste. Las tijeras nuevas se me rompieron por la mitad cuando cortaba una rosa y un trozo de plástico azul salió volando y le dio en el ojo a nuestro gato Dostoievski. El pobre por poco se queda tuerto. Imagina, con ese nombre tan raro que le puso papá y un ojo a la virulé. Del susto se me cayó la rosa al suelo, la pisé y se quedó medio *chuchurría*. Mamá la colocó toda espachurrada en un jarrón, me dio un beso muy gordo y me dijo que la rosa era preciosa. Mamá es muy educada.

Me escuece la nariz. Seguro que ya la tengo como un tomate y se me va a pelar. ¿Y si me achicharro entera y me muero? Entonces, seguro que me ponen en una caja abierta en la iglesia con mi vestido nuevo azul de cuadritos. Papá y mamá llevarán ropa negra. María del Mar se arrepentirá de haber escogido el mismo flotador que yo y, a lo mejor, si está de buenas, me pide perdón. La madre Francisca vendrá también y seguro que se pondrá a llorar por haberme castigado cuando me inventé todas las soluciones de las sumas. Mis amigas suspirarán de pena y mi espíritu transparente verá desde el techo todo lo que me quieren y lo tristes que están. Cuando pase una hora, mi espíritu transparente bajará a la caja donde está mi cuerpo y entrará otra vez en él. Me despertaré y volveré a estar viva. Todos aplaudirán y se pondrán contentísimos. Mi amiga Merceditas me contó que eso le pasó a una niña que era muy buena y la hicieron santa cuando se despertó después de muerta.

Después de un rato muy largo, papá ha venido nadando para salvarme. Me hacía señas con una mano abierta que parecía una estrella de mar. Gritaba «¡Ana!» sin parar. Al llegar a mi lado, me ha dicho que les he dado un buen susto y que toda la gente me estaba buscando y que cómo se me había ocurrido dormirme en un flotador en medio del mar. Ahora se hace el enfadado, pero yo sé que está contento porque no me he ahogado.

Papá es rubio, guapo y altísimo. Sabe nadar bien porque tiene unos brazos muy fuertes, todos llenos de pelitos que en verano se le ponen como de oro y a mí me recuerdan la lluvia de chispas que deja Campanilla, de Peter Pan, cuando vuela.

Me ha agarrado tan fuerte que me ha hecho daño. Solo decía:

—Ana, mi niña, Ana, mi niña. —Y así todo el rato.

Yo lo he abrazado y ya no tenía miedo. A él se le han saltado algunas lágrimas, aunque igual eran gotas de agua. No lo sé seguro.

—Los padres listos no lloran —le he dicho.

—Vamos allá, marisabidilla —me ha contestado él, y, empujando mi cisne, que parecía una lancha motora, hemos llegado a la orilla en un santiamén.

2

Las dos cosas que más me gustan en el mundo son saltar a la comba en la calle con mis amigas y pasar los veranos aquí en Chipiona.

Este año hemos venido en el coche nuevo de papá. Es blanco y tiene un techo que se abre. Cuando mis amigas lo vieron, se quedaron todas con la boca abierta. En nuestra calle no hay nadie que tenga un coche tan bonito. Papá es muy simpático con mis amigas y las dejó montarse y dar una vuelta con nosotros. Ellas gritaban cuando les daba el aire en la cara y se agarraban fuerte porque tenían miedo de salir volando hasta el mar de tanto viento que hacía.

A mamá no le gusta el coche nuevo. Se enfadó mucho cuando papá lo compró y le dijo que parecía un niño mimado y caprichoso. Mamá siempre lo llama «niño mimado y caprichoso», aunque papá tiene treinta por lo menos. Cada vez que se lo dice, papá da un portazo muy fuerte y se va. Entonces, mamá grita:

—¡Al final, viviremos debajo de un puente!

Se encierra en el dormitorio y llora. No sé la manía que tiene mamá con vivir debajo de un puente. A veces, dice cosas raras cuando se enfada.

El tío Miguel también tiene un coche, pero con un techo que no se abre. El tío Miguel, la tía Maruchi y los primos Miguelito y Javi vienen cada verano a la playa con nosotros. Este año también ha venido la prima Maribel. Papá y mamá la traen a veces con nosotros porque sus padres no pueden ir de veraneo. Su madre se llama tía Isabel. Yo la quiero mucho, aunque es muy miedosa y, cuando hace tormenta, quita todos los enchufes, y Maribel y yo nos tenemos que meter en la cama con ella y rezar el rosario debajo de las sábanas hasta que paran los truenos y los relámpagos. Cada vez que suena un trueno da un gritito y se le ponen los ojos como platos y a nosotras nos entra la risa y ella se enfada mucho. Dice mamá que la tía Isabel tiene tanto miedo por la guerra. Cuando había guerra, los malos tiraban bombas encima de las casas. Sonaban como los truenos, y mamá y sus hermanos corrían a esconderse en el sótano de su vecina Paquita. La tía Isabel tenía siete cuando la guerra. Un día que empezaron a caer muchas bombas, el abuelo se olvidó de coger a mi tía para ir al sótano. La pobre se quedó temblando debajo de la mesa y se hizo pipí encima de una caja de patatas que estaba allí guardada. Mamá dice que la gente, cuando tiene miedo, se hace pipí encima.

La tata Angelita quiere mucho a la prima Maribel porque nunca se chiva de «los secretos». Un secreto es que la tata Angelita se ha hecho novia del hombre esqueleto del tren de los escobazos de la feria. Por eso él nos deja montarnos sin pagar y nos regala un montón de escobas. Son escobas de juguete pequeñitas y ahora tenemos por lo menos cincuenta en el patio. Todos los amigos nos tienen envidia porque esas escobas no se pueden comprar en la tienda; se las tienes que quitar al hombre esqueleto cuando el tren pasa por el túnel y él te va pegando porrazos con ellas. A nosotras nos da flojito y nos deja que se las quitemos cada vez que nos subimos. Claro, como es novio de la tata Angelita, nos tiene enchufadas.

A mí me entra la risa cuando la tata Angelita y el novio esqueleto se dan un beso. Se piensan que no los vemos, pero siempre los espiamos. Se dan besos en la boca. Por eso es un secreto tan grande. Y es que Maribel dice que no se puede dar besos en la boca a dos novios diferentes.

La tata Angelita tiene otro novio en Mérida que es soldado. Esto del soldado no se lo podemos contar al novio esqueleto de Chipiona. Y lo del novio esqueleto tampoco se lo podemos contar al novio soldado. ¡Vaya lío! A mí me da miedo confundirme y meter la pata porque hemos prometido que nunca, pero nunca, nos chivaríamos a nadie.

La promesa de los secretos la hicimos las cuatro en el patio. Juramos no chivarnos con las manos fuera de los bolsillos. Nos obligó la tata Angelita para estar segura de que no cruzábamos los dedos a escondidas. Si los cruzas, no vale jurar.

El último secreto es que mi hermana María del Mar se tiró el otro día de un avión de la feria. Por poco se mata. Menos mal que el novio esqueleto de la tata Angelita la salvó. Y es que María del Mar empezó a gritar:

—¡Me quiero subir, me quiero subir!

Claro, la tata Angelita la tuvo que dejar para no oírla, porque si María del Mar grita te pueden explotar los tímpanos. Entonces, cuando estaba en el avión arriba del todo, empezó a gritar:

—¡Me quiero bajar, me quiero bajar!

Y se tiró. Se quedó enganchada de un barrote. Entonces, pararon los aviones y el hombre esqueleto se puso a trepar por todos los hierros, la cogió muy fuerte y la bajó. Había mucha gente mirando cómo el novio esqueleto salvaba a María del Mar. Todos tenían la boca abierta y decían «¡Oh!». Yo me tapé los ojos del miedo que me daba.

—Este secreto no lo podemos contar de ninguna de las maneras —dijo la tata Angelita.

Si se lo explicamos a mamá, cometeremos un pecado mortal, y, además, el novio de la tata Angelita nos quitará todas las escobas que tenemos guardadas en el patio.

Mamá ha entrado de puntillas en nuestra habitación. Debían de ser las tres de la mañana o las seis por lo menos. Me ha cogido en brazos, me ha metido en el coche y me ha tapado con una manta. La tata Angelita ha traído después a María del Mar y la ha acostado a mi lado. Entonces, Manoli ha venido corriendo y le ha dicho a papá:

—Don Luis, tampoco hacía falta marcharse a estas horas de la madrugada.

Yo me he hecho la dormida, aunque lo que me hubiera gustado era abrazar a mamá y darle muchos besos para que dejase de llorar. Manoli es la dueña del chalé donde pasamos el verano y vive en el piso de abajo. Mamá le decía muy bajito:

—Lo entiendo, lo entiendo. No se preocupe.

Manoli también lloraba, y se secaba los ojos con un pañuelo blanco y repetía todo el rato:

—Es que si no cobramos, no comemos.

Papá no decía ni pío. Estaba sentado delante y nos esperaba para salir. Como estaba de espaldas y era de noche, yo solo podía ver una lucecita redonda y muy roja que era la punta de su cigarrillo. La tata Angelita ha acabado de meter las maletas en el coche, se ha sentado detrás, entre mi hermana y yo, y nos ha abrazado muy fuerte.

—¿Y Maribel? —le he preguntado yo.

—Se queda unos días más con los tíos.

Después, ha empezado a cantar muy flojito:

Tres hojitas, madre, tiene el arbolé.
La una en la rama, las dos en el pie,
las dos en el pie, las dos en el pie.
Dábales el aire, meneábanse,
meneábanse, meneábanse.
Inés, Inés, Inesita, Inés…

Cuando llegamos a Mérida, era de día.

—¿Y nuestras escobas? —le he preguntado a la tata Angelita.

—Bueno, Ana, como habéis ganado tantas no nos cabían en el coche. El verano que viene podréis jugar con ellas.

Yo he hecho como que me lo creía, pero me parece a mí que no vamos a poder volver a Chipiona hasta que tengamos dinero para pagarle a Manoli.

3

Cada vez que mamá va a misa de ocho, el fantasma de los ojos verdes viene a visitarnos. Nosotras, cuando lo oímos, nos escondemos en el despacho, al lado del armario de las escopetas. Es una idea de María del Mar, que no sabe que un fantasma se queda tan fresco cuando ve una escopeta. A los fantasmas solo los pueden destruir los cazadores de espíritus con unas máquinas especiales. María del Mar dice que qué sabré yo, que soy más pequeña que un microbio y que el truco está en asustarlos. No entiende que, si el fantasma se pone tonto, no le vamos a poder meter miedo con la escopeta. Además, el armario está cerrado con llave y papá la tiene escondida.

Siempre empieza igual, con el ruido de unas cadenas arrastrándose. La puerta se abre y lo vemos revolotear por toda la habitación gritando «¡Uuuuuh…!». Y suelta unas carcajadas que se te ponen los pelos de punta. Después, desaparece. Nosotras nos quedamos allí quietecitas hasta que la tata Angelita viene a rescatarnos. La llamamos muchas veces, pero tarda mucho. Claro, se ve que el fantasma la encierra en la alacena y aunque ella intenta pegarle, porque es muy fuerte y muy valiente, no sirve de nada. Los fantasmas no tienen cuerpo y por eso no les duelen los golpes. Cuando la tata Angelita por fin se escapa y viene a buscarnos, está despeinada y lleva los botones de la camisa desabrochados de la lucha con el fantasma. Respira a toda velocidad y hace unos ruidos raros. Luego nos mete en la cama. Yo siempre le pido que se quede un rato con nosotras, pero ya sabemos que no puede porque tiene que atender a papá.

El otro día, oímos ruidos en el dormitorio grande. Pensamos que era el fantasma, que estaba atacando a papá. No sabíamos qué hacer, así que cogimos el crucifijo grande y una cabeza de ajos por si las moscas. Eso lo hacen en las películas de Drácula y los vampiros salen escopeteados del miedo que les da. No sé si sirve también para los fantasmas. Cuando entramos en el dormitorio, la tata Angelita estaba allí con papá buscando al dichoso fantasma debajo de las sábanas. Sudaban mucho y parecían muy cansados. Al final, se echaron a reír. Yo creo que les hizo gracia vernos con un montón de ajos en la mano. No sé… Se lo queríamos explicar a mamá, pero la tata Angelita nos ha dicho que es otro secreto entre nosotras y que si decimos algo, el fantasma se enfadará, vendrá cada noche y a lo mejor nos mata.

Mamá ha despedido a la tata Angelita. Le ha dicho que una persona tan sucia no puede cuidar a sus hijas. Le ha sacado la maleta a la acera y le ha cerrado la puerta en las narices. Después, se ha metido en su dormitorio y papá se ha marchado dando un portazo.

No me ha gustado nada que mamá le diga a la tata Angelita que es sucia. Igual es porque el otro día vomitó y se le manchó todo el uniforme. A mí no me dio asco porque la quiero mucho. La gente a la que quieres no te da asco nunca. Como la pobre lloraba tanto y no dejaba de mirar el charco de vómito en medio del pasillo, la abracé muy fuerte. Tenía la barriga muy inflada. Para mí que estaba empachada. Le pregunté si iba a buscar el cubo y la ayudaba a fregar el suelo. Entonces, apareció mamá con el cubo y la bayeta y dijo:

—Que lo recoja ella.

Yo me quedé callada porque nunca había visto a mamá tan enfadada. Angelita metió el trapo en el cubo despacito y se puso a limpiar sin rechistar. De pronto, empezó a vomitar otra vez y, cuando quise ayudarla, mamá me dijo:

—Tú vete a la habitación, Ana.

Por la rendija de la puerta vi que miraba a la tata Angelita de una manera rara mientras esta le decía en voz muy bajita:

—Señora, la mancha no se va.

Y entonces mamá le contestó algo muy raro:

—Hay manchas que no se quitan nunca, Angelita.

Me he despertado de madrugada con los gritos de papá. Me he acercado de puntillas a la puerta de su habitación y he escuchado con atención.

—Estarás contenta, Eugenia. La has puesto de patitas en la calle.

Y entonces mamá le ha dicho:

—No me esperaba que Angelita se comportara como una p…

No me atrevo a repetir lo último. Me ha extrañado mucho que mamá soltara una palabrota. Ella nunca dice tacos. Papá, sí. Siempre se le escapan y luego a nosotras no nos pasa ni una. No podemos decir «cagar», sino «hacer popó». Una vez me llegó una peste que por poco me asfixio y cuando le dije a mi amiga Feli que se le había «escapado una ventosidad» casi se ahoga de la risa. Ella dice «tirarse un pedo» y se queda tan fresca. Ahora siempre repite «pedo» un montón de veces para hacerme de rabiar. Yo hago como que me enfado. No sabe que cuando estoy triste me la imagino diciendo «pedo» y me desternillo de la risa.

Después, cuando he vuelto a la cama, me la he imaginado así por lo menos ochenta veces.

4

Está lloviendo a cántaros y papá nos ha prohibido ir al colegio. Siempre lo hace cuando llueve. Como no tiene trabajo, se aburre y prefiere que nos quedemos para hacerle compañía. A mi hermana María del Mar y a mí no nos gusta, pero no decimos nada. Luego en el cole nos riñen y es muy difícil explicarle a la madre Francisca que papá no nos deja ir al cole cuando llueve. La verdad es que ya no se extrañan mucho, hace tiempo que tiene fama de raro y de loco; a mí me da vergüenza. A él no le dicen nada porque le tienen miedo. Papá tiene mal genio y cuando se enfada, a veces, rompe cosas.

La primera vez que armó un escándalo en el cole fue cuando a mi hermana se le rompió la hucha para pedir por los niños que pasan hambre en el mundo. Era como de cerámica y tenía la forma de la cabeza de un chino, aunque yo creo que no se parecía mucho a los chinos de verdad. La cara era rara y la piel demasiado amarilla. El que le había pintado los ojos no tenía ni idea, eran una especie de rejillas por las que sería imposible que pasara la luz. Si los chinos tuvieran unos ojos así, se estarían pegando batacazos a todas horas. Y las chinas ni te cuento: con los pies vendados y esos zapatitos tan raros que llevan, deben de tener la nariz tan chata de las veces que se han dado de cara contra el suelo. Yo, por lo menos, había elegido la cabeza del niño africano, que se parecía más a los de verdad. Pero volviendo al accidente de mi hermana, parece ser que iba saltando por la acera o corriendo, no lo sé seguro, se tropezó, se cayó y la cabeza amarilla de ojos rajados se le rompió en pedazos. Llegó a casa con las rodillas sangrando y en las manos los trozos del chino. Mamá se pegó un buen susto. Mi hermana lloraba y no dejaba que le curase la herida.

Solo quería que la ayudáramos a arreglar la hucha. Me di cuenta enseguida de que el chino no tenía cura y se lo dije a María del Mar con mucho cuidado. No fue una buena idea, porque empezó a gritar:

—¡La madre Francisca, la madre Francisca!

Pensaba que, si se presentaba sin el chino en el cole, la monja la encerraría en el cuarto de las ratas. La madre Francisca es tremenda…, a ver quién es la guapa que le busca las cosquillas. Con solo oír su nombre yo también empiezo a temblar como una hoja.

Papá llegó tarde y nos encontró a las tres tiradas por el suelo intentando pegar los pedazos de cerámica amarilla y a mi hermana llorando y gritando: «¡La madre Francisca!», «¡El cuarto de las ratas!». Mamá la acariciaba y nos animaba a seguir intentándolo. Mamá es muy buena, nunca se enfada y es la más guapa de todas las madres del colegio. Al final, el chino quedó hecho unas zarrias y, por mucho que mamá intentara convencer a mi hermana para que lo entregase así al día siguiente, María del Mar no lo tenía nada claro. No quería ir más a las Josefinas. Quería cambiarse al colegio de las Escolapias. Papá empezó a gritar:

—¡Pero, bueno, yo pensaba que llevaba a mis hijas a un colegio y no a un campo de concentración!

Y nos habló de la guerra y de los campos de concentración donde los judíos pasaban más hambre que los niños de África y de nuestro rey, que vivía en Portugal porque Franco no lo dejaba volver a España, y que a él le caía mucho mejor el rey que Franco, que era un palurdo. Cuando acabó toda esa explicación tan complicada, miró a mi madre y gritó:

—¡Mañana llevo yo a las niñas y esa fascista me va a oír! ¡Y guardad ya el puto chino de los cojones, no quiero verlo ni en pintura!

A la mañana siguiente, papá nos acompañó al colegio. María del Mar no dejaba de llorar y a mí mamá me convenció para que yo llevara el chino, que había quedado fatal, lleno de pegamento y esparadrapo, y a mi hermana, que está muy mimada porque es sietemesina, le dio la cabeza de mi niño africano, que estaba enterita. Claro, como yo nací con tres kilos setecientos, siempre tengo que cargar con todas las culpas. Yo no las tenía todas conmigo, igual la monja pensaba que lo había roto yo.

Papá entró con un billete en la mano. La clase ya había empezado. La madre Francisca se quedó de una pieza al verlo tan enfadado y gritándole que, si tanto le gustaban esas cabezas de niños chinos y africanos, con ese dinero podría comprarse unas cuantas más, pero «de plástico», porque mi hermana casi se había matado intentando salvar la hucha. Y que si los campos de concentración por aquí, que si Franco por allá… La madre Francisca estaba blanca como el papel y no sabía qué hacer. Igual pensaba que coger el billete era un pecado mortal. Como no se decidía, papá le tiró el dinero y se fue hecho una furia, dando un portazo. Siempre hace lo mismo, se pone como un basilisco. Grita, dice palabrotas y después se marcha pegando porrazos. Claro, como a él no lo castigan…

La monja nos miró. Estábamos seguras de que nadie nos iba a librar de una bronca de las gordas ni del cuarto de las ratas, pero no dijo nada. Mi hermana se sentó en su pupitre. La madre Francisca me acompañó a mi clase y las dos nos portamos muy bien ese día.

No sé la manía que tiene papá de enseñar billetes. Le gusta presumir de que es muy rico, aunque eso era antes, porque ya no tenemos dinero y mamá ha empezado a trabajar de secretaria en el despacho del tío Miguel. Yo lo entiendo, porque alguien ha de ganar el dinero, pero lo que no me gusta es que ahora casi nunca está en casa y no le da tiempo a ayudarnos a hacer los deberes. Mamá es la que mejor nos explica las sumas y las restas y nunca nos grita si nos equivocamos.

Cuando llueve y papá no nos deja ir al cole, jugamos al póquer. Apostamos con garbanzos porque papá tiene miedo a que nos enganchemos al juego y que de mayores acabemos en la cárcel o pidiendo limosna. Yo estoy preocupada, porque igual él lo ha perdido todo jugando a las cartas y por eso ya no sale, ni enseña un fajo de billetes para invitar a todos sus amigos en el bar Anselmo. A mí me encanta ir allí porque es el único bar en donde venden caramelos Sugus. Antes, los domingos después de la misa de las doce, papá nos llevaba y nos compraba un paquete. Estaban buenísimos. Son unos caramelos masticables de diferentes colores. En cada paquete vienen diez y cada color se corresponde con un sabor diferente: los rojos son de fresa, los naranjas de naranja… Lo que me resulta raro es que los de piña sean azules. Mi hermana dice que no pueden ser amarillos porque se confundirían con los de limón; en eso tiene toda la razón. Nos zampábamos todos los caramelos en un santiamén, el paquete enterito. No podíamos parar de lo ricos que estaban. Mientras, papá se tomaba unos vinos con sus amigos. Don Gregorio, el párroco de la iglesia de Santa Eulalia, también iba mucho. Don Gregorio está muy gordo, debe de pesar cien kilos por lo menos. Tiene una barriga tan inflada que casi no le cabe en la sotana. Y es que come muchísimo, bebe vino y, a veces, también *whisky*. Yo me enfadaba cuando lo veía ponerse hasta las orejas de tapas y beber tantos vinos. No me atrevía a decírselo a papá porque era su amigo, pero es que en el sermón de misa siempre hablaba de los pobres niños de África y del hambre que pasan. La parroquia está llena de fotos de niños desnudos con los ojos muy grandes y tristes. Lo peor de todo son sus barrigas hinchadas, no de comer mucho, me contó mamá, sino de una enfermedad con un nombre muy raro que te sale cuando pasas mucha hambre. Don Gregorio dice que somos unos egoístas porque lo tenemos todo y no lo compartimos con los niños africanos. Nos pide que demos una limosna cuando pasan el platillo en misa. Dice que con ese dinero se compran cosas para los niños del Tercer Mundo y yo pienso en los calamares y el jamón del bar Anselmo. ¿Por qué no los mandan a África? No le vendría mal perder veinte kilos a don Gregorio, está hecho una foca.

Papá nos ha enseñado un montón de trucos de póquer. Dice que lo más importante no son las cartas que te tocan, sino la cara que pones cuando las miras. Nunca se te tiene que notar el disgusto cuando te tocan muy malas, pero tampoco has de sonreír cuando tienes una buena jugada. Por eso los grandes jugadores llevan siempre gafas de sol, para que no los calen. Papá dice que disimular la pena o la felicidad es lo más difícil del mundo. De momento, nos deja jugar con la cara descubierta y cuando nos brillan los ojos de alegría o se nos apagan de disgusto, nos lanza unas miradas… Lo hace para que aprendamos a disimular. Es muy buen profesor de póquer.

5

Siempre me castigan a mí. Bueno, a veces también a Merceditas. Lo que pasa es que a ella la castigan por llevar la falda corta y a mí por reírme o hablar en clase. Pero lo de la madre Tomasa ha sido por su culpa. Y claro, como ella ha puesto cara de santa, me la he cargado yo.

Desde que ha empezado el cole me han castigado veinte veces, por lo menos. Me entra la risa y no puedo parar. Cuanto más lo intento, peor. Pero ahora tengo un truco muy bueno: pienso en que papá y mamá se mueren y me quedo huérfana y tengo que pedir en la puerta de la iglesia y llueve y no tengo casa ni cama donde dormir y solo puedo comer trozos de pan reseco. Con este truco, se me corta el ataque de risa en un santiamén.

Tampoco mastico ya chicle en clase. Y es que, si te pilla la madre Francisca, te lleva a la clase de los niños con el chicle pegado en la nariz. Tienes que quedarte allí de pie como un pasmarote, mientras todos se burlan de ti. A mí me cogió la semana pasada haciendo un globo y no veas cómo se puso. En el cole donde va mi prima Maribel están juntos los niños y las niñas. En las Josefinas, no. Menos mal. Todos los niños son unos idiotas que se creen muy fuertes y muy valientes. Son unos brutos que solo juegan a pelear y a pegar tiros. Estuvieron una hora riéndose de mí. Y venga a señalarme la nariz. Como si ver a alguien con un chicle enganchado en la nariz fuera tan gracioso…

El otro día, en el recreo, Merceditas nos contó lo de la madre Tomasa. Se pensaba que yo me lo iba a creer, ¡ja! Ni que fuera tonta. Una historia así no se la traga nadie. Por eso he hecho lo que he hecho, para que todas las compañeras vean que es una lianta. Bueno, y para ganar la peseta que nos habíamos apostado.

—La madre Tomasa tiene el pelo verde —nos dijo Merceditas, y se quedó tan campante.

Después me explicó que había más monjas que lo tenían así. Según ella, es porque llevan siempre la cabeza tapada con la toca. Y, claro, no les da el sol y de la humedad les salen unos hongos verdes como los que tienen encima las piedras del bosque que siempre están a la sombra.

La idea del velo la he tenido hoy en la clase de catecismo. La madre Tomasa siempre se pasea entre las filas de pupitres. Nos vigila para que no hablemos y nos lo aprendamos todo muy bien. Este año hacemos la comunión y nos tenemos que saber el catecismo de pe a pa. Así que, si la madre Tomasa ve que, después de dar ella dos vueltas por el pasillo, estás en la misma página…, ¡zas!, te da un buen cachete.

—Para que espabiles —te dice—, que estás en la inopia.

No sé qué significa *la inopia*. Mamá me ha explicado que es la nada, pero si es la nada, allí no puede estar nadie, digo yo.

Le he enganchado el velo a un clavo que sobresalía del pupitre y se ha quedado enredado allí mientras la madre Tomasa seguía andando por el pasillo con toda la cabeza al aire. Y de pelo verde, nada de nada. La madre Tomasa tiene el pelo gris como el de una rata. Bueno, de una rata además medio calva. Después de colocarse la toca aprisa y corriendo, me ha cogido de la oreja y me ha llevado al despacho de la madre superiora.

Me han encerrado en el cuarto de las ratas. Es un sótano muy oscuro lleno de sacos y latas y escobas y paquetes de arroz. Se pensaban que iba a empezar a llorar y a patalear pidiendo perdón como hacen las otras de mi clase. Pues no. Me he quedado más fresca que una lechuga.

Estoy castigada hasta que sea humilde. La madre Tomasa me ha dicho que Dios solo perdona a los humildes, pero yo no le he hecho nada a Dios, se lo he hecho a la madre Tomasa. Ser humilde significa decir perdón, me ha explicado. Después, te puedes ir a casa.

No pienso pedir perdón. A mí me da igual quedarme aquí ocho días. Si voy a casa, seguro que papá está gritándole a mamá. Desde que nos hemos quedado sin un duro, siempre se están peleando. Papá no trabaja y mamá quiere que vaya a una oficina o algo así, como hacen los otros maridos. Papá dice que él es un propietario. Lali Gómez, que es la más lista de la clase, dice que eso no es trabajo ni nada. Y mamá no hace más que llorar y llorar. Y no sé…, a mí se me pone una bola en el estómago. Y parece que me asfixio. Es como una bola llena de agua que va trepando hacia arriba y sube hasta los ojos. Entonces se rompe un poquito y se me empiezan a saltar las lágrimas. Primero, despacito. Después, se me caen a montones. Es como si la bola estallara sin ton ni son y toda el agua que hay dentro se me escapara por los ojos. Yo me imagino que la puedo volver a cerrar. Aprieto muy fuerte los ojos, pero no soy capaz. Las lágrimas siguen saliendo sin parar. Y se me moja toda la blusa del uniforme. Después no digo nada porque, cuando se vacía, se me pone otra bola en la garganta y no puedo hablar hasta que pasa un rato. Entonces me acuerdo de que papá dice que las niñas listas no lloran, que tienes que explicar lo que te pasa, pero yo no se lo puedo contar porque, cuando papá se enfada, me da miedo. Empieza a gritar y a gritar. Luego, se va.

De pronto, he empezado a oír ruidos. Las ratas hacen ñiii, ñiii cuando te miran y cras, cras cuando roen comida. Me he puesto a cantar muy alto, así tapo los ruidos que no me gustan. La canción me la enseñó la tata Angelita, que conocía muchas. Me sé toda la letra de memoria.

> *A la riberana, el jardín de flores,*
> *a mí me gustan, y olé, los labradores.*
> *Los labradores en el verano*
> *tiran la paja, y olé, y cogen el grano.*
> *Arriba, abajo, a mi novia le he visto el refajo.*
> *Abajo, arriba, a mi novia le he visto las ligas…*

Entonces, he escuchado voces. Se ha abierto la puerta y he visto a papá. Estaba tan enfadado que se ha tropezado con un saco de garbanzos

6

Las clases de catequesis son un tostón. Tienes que aprenderte los diez mandamientos, que son cosas que mandó Dios y las escribió en un libro de piedra. Si no cumples los mandamientos, cometes pecados. Como es difícil ser siempre buena, Dios te da una oportunidad. Entonces vas a confesarte. Le dices al cura los pecados y él te pone un castigo que se llama penitencia. Según el pecado, tienes que rezar diez o veinte avemarías o padrenuestros. Es un poco como cuando te castigan en el cole y tienes que escribir *No hablaré en clase* cien veces. Yo tengo ochocientas de reserva porque, como siempre me castigan por hablar, cuando estoy aburrida, escribo la frase muchas veces y las voy guardando. Así no se me cansa tanto la mano cuando me ponen, por ejemplo, doscientas de golpe. Con los pecados muy gordos, te ponen el credo. Ese sí que es difícil. Yo todavía no me lo sé. Nos toca decirlo de carrerilla la semana que viene.

De lo que yo no me había enterado es de que había tres dioses diferentes. Uno es el Padre y no tiene cuerpo. Es un ojo gigante que está en el cielo. Lo ve todo, todo. Después se lo chiva al cura. Así que, si mientes, no sirve de nada. Lo que no sé es si el ojo te ve también los días que está nublado o te puedes escabullir. Otro Dios es el Espíritu Santo, que es una paloma. Pero si es una paloma, no puede ser un espíritu. Los espíritus son invisibles, ¿o no? El Dios Hijo se llama Jesucristo y era un hombre muy bueno que nació en un establo y vino a la Tierra a salvarnos de todo. Su madre era la Virgen y san José, su padrastro, porque su verdadero padre era la paloma.

A mí el que mejor me cae de los tres dioses es Jesucristo, porque puede hacer milagros, por ejemplo, multiplicar panes y peces o separar el agua de un mar para que pasen sus amigos y no se mojen ni se ahoguen.

Lo de que una paloma sea el padre del Dios hijo no lo entiendo muy bien. ¿Una paloma, el padre de Jesucristo? Pero si las aves ponen huevos. Se lo dije a la madre Tomasa y se enfadó. Siempre se enfada cuando levanto el dedo porque no entiendo algo. Me contestó que yo no tenía fe.

Nada más llegar a casa le pregunté a mamá qué era tener fe. Ella me explicó que tener fe es creer en cosas aunque no se vean, por ejemplo creer en los Reyes Magos, y que, si tienes fe, se pueden cumplir tus deseos.

Yo tengo fe en que papá y mamá vuelvan a quererse y seamos felices otra vez.

Mamá sí que me ha reñido por lo de la clase de catecismo. Me ha dicho que, si no estudio, de mayor voy a tener que trabajar de barrendera y que no voy a saber hacer ni la o con un canuto. Después, cuando papá se ha ido a tomar unos chatos de vino al bar Anselmo, me ha explicado que el domingo le haremos una visita sin falta al viejo Fanega.

—Vamos a invitarlo a tu comunión. Y que papá no se entere.

Siempre la misma historia. Y es que, si papá se entera, se pone raro y empieza a tachar fotos de los álbumes.

—Pero…, mamá, a mí no me gusta el viejo Fanega.

Se lo he dicho con cuidadito porque sé que no está bien que no te guste tu bisabuelo. Entonces, mamá se me ha acercado y me ha gritado:

—¡Ya está bien, Ana! No vuelvas a llamarlo así. Es tu bisabuelo Agustín.

No es justo. Los mayores pueden llamar a los bisabuelos como les da la gana y yo tengo que hacer como que ese viejo gruñón me cae muy bien.

—Es que… papá lo llama viejo Fanega.

Huy, huy, huy, cómo se ha puesto mamá, echaba fuego por los ojos.

—¡Y tú lo vas a llamar abuelo Agustín cuando lo veas y punto! —Ha puesto una voz muy rara y, con los dientes apretados, me ha dicho—: Tu padre, a veces, dice tonterías.

Cuando mamá dice «tu padre» es que no está el horno para bollos. Me he callado y me he ido a jugar a la habitación de la mesa de mármol.

La habitación de la mesa de mármol era el despacho del abuelo Pepe. Antes había un mueble muy bonito lleno de libros que ocupaba toda una pared. Tenían las tapas rojas, verdes, negras, y los nombres estaban escritos en letras de oro. Para leer los títulos, había que abrir las puertas, que eran de cristal verde y no liso, sino como con un relieve en forma de granitos de arroz. Papá me dejaba mirar los libros, todos menos los de arriba, que eran de mayores. La tata Angelita se moría de ganas de leerlos, porque eran un poco verdes, me dijo. Cuando le pregunté qué eran los libros verdes me contestó que eran de plantas y bosques, se puso colorada y soltó una risita tonta. Yo no me lo creí. Bueno, el caso es que, como ella era analfabeta, no podía leerlos. Analfabeta es la gente que no sabe ni leer ni escribir porque nunca ha ido a la escuela. Muchos pobres son analfabetos porque tienen que empezar a trabajar cuando todavía son pequeños para ayudar a su familia y no tienen tiempo de aprender.

Yo empecé a enseñar a leer a la tata Angelita con la cartilla Palau. Cada tarde hacíamos una página. Íbamos por el PA, PE, PI, PO, PU cuando mamá la echó. Si pienso en ella me pongo triste. Entonces, le pregunto a mamá dónde está y siempre me contesta que está donde tiene que estar. Como no sé qué sitio es ese, le pregunto a papá. Él dice que no me preocupe, que está trabajando en otro pueblo y que pronto la veremos. A lo mejor es verdad. Aunque, si volviera, ya no podría leer los libros de mayores. La semana pasada vinieron unos señores y se los llevaron en un camión. También desmontaron el mueble de los cristales verdes. Lo envolvieron con mantas para que no se rompiera y lo pusieron con mucho cuidadito al lado de los libros. María del Mar me explicó que papá lo había vendido todo para pagar la luz, el agua, el butano, la leche y todas esas cosas que tienen que pagar los mayores.

En el despacho hay una mesa para escribir, con muchos cajones que están cerrados con llave. La vitrina de las escopetas que está al lado tiene un candado. Hay dos escopetas y un hueco vacío. La tata Angelita nos contó una vez en secreto que justo ahí guardaba su escopeta preferida el abuelo Pepe y que era con la que cazaba muchas perdices en su finca de El Encinar. María del Mar y yo no lo conocimos porque se murió antes de que naciéramos. Papá nunca quiere hablar de él. Y es que se pone triste porque está muerto. Pobre papá. Yo también estaría triste si él se muriera. En el salón tenemos un cuadro del abuelo Pepe. Está sentado en un trono y lleva un traje muy elegante y una pajarita. En una mano tiene un bastón con un puño como de plata. Lo que me parece raro es el bigote del abuelo. No es recto, sino que tiene a los lados como dos caracolillos redondos muy bien hechos y todo tiesos. Está muy serio. Me da un respeto…

El martes pasado vino la abuelastra Paca. Ahora nos cuida a veces, cuando mamá se va a trabajar a la oficina del tío Miguel para ganar algo de dinero, que buena falta nos hace. Eso nos contó la abuela, que casi siempre habla en voz baja cuando papá está en casa. Dice cosas malas de él: que si es un señorito y un gandul y que no se le van a caer los anillos por dar el callo y que cómo no le da vergüenza ver a su mujer matándose a trabajar y que si patatín y que si patatán. Por más que le pregunto qué anillos se le van a caer a papá y qué es dar el callo no hay manera de que me lo explique bien. Es un poco corta de entendederas; esto quiere decir que es más tonta que Abundio, nos ha explicado papá. Además, es gorda, antipática y tiene un diente de oro.

Cuando llama a la puerta, sabemos que es ella porque la aporrea con todas sus fuerzas y papá sale escopeteado. No la puede ver ni en pintura. Yo antes pensaba que eso significaba que la abuela Paca estaba sucia de pintura y nadie la quería mirar. María del Mar dice que soy tonta y no me entero de nada, que antes no había fotos, solo pinturas, y que cuando se dice eso significa que no puedes soportar mirar a alguien, ni siquiera en un cuadro. Yo tampoco puedo ver a la abuela Paca ni en pintura.

María del Mar y yo le preguntamos un día a la abuela Paca por la escopeta que falta en el armario del despacho. Ella empezó a llorar y a decir:

—¡Qué desgracia, Dios mío! Si tu abuelo Pepe no hubiera tocado esa escopeta, otro gallo cantaría.

Se tapó la cara con el delantal y se fue a la cocina. ¡Jolín!, cuando estaba en lo más interesante, va y desaparece. María del Mar me dijo que lo más seguro es que el abuelo Pepe matara a alguien con la escopeta y que igual lo condenaron a muerte y lo ahorcaron en la plaza de España como castigo. La abuela Paca la oyó y nos gritó que el abuelo era un señor y que a los señores no se les ahorca en las plazas y que ella lo sabía todo, pero no podía contarlo porque éramos pequeñas y si papá se enteraba se iba a armar la de San Quintín, que se ve que fue una guerra muy sangrienta, me dijo mi hermana.

La abuela Paca le tiene un miedo a papá que no veas. Él le habla siempre muy mal y nunca quiere ir a comer a su casa, porque la odia mucho por lo que le hizo a mamá de pequeña.

Unos días después de que se llevaran la estantería de los libros bonitos, trajeron la mesa de mármol. Es de las monjas y se la guardamos un tiempo porque ahora hay mucho sitio en el despacho y a ellas no les cabe en el cole. Siempre juego a que es el mostrador de mi tienda. Mamá me ha dado botones de muchas formas y colores. Yo hago como si fueran duros, pesetas… Los tengo separados por tamaño en unos cuadraditos de cartón dentro de un cajón. Es la caja registradora. Si papá y mamá se pelean y gritan, cierro la puerta y hago como que tengo muchas clientas.

7

Esta tarde, estaba yo despachando un kilo de arroz en mi tienda cuando he oído a mamá que gritaba:

—¡Ana, ven a arreglarte! ¡Vamos a casa del bisabuelo Agustín!

Me he metido debajo de la cama grande. Cuando no quiero hacer algo, me escondo allí. Me acurruco pegada a la cabecera y mamá viene con la escoba y empieza a moverla de acá para allá para obligarme a salir de mi escondite. Como no llega con el mango, se pone de los nervios y me grita:

—¡Ana de Sotomayor, sal de ahí inmediatamente!

Y yo salgo despacito.

No hay derecho. Siempre soy yo la que tiene que acompañar a mamá a casa del viejo Fanega. María del Mar tiene mucho genio y siempre se salva. Si no tiene ganas de ver a alguien, da unas cuantas patadas y berridos y ya está. Asunto solucionado. Por ejemplo, siempre la monta cuando viene Paquita Pérez, que es una vecina muy cotilla que casi cada día se pasa a ver si mamá tiene la casa limpia y las camas hechas. Se presenta a las nueve de la mañana para pillarla desprevenida y se pasea por todas las habitaciones. Mamá va detrás de ella recogiendo nuestras bragas, los calcetines, las tazas de leche… Paquita siempre se santigua cuando pasa por delante de la foto de mi tío. La mira y dice:

—Pobre José.

No sé por qué. El tío Pobre José está guapísimo en el retrato, y de ropa de pobre, nada de nada. A lo mejor es porque se murió y papá se quedó solo en el mundo. Mamá quería tanto a papá que se casó con él dos meses después para que se le pasara un poco la pena y estar cerca de él. En la foto de la boda, papá mira con unos ojos muy tristes y lleva una cinta negra en el brazo. Mamá me explicó que era por el luto. El tío Pobre José se había matado en un accidente de moto. Me parece que fue en Nochebuena y es por eso por lo que papá nunca quiere celebrarla en casa de los abuelos y se queda solo y con las luces apagadas en nuestro comedor. Cuando volvemos, está bastante piripi y entre las tres lo acompañamos a la cama.

Por el luto, papá y mamá no pudieron ir de viaje de novios. Pasaron la luna de miel en la finca de El Encinar, que antes era del abuelo Pepe y ahora no sé muy bien de quién es, pero nosotros ya no podemos ir allí ni montar a caballo como cuando papá era pequeño.

María del Mar le tiene manía a Paquita Pérez. Para saludarla le pega un mordisco en cada moflete en vez de darle dos besos. Y, claro, a mamá se le cae la cara de vergüenza.

—¡Se parece al padre! —dice Paquita.

Y yo empiezo a ponerme nerviosa cuando viene hacia mí.

—Acércate, guapa. Eugenia, esta ha salido a ti.

Después, empieza a besuquearme y me deja toda empapada de babas. A mí me da asco, pero no me las puedo secar enseguida porque es de mala educación. A veces, también me da pellizcos en la cara. Mamá dice que es porque me quiere. Sí, sí..., porque me quiere.

—¿Y si yo le doy pellizcos en los carrillos a ella? —le pregunté una vez a mamá.

Me dijo que eso solo lo pueden hacer los mayores.

Mamá ha sacado la laca, el cepillo y las horquillas y ha empezado a hacerme el peinado de Marisol. Siempre que vamos de visita me lo hace. ¡Qué manía le tengo a ese peinado!

De todas las películas de Marisol, la que más me gusta es *Ha llegado un ángel*. Con el ángel se refieren a Marisol, porque tiene el pelo muy rubio, los ojos azules como el mar y es muy buena. Como yo también tengo los ojos azules y el pelo rubio, mamá se imagina que soy una actriz de cine o algo así. No se da cuenta de que mi pelo rizado parece una escarola y el de Marisol es más liso que una tabla. Y yo no soy ningún ángel. No es que sea mala, ¿eh?, pero tampoco una santa como ella. Para hacerme el peinado de la peli gasta casi un bote de laca. Siempre cierro los ojos mientras ella aprieta el botón como una loca: fissh, fissh…, y a embadurnarme se ha dicho. Después, me tira del pelo para peinármelo para atrás y cogerme una cola arriba con un elástico. Me lo deja tan tirante que, cuando me miro al espejo, tengo los ojos tan abiertos como si me hubieran dado un susto de muerte.

El viejo Fanega vive cerca de nosotros. La casa está encima de la panadería que antes era del abuelo Pepe. La abuela Paca dice que es de papá, pero que se la han quitado los Fanega y que por eso ahora casi no tenemos dinero. Es un piso muy oscuro y tiene un pasillo muy largo. Nunca enciende las luces para no gastar.

Al llegar, nos estaba esperando sentado detrás de una mesa llena de papeles. Cuando nos ha visto, ha levantado los ojos chiquitillos como de mico y me ha mirado por encima de sus gafas de culo de vaso. Ha puesto una cara rara y ha hecho como que sonreía, pero no. Yo creo que no quería que se le vieran los dos dientes picados que tiene. Después se ha acercado a darme un beso y yo he respirado solo por la boca. Es un truco para no oler la coliflor ni a la gente que hace peste. Mamá siempre se aguanta y hace como que huele a flores. Se hace la simpática porque el viejo Fanega tiene dinero de papá y mamá quiere que nos lo devuelva. Así que a la pobre no le queda más remedio que sonreír y aguantar el mal olor del bisabuelo.

—No pienso darle ni un duro a ese cantamañanas —le ha dicho a mamá.

Yo nunca he oído a papá cantar por la mañana. Y si quiere cantar, ¿qué le importa a ese viejo apestoso?

—Hasta que yo me muera, no va a ver ni un duro.

Luego, mamá ha empezado a hablar de mi primera comunión, de que ya tengo casi nueve años y mi hermana la hizo a los siete…

Yo no me quería perder ni media palabra, pero, cuando la cosa se ponía interesante, me han mandado a la cocina con Remedios, la criada que limpia la casa y cuida del viejo Fanega desde que la abuela Elvira, la madre de papá, se murió.

—De una enfermedad de riñón —me ha dicho Remedios muy bajito, como si estuviéramos en misa—. Pero sobre todo por el disgusto que le dio tu abuelo Pepe.

Yo me moría de curiosidad y le he preguntado qué disgusto era ese. Remedios me ha mirado y yo me he dado cuenta, por sus pestañeos y sus tics nerviosos, de que la pobre no está muy bien de la cabeza.

De repente, se ha levantado, se ha acercado de puntillas a la puerta y la ha cerrado con mucho cuidadito. Después ha arrimado su silla a la mía y ha seguido con su historia. De vez en cuando, tartamudeaba un poco y casi no se le entendía.

Me ha contado que el abuelo Pepe tenía una amiga en Madrid que era marquesa y que cuando la abuela Elvira se enteró, se puso peor del riñón y el médico dijo que ya no había nada que hacer.

Remedios ha empezado a llorar como una niña chica y le ha entrado hipo. He ido a buscar un vaso de agua y se lo ha ido bebiendo a sorbitos. Después, ha suspirado y ha seguido con su historia. Parece ser que la noche en la que la abuela Elvira empezó a agonizar, el abuelo Pepe no estaba en casa. Lo buscaron por todas partes y al final la policía lo encontró en Madrid. Estaba durmiendo con la marquesa en su palacio y se pegó un buen susto. Se levantó de golpe, se vistió muy deprisa y salió para Mérida. Cuando llegó a casa, la abuela Elvira ya estaba muerta.

En este momento de la historia, Remedios ha hecho una pausa para decir por lo menos diez veces:

—Qué desgracia, Dios mío. Qué desgracia… —Y luego ha seguido contándome—: Y el señorito Fanega se puso hecho una furia y echó a tu abuelo Pepe de casa. Le cogió una manía tremenda, porque pensó que tu abuelo había tenido la culpa de la muerte de su querida hija Elvira.

—Remedios… ¿Se enfadó tanto el viejo Fanega porque el abuelo Pepe estaba durmiendo en un palacio?

—Qué palacio ni qué ocho cuartos. Lo que pasa, niña, es que no puedes dormir con una mujer con la que no estás casado. Ni en un palacio, ni en un castillo. Es pecado. Que no se te olvide eso. Y no me interrumpas cuando hablo… Entonces a tu abuelo Pepe le dio un ataque y se quedó medio paralítico. Como estaba muy enfermo, les pidió permiso a tu padre y a tu tío José para casarse con la marquesa, pero ellos dijeron que no, porque no querían que nadie ocupara el lugar de su madre, tu abuela Elvira. Tu abuelo Pepe se puso muy triste y entonces hizo la locura.

Lo de la locura no me lo ha querido explicar Remedios. Solo repetía sin parar:

—Qué penita, qué penita.

Me he dado un buen susto cuando he oído al viejo Fanega gritar:

—¡Que se busque un trabajo y haga algo de una puta vez en su vida!

Mamá se ha enfadado y le ha dicho que, si no nos hubiera quitado la panadería y las fincas con los olivos, papá podría trabajar y no estaríamos como estamos y que algún día Dios lo castigará. Cuando ha venido a buscarme a la cocina, estaba muy nerviosa y ha mirado muy enfadada a Remedios.

—Y usted, Remedios, ¿se puede saber qué barbaridades le está contando a mi hija? ¡Solo tiene ocho años!

Antes de marcharnos, me he dado la vuelta y le he explicado al viejo Fanega que papá trabaja de propietario. Y él ha empezado a reírse y se le veían los dos dientes renegridos.

El domingo, cuando vaya a misa, le pediré al Dios de los Milagros que mate al viejo Fanega. Yo he visto en un libro cómo un rayo le daba en la cabeza a un hombre y se caía muerto al suelo. Se quedaba todo negro como el carbón del brasero. Dicen que, si vas andando por el campo y te cae uno, te fulmina y ya está. Yo espero que eso le pase al viejo Fanega cuando esté paseando por El Encinar. Así papá podrá coger su dinero y la panadería volverá a ser nuestra y la fiesta de mi primera comunión será alegre y podré invitar a todas las amigas que quiera. También me comprarán un vestido nuevo y no tendré que ponerme el de María del Mar. El mismo día será el entierro del bisabuelo, pero nosotros no tendremos tiempo ni para ir al cementerio a llevarle flores.

8

Me he escondido debajo de la falda de la mesa camilla y, aunque me he tapado los oídos, los seguía oyendo. Papá pensaba que estaba en el cole, pero hoy no he ido porque esta mañana tenía mucho dolor de tripa. Ya me dura cinco días. Es como si me hubiera tragado una navaja y al moverme me pinchara por dentro. Cuando noto un pellizco, me quedo muy quieta y me imagino que la navaja se cierra y así la punta ya no se me clava. Hasta que escucho un grito o un portazo. Entonces, se abre otra vez y empieza a darme vueltas por la barriga y el filo vuelve a hacerme daño.

De pronto, papá ha ido a la cocina dando unos pasos tan fuertes que resonaban por toda la casa. Mamá corría detrás de él y decía:

—No, Luis, por favor, no lo hagas. —Y luego, en voz baja, repetía—: Por favor, por favor…

Yo me he asomado despacio y he visto a papá con la cara muy morada y las mangas de la camisa arremangadas. Cuando ya estaba en la cocina, ha cogido la olla del cocido que mamá había hecho esta mañana, la ha agarrado por las asas y se ha ido al cuarto de baño. He oído cómo abría la tapa del váter de un golpe y, después, el ruido de toda la comida al caerse por el agujero.

—¡Ya ves lo que hago yo con tus garbanzos! —gritaba—. ¡Cada vez te pareces más a tu madrastra Paca, que solo habla de comida!

Mamá ha salido corriendo y se ha metido en su dormitorio. Desde la cama, le ha gritado a papá:

—¡Es muy fácil tirarlo todo al váter cuando no se trabaja y es tu mujer la que gana el dinero en casa!

Yo la oía llorar y lo único que quería era correr y abrazarla muy fuerte para que se le pasara el disgusto, pero no me atrevía a salir.

La navaja del estómago ha vuelto a pincharme y me dolía tanto que se me ha escapado un «¡Ay!». Me he tapado la boca, pero papá me ha oído y se ha dado cuenta de que estaba allí. Entonces, ha levantado la falda de la camilla y yo he salido corriendo y me he acurrucado en el rincón, al lado del mueble bar. Me he quedado allí quieta hasta que papá se ha acercado y me ha acariciado la cabeza. Lo he mirado y he sentido otra vez ese nudo gordo que se me pone en la garganta si estoy triste. Cuando me pasa eso, pienso en el pantano de Montijo, donde vamos algunos domingos a merendar. Tiene una pared muy alta para aguantar el agua y está llena de ventanitas que se pueden abrir y cerrar. Un día, el pantano se llenó mucho y tuvieron que abrir algunas y entonces, ¡zas!, empezó a salir el agua a montones. Bueno, pues con mi truco, me imagino que yo soy la pared y que mis ojos son las ventanas. Los abro y todas las lágrimas me salen para afuera y se me quita la asfixia.

Papá me ha dado un beso y me ha secado la cara con su pañuelo.

—Ana, hija, no llores. Si a ti los garbanzos no te gustan. ¿Qué te parece si tú y yo cocinamos algo bueno? Vamos a comernos un buen filete, ¿vale?

No me he atrevido a decirle que no, que no tenía nada de hambre y me dolía la barriga y que lo que yo quería era ir a ver a mamá. Seguro que estaba disgustada y triste. ¿Por qué no iba él a consolarla en vez de cocinar filetes? ¿Por qué tiraba la comida que mamá había hecho?

Hemos abierto la nevera, pero allí solo había dos manzanas y cuatro huevos. Papá ha hecho dos tortillas.

—¿Y mamá no come?

Papá no ha contestado y ha seguido masticando mientras miraba para abajo. Ha dejado la mitad en el plato. Yo me he comido mi tortilla entera para que no me riñera.

Luego me ha explicado que pronto nos va a tocar la lotería y se acabarán los problemas en casa. Ya ha comprado los décimos del sorteo de

Navidad en secreto, porque mamá no quiere que gastemos dinero ni en lotería, ni en las quinielas, ni en otras tonterías.

Papá, María del Mar y yo hacemos la quiniela juntos cuando mamá está en la oficina. Papá nos deja rellenar una columna a cada una. La quiniela es un concurso de fútbol que se hace cada semana. En el boleto, que te dan gratis en una tienda que está en la plaza de España, hay una lista con los catorce partidos que se van a jugar durante la semana. Al lado del nombre de los equipos, hay tres cuadrados. Puedes rellenarlos con una equis, si piensas que van a empatar, o con un uno o un dos, si piensas que gana el... Bueno, papá dice que no importa que no entiendas de fútbol, porque así la rellenas al tuntún y, si aciertas, ganas más dinero cuando los resultados son raros. Yo no entiendo ni torta de lo que dice papá, pero me callo para que no se crea que soy medio tonta. María del Mar disimula y pone cara como de sabia.

Con la lotería de Navidad puedes ganar muchos millones. Es el 22 de diciembre y sale por la tele. Hay unos bombos muy grandes que giran. Dentro están las bolas con los números. Unos niños las sacan y dicen los premios cantando. A mí me gustaría estar allí mientras esas jaulas redondas echan las bolas, ponerme delante de la cámara y cantar el número. La gente que gana algún premio les da un regalo a los niños de los bombos por haberles traído suerte. Pero papá dice que, para poder hacer eso, tienes que estar en el orfanato de San Ildefonso. Eso es una especie de colegio donde viven niños que no tienen ni padre ni madre. A veces pienso que me gustaría vivir allí, pero solo unos días para descansar. Luego, me arrepiento enseguida; si Dios se entera, igual me deja huérfana para siempre.

Bueno, el caso es que papá, María del Mar y yo estamos seguros de que este año nos tocará el gordo.

Después de recoger los platos, papá me ha preguntado en voz baja que qué quiero de regalo. Yo ya lo tengo pensado desde hace mucho tiempo.

—Quiero un caballo blanco.

—María del Mar también ha pedido un caballo blanco —me ha dicho.

Pero como yo ya lo había pedido alguna vez antes, hemos quedado en que papá la convencerá para que elija uno negro como el que sale en la tele, que se llama Furia. El mío se llamará Terry, igual que el del anuncio de coñac que ponen en el cine. Aparece galopando por una playa enorme y vacía mientras la crin se le mueve al compás del viento. Siempre me quedo tan embobada mirándolo que casi se me olvida que después viene el rollo del NO-DO.

—Ya estás llenándole la cabeza de pájaros.

¡Menudo susto nos ha pegado mamá! Estaba de pie delante de la puerta de la cocina. Llevaba la bata mal abrochada y tenía los ojos muy colorados.

—¡Se acabó la fiesta! —ha dicho papá cuando la ha visto.

Ha cogido el abrigo y se ha ido al bar Anselmo. Siempre va allí a tomar unos chatos de vino cuando hay bronca en casa.

Me he quedado pensando en mamá, en lo triste y cansada que está. De pronto, me he acordado de que le encanta que la peinen. A mí me da mucha pereza porque se me cansa el brazo, sin embargo esta tarde le he cepillado el pelo durante, por lo menos, media hora y sin quejarme.

Ella me ha mirado y me ha dicho, como sonriendo a la fuerza:

—No te preocupes, hija. Todo se va a arreglar.

9

Hoy hemos ido a Badajoz en el coche. Papá nos ha explicado que tenía que firmar unos papeles muy importantes en una oficina y que después iríamos a los Almacenes El Siglo a comprar ropa. Yo me he puesto muy contenta porque hace mucho tiempo que no nos compran nada nuevo. Mamá sabe coser muy bien y nos hace los vestidos. Y la tía Asunción nos regala cada año bragas y calcetines de ganchillo. Se piensa que tenemos dos años. Yo nunca me pongo esas bragas porque, una vez, cuando me estaba cambiando en el gimnasio del cole, todas se empezaron a reír de mí. Mamá las guarda bien dobladas en nuestro armario.

—Para no hacerle un feo a tu tía —dice.

Y allí se quedan muertas de risa.

En el coche, le he preguntado a papá si nos ha tocado la lotería. Se ha echado a reír y ha dicho que nos ha tocado algo mejor que la lotería. Cuando le iba a preguntar más cosas, me ha dejado con la palabra en la boca y se ha puesto a hablar con mamá, que estaba muy callada sentada a su lado. Le ha pasado el brazo por encima de los hombros y le ha dicho:

—Venga, Eugenia, dame un beso.

Mamá le ha sonreído y lo ha abrazado.

—Luis, estás seguro de que es lo mejor, ¿verdad?

Papá le ha dado un beso y le ha dicho:

—Tú no te preocupes. Yo sé lo que me hago.

María del Mar y yo nos reíamos a carcajadas cuando papá cogía las curvas. Giraba el volante muy fuerte a propósito para que gritáramos. Estábamos muy contentas porque papá y mamá ya no estaban enfadados. Les he preguntado si cantábamos una canción y me han dicho que sí y todos hemos empezado a cantar *La Tarara,* que nos gusta mucho porque es muy graciosa.

Tiene la Tarara unos pantalones
que de arriba abajo todo son botones.
La Tarara sí, la Tarara no,
la Tarara, niña, que la canto yo.

El portal de las oficinas era muy de lujo. Había un portero de uniforme con pinta de antipático y estirado. Hemos subido en un ascensor que parecía una caja de cristal con unos bordes de madera que brillaban mucho. Te podías sentar porque dentro había un banquito de terciopelo rojo. Mamá se ha pintado los labios mirándose en el espejo dorado de encima del asiento. Estaba guapísima con los labios de color rojo fuego. Solo se lo pone cuando está alegre o cuando sale con papá a cenar.

A María del Mar y a mí no nos han dejado entrar en la oficina. Nos han dado dos Chupa Chups de nata y fresa y hemos tenido que esperar en una salita llena de sillas y mesitas con muchas revistas.

Cuando han salido del despacho, un señor muy presumido que fumaba un puro les ha dado la mano a papá y a mamá y se ha despedido de ellos. Papá sonreía mientras se metía un sobre muy gordo en el bolsillo. Mamá estaba muy seria.

—Venga, Eugenia, ¡alegra esa cara! ¡Vamos a celebrarlo!

—No estoy para celebraciones, Luis —le ha dicho mamá—. Así no se arreglan las cosas. Esto es pan para hoy y hambre para mañana.

O algo parecido.

Luego hemos ido a Almacenes El Siglo. Papá le quería regalar a mamá un collar de perlas, pero mamá se ha negado en redondo.

—Las perlas no se comen, Luis.

Pues claro, ¿cómo se van a comer? Mamá tiene cada cosa...

A lo mejor se ha acordado del día que se me rompió el collar rosa de bolitas y por poco me muero. Fue hace dos años, yo tenía seis. Todo por culpa de mi prima Maribel, que me lo arrancó de golpe y las bolitas se soltaron y salieron rodando por el suelo. Las veías así sueltas y parecían confites de anís. Me metí una en la boca para ver a qué sabía y luego…, pues se me fue por mal sitio. Y por poco me ahogo. Maribel llamó a mamá, que estaba charlando tranquilamente con la tía Isabel, y las dos vinieron a la habitación. Empezaron a gritar y a decirme que tenía que echar la bola. Y yo miraba a todos lados y la vista se me nublaba y me empezaba a marear. Mamá me daba golpes en la espalda y me decía:

—Cariño, escúpela. ¡Ay, mi niña, que se me ahoga! Tranquila, hija, que mamá está aquí contigo.

De pronto vi allí a don Manuel Santamaría, que era nuestro médico, y me agarró y me dio un golpe en la espalda…, luego la bolita salió de la boca como si fuera la bala de un cañón y chocó contra la pared de enfrente y empezó a dar botes por toda la habitación y todos la mirábamos como bobos y nadie decía ni mu. Hasta que, de repente, se paró. Entonces ya no escuché nada. Todos miraban esa bolita enana que se había quedado en un rincón. Y mamá estaba muy pálida y callada. Hasta que yo le grité:

—¡Mamá, ya no me ahogo!

Entonces, fue como si se despertara y me dijo que nunca más lo volviera a hacer. Me zarandeaba muy fuerte y empezó a gritar:

—¡Cómo se te ocurre tragarte una bola de un collar! ¡No gano para disgustos! Lo único que me faltaba.

¡Madre mía! ¡Qué enfadada estaba mamá! Yo pensé que, en adelante, me portaría bien, porque ella ya lloraba mucho con los disgustos que le daba papá, y que nunca más me metería una bola de un collar en la boca.

Mientras pensaba en todo esto, papá se estaba probando un traje muy bonito de color gris. Como el pantalón le quedaba un poco largo, me ha dicho que llamara a la dependienta. Ha venido muy rápido y se ha agachado para cogerle el dobladillo. Se ha puesto de rodillas, ha sacado una almohadilla llena de alfileres y se ha colocado un montón entre los labios. Parecía un cocodrilo. Yo estaba rezando para que no dijera nada porque si se tragaba uno… ¡para qué queríamos más! Si se le iba al corazón se podía morir allí mismo, pero ella seguía hablando como una cotorra. Cogía los alfileres de la boca y los iba enganchando en el bajo del pantalón.

—*Ez un traje de una* calidaz eztupenda, zeñoz —le decía a papá.

Claro, con tanto alfiler la pobre no podía hablar normal. Al final, cuando ha acabado, no se había tragado ninguno. Menos mal.

Después hemos ido a la planta donde venden ropa de niños. Yo le he dicho a papá que nos habíamos equivocado, que teníamos que ir a la parte de las niñas. Papá me ha contestado que nos iba a comprar unos pantalones de tergal y que solo los tenían allí.

—¿Unos pantalones? Pero, papá, en Mérida no hay ni una niña que lleve pantalones.

—Pues tú y tu hermana María del Mar seréis las primeras. En Mérida son todos unos palurdos y todavía no se han enterado de que ahora es normal que las mujeres lleven pantalones.

Nos quedamos callados los dos un buen rato.

—Además, hija, ¿tú no quieres un caballo blanco?

—Sí, papá.

—¿Y piensas montar con un vestido de volantes y puntillas?

—No, papá.

María del Mar no ha protestado, porque dice que en la fiesta de disfraces del cole va a vestirse de periodista y que las periodistas no van con falda. Siempre haciéndose la interesante. Pues lo que soy yo, no me los pienso poner. Ya me imagino la cara de Merceditas y los bobos de sus amigos cuando me vean aparecer en el Parque de Abajo en pantalones.

En Almacenes El Siglo papá ha pagado muchas cosas. Tenía un montón de billetes verdes en el sobre que le ha dado el señor del puro en la oficina. Mamá lo miraba y no decía nada. No quiere que papá se lo gaste todo tan de golpe. Yo tampoco porque, si nos quedamos otra vez sin dinero, a María del Mar y a mí nos tocará ir a comer a casa de la abuela Paca, que siempre hace higadillos de pollo en salsa y sangre frita.

10

Hace un rato que hemos llegado a urgencias del hospital de Badajoz. Ahora están atendiendo a Anselmito.

Anselmito vive en un palacio. Su padre se llama Anselmo y su madre, Rosita. Son muy amigos de papá y mamá, y, cuando venimos a Badajoz, nos invitan a comer en su casa.

Anselmo y Rosita son condes. Encima de la puerta de su casa hay un escudo de piedra con dos caballos y dos espadas cruzadas en el medio. Como hoy no hemos encontrado aparcamiento al lado del palacio, hemos tenido que dejar el coche bastante lejos. A mí no me ha importado, me gusta pasear al lado de papá porque siempre me explica cosas interesantes. Durante el camino, me ha contado que esos escudos que hay en las fachadas de los palacios se llaman heráldicos o hieráticos... Bueno, algo así muy difícil de pronunciar. Se ve que solo los tienen los condes, los marqueses, los duques y la gente muy importante. Se los regalaba el rey antiguamente a los que vencían en las guerras. Le he preguntado a papá si Anselmo había ganado alguna batalla en la guerra contra los rojos que pasó cuando ellos eran pequeños. Se ha echado a reír y me ha contestado que eran batallas más antiguas, de esas en las que los soldados llevaban armaduras como la de don Quijote.

—Entonces, papá, si son amigos del rey, tienen que ser muy ricos.

Él se ha quedado un rato pensando y luego me ha dicho en voz baja:

—No siempre es así, Ana.

Desde luego, Anselmo y Rosita no deben de tener mucho dinero, porque su palacio está hecho trizas. A lo mejor ya no se llevan bien con el rey. No sé. Más que un palacio a mí me pareció una ruina la última vez que nos invitaron hará dos o tres meses. Las paredes tenían muchas rajas y manchas, el techo estaba lleno de goteras y ni siquiera me pude quitar el abrigo porque allí dentro hacía un frío que pelaba.

Papá me ha dicho que nuestro rey es don Juan y está en Portugal escondido porque Franco, que también se llama el Caudillo y es el que manda en España, se lleva muy mal con él. No sé, igual si don Juan vuelve a su palacio de Madrid, lo asesina. Aunque papá dice que todavía no es rey de verdad y que para que lo hagan rey tendrían que ponerle la corona en una ceremonia en una catedral. Para mí que Franco la tiene escondida porque quiere seguir mangoneando.

Se ve que el rey de antes se llamaba Alfonso XIII y era el padre de don Juan y lo echaron los rojos. Franco se aprovechó cuando ganó la guerra y se quedó con todo el dinero y las joyas y los palacios y los cuadros de los reyes. A papá, Franco le cae fatal. Y su mujer todavía peor. La llama «la Collares», aunque en realidad se llama Carmen Polo. Deben de haberle puesto ese apellido por las piernas de palillo que tiene. Está muy delgada y tiene cara de cacatúa.

La Collares es un mote que le han puesto porque siempre lleva como diez collares colgando. Cuando sale en el NO-DO, papá hace bromas sobre el cuello de jirafa que tiene. Dice que le caben muchos collares juntos y que a los dueños de las joyerías les sale muy caro. Y es que los joyeros, cuando los avisan de que va a ir a comprar algo a sus tiendas, esconden todos los diamantes y en los escaparates solo dejan las perlas, que son más baratas. Y es que siempre se va sin pagar y, claro, como es la mujer del jefe de España, no se atreven a pedirle el dinero.

En la puerta del palacio de Anselmito no hay timbre. Cuando lo construyeron no existía la electricidad. Me he adelantado a los demás para llegar la primera y llamar con el picaporte, que es de hierro y tiene forma de león. El león está pegado a la puerta y tiene entre los colmillos un aro muy grande que hace un ruido tremendo cuando choca contra la puerta. He agarrado el aro con cuidado, porque el león tiene cara de pocos amigos y da un poco de cosa tocarlo.

Rosita ha abierto la puerta. Ha saludado a papá y nos ha dado un montón de besos a María del Mar y a mí. Después, mientras abrazaba a mamá, he visto que estaba llorando. Papá le ha apretado el brazo con mucho cariño y ha entrado a ver a Anselmo.

Rosita es guapísima, parece una modelo de las revistas. Lleva siempre un moño muy alto. A mí me gusta mirarle los lunares pequeñitos que tiene en el cuello. Y eso que no se le ven todos, porque algunos se los tapan los mechones de su pelo de chocolate. Huele tan bien que, cuando te acercas, te dan ganas de comerte un poquito, solo para probarlo. Rosita habla muy suave y muy fino porque es de Madrid. «Ana, ¿cómo estássssss?». Y yo me quedo allí, quieta como una boba, escuchando todas esas eses seguidas que me recuerdan el viento de Chipiona.

Mamá y Rosita han pasado después al salón. Anselmo y papá ya estaban allí tomando una copa y hablando de las noticias del periódico.

—¿Qué quieres beber, Eugenia? —le ha preguntado Rosita a mamá mientras ella se servía un vaso lleno de un licor amarillo.

—También un *whisky,* gracias.

¡Hala, *whisky*! ¡Menuda borrachera se iban a pillar esas dos!

—¡Hola, Ana! ¡Hola, María del Mar!

Anselmito ha entrado pegando brincos y nos ha dado un susto de muerte. Allí estaba, delante de nosotras, más colorado que un pimiento morrón. Es el único hijo de Anselmo y Rosita y no debe de estar acostumbrado a que vayan niñas a su casa, porque no paraba quieto, parecía un columpio con esa manera de moverse para delante y para atrás. Anselmito está hecho un palillo y, claro, con esa cara tan chupada que tiene, lo primero que ves son sus gafas de culo de vaso. A mí me da pena. El pobre no ve un burro a tres pasos.

—Niños, id a jugar al patio hasta la hora de la comida —nos ha dicho Anselmo.

Seguro que iban a hablar de cosas de mayores y no querían que nosotros escucháramos la conversación.

En cuanto nos hemos quedado solos los tres, Anselmito ha empezado a mandar y a hacerse el chulo contando unas historias… Tiene ocho años, pero por las tonterías que dice parece como si tuviera cuatro. No nos creíamos nada de nada y él seguía y seguía. Estaba yo en medio de un bostezo cuando ha empezado con el cuento de los saltos de atletismo. Que si era el mejor del cole, que si había batido no sé cuántos récords…, ¡qué pesado!

María del Mar y yo nos hemos puesto a reír en toda su cara. Mi hermana que, como dice mamá, no tiene pelos en la lengua, vamos, que suelta cualquier burrada y se queda tan fresca, le ha dicho que, si era tan buen atleta, lo tenía que demostrar. Después, le ha señalado el estanque vacío que hay en medio del patio. Yo he calculado un poco la distancia y le he dicho a Anselmito que no saltara, pero a María del Mar le encanta enredarlo todo y ha empezado a animarlo.

—¡Venga, Anselmito! ¡Para el rey de los saltos de longitud esto está chupado!

Anselmito se ha picado, se ha quitado las gafas, y yo… me he tapado los ojos. Me daba en la nariz que no le iba a salir bien. Entonces, ha cogido carrerilla y ¡menudo guarrazo se ha pegado! Una pena, porque la verdad es que casi lo consigue, eso lo tengo que reconocer. Le ha faltado muy poco.

Cuando lo hemos visto tumbado y todo lleno de sangre, hemos empezado a gritar como locas. Nuestros padres han venido corriendo. Mamá ha sido la primera en llegar y con cara de terror ha vuelto a la mesa y ha cogido un montón de servilletas blancas. Se las ha colocado en la frente a Anselmito, que se había hecho una raja que le llegaba de punta a punta. Y Rosita, ¡cómo se ha puesto! ¡Madre mía! Ella que siempre habla tan bajito, ahora gritaba y gritaba sin parar. Anselmito se ha agarrado a su madre como una lapa y no veas el cuadro que hacían los dos allí sentados en el suelo. Me han recordado el paso de Semana Santa de la Virgen con un Jesucristo lleno de sangre y medio moribundo en sus brazos a los pies de la cruz.

Rosita ha empezado a insultar a su marido como si él tuviera la culpa de todo, diciéndole que era un inútil, que no servía para nada y cosas muy raras y unas palabrotas que no me atrevo a repetir.

—¡Lo hemos perdido todo! Todo, Anselmo. ¡Y ahora por poco perdemos a nuestro único hijo! ¿Te enteras?

Cómo no se iba a enterar el pobre Anselmo con los chillidos que estaba dando. Rosita no se callaba y ha seguido diciendo cosas que no se entendían muy bien. Para mí que, con tanto *whisky*, se le ha ido la olla.

—Aunque igual ni te importa, ¡a saber los hijos que has traído al mundo y luego has dejado tirados por ahí!

¿Tirados por ahí? ¿Los hijos de Anselmo? Pero si solo tienen uno…

Luego Rosita se ha girado hacia nosotras dos, que la mirábamos con los ojos como platos.

—Y vosotras, ¿por qué no le habéis dicho que no saltara, eh?

María del Mar se ha escondido detrás de una columna por si las moscas. Siempre igual, la arma y, luego, si te he visto no me acuerdo. Y mamá le ha gritado a papá:

—¿Y tú qué haces ahí como un pasmarote? Espabila y tráele un *whisky* a Rosita.

¿Otro *whisky*? Mamá estaba exagerando un poco. ¿Desde cuándo beben tanto *whisky* las madres de hijos heridos?

Rosita andaba muy raro cuando se ha levantado del suelo con Anselmito en brazos. Mamá la ha ayudado a meterlo en el asiento de atrás del coche sosteniéndole la cabeza, que parecía la de una momia, pero en rojo. Anselmito no decía ni pío. Se ve que se le habían quitado las ganas de tirarse pegotes delante de las niñas.

Los mayores han decidido que fuéramos todos al hospital. A María del Mar y a mí no nos han querido dejar solas en el palacio. No se fiaban de nosotras, creo yo.

Papá ha ido a buscar el coche y lo ha colocado delante del de Anselmo. Ha dicho que así podrían avisar a los otros conductores de que llevábamos un herido. Mamá ha sacado un pañuelo blanco por la ventanilla y ha seguido moviéndolo todo el camino. Rosita quería conducir, pero Anselmo le ha quitado esa idea de la cabeza.

En el hospital me he dado cuenta de que Rosita tenía muchas ojeras. Tenía la cara como amarillenta y cada dos por tres le temblaban los

51

labios, le brillaban los ojos y yo tenía miedo de que se echase a llorar. Daba vueltas por la sala de espera, se tropezaba porque llevaba unos zapatos de tacón alto como los que se pone mamá para las fiestas y fumaba muchos cigarrillos. Mamá la abrazaba, le decía que no se preocupase y que lo de Anselmito no era nada. Hombre, tanto como nada... Rosita no contestaba y solo miraba a la puerta por donde se habían llevado a su hijo para curarlo. Al cabo de un rato, ha venido una enfermera y le ha dado una pastilla.

—Esto la tranquilizará —le ha dicho.

Anselmo no gritaba ni fumaba. Estaba quieto, sentado en una silla. Me he puesto a su lado y él me ha acariciado la cabeza.

A Anselmito le han dado doce puntos en la frente. Cuando ha salido, parecía Frankenstein con gafas. Menos mal que Rosita se había quedado dormida y no lo ha visto así tan de golpe, porque la verdad es que daba un poco de impresión. El médico la ha despertado despacito y con una voz muy dulce le ha dicho que no se asustara, que son cosas de niños, que todo estaba bien y que los puntos se los quitarán dentro de diez días.

Antes de irnos del hospital, mamá le ha pedido a papá dinero del sobre. Después se lo ha metido a Rosita en el bolsillo. Ella no quería cogerlo, pero mamá le ha dicho que ya se lo devolverá más adelante.

Cuando hemos salido para Mérida, ya era de noche. Papá y mamá hablaban en voz muy baja.

—Eugenia, has hecho muy bien, los amigos estamos para eso.

Papá ha abrazado a mamá y ella ha recostado la cabeza en su hombro.

María del Mar y yo nos hemos puesto de rodillas mirando por el cristal de atrás para poder ver el cielo. Nos hemos quedado muy calladas, casi sin respiración. Estaba todo oscuro y había miles de estrellas. Era tan bonito que me han entrado ganas de llorar.

Cuando ha caído la primera estrella fugaz, he mirado a papá y a mamá y he pedido un deseo. No lo puedo decir. Si cuentas tus deseos, luego no se cumplen.

11

Que los Reyes son los padres lo sé por cuatro cosas:

1) porque Maribel se chivó;
2) porque los Reyes no te pueden traer un año una birria y al siguiente tantos regalos que no caben en una habitación;
3) por la llamada de teléfono del rey Gaspar;
4) porque tengo nueve años y ya no me chupo el dedo.

Fue hace dos años, en las vacaciones de Navidad, cuando María del Mar y Maribel empezaron a hacer cosas raras. Se pasaban todo el día explicándose secretitos en voz baja y tapándose la boca para que no se oyeran las risitas de bobas que soltaban cada dos por tres.

Unos días ante de que vinieran los Reyes, las oí cuchichear mientras abrían y cerraban todos los armarios de la casa. Papá es un campeón en esconder regalos. Esas dos se pensaban que eran muy listas y muy mayores; de lo que no se habían enterado es de que Merceditas ya me lo había contado todo.

—¡Buuu! —le grité a María del Mar justo cuando estaba subiéndose a una silla para rebuscar en lo alto del armario.

Se pegó un susto tan grande que casi se cae de la silla.

—¿Qué haces, Ana? ¡Pareces una niña chica!

Hablé con Merceditas, que entiende mucho de estas cosas. Le pregunté si le tenía que contar a mamá que ya sabía que los Reyes eran los padres. Me contestó que lo mejor era disimular y hacer como que todavía me lo creía, que si no ya me podía ir despidiendo de los regalos. Tenía toda la razón del mundo. Merceditas es muy lista y si saca tantos suspensos, no es por falta de inteligencia, sino porque tiene la lengua muy larga y les contesta mal a las monjas.

Ahora entiendo por qué a Inma Sanabria los Reyes una vez le trajeron un microscopio gigante, que se llevó al cole para presumir delante de toda la clase, y a María López solo calcetines, bragas y pijamas, que no se llevó al cole ni enseñó en la clase.

Saber que los Reyes son los padres me dio mucha lástima. Sentí una especie de desilusión que no puedo explicar bien. No me lo quería creer del todo. No sé, es un poco como cuando fui a ver la película *Lo que el viento se llevó,* y Melania se pone enferma y se muere. Hasta el último momento esperas que se salve. La ves acostada en su cama con la piel muy blanca y unas ojeras enormes y te das cuenta de que está a punto de morirse. Te tapas la cara con las manos para no verlo, pero dejas un par de rendijas entre los dedos por si acaso se cura y sigue con vida.

Papá y mamá se creen que están en una película, no se enteran de cómo funciona la vida. Ningún niño puede tragarse que los Reyes Magos sean unos locos que un año te traen un regalo zarrapastroso y al siguiente tantos juguetes que casi no caben en el salón.

De todas maneras, el año pasado María del Mar y yo escribimos unas cartas larguísimas y mamá no nos dijo nada. Normalmente nos hacía borrar un montón de cosas para enseñarnos a no ser egoístas, así que nos extrañó que las leyese muy seria y solo nos corrigiese las faltas de ortografía. Después, se quedó como pensativa y se fue a la habitación.

El 5 de enero por la noche, no nos recordaron lo de poner el pan para los camellos, ni lo de colocar unas copitas de coñac para los Reyes. El mueble bar estaba vacío y nos fuimos a dormir a la hora que nos dio la gana. Por la mañana, no se oía una mosca en casa. Nos quedamos en la cama esperando. Recordé las advertencias que nos hacían cada año y me tapé la cara con la manta: «Nunca os levantéis antes de que os avisemos. Podéis coger a los Reyes trabajando y entonces solo os dejarán carbón». María del Mar y yo hicimos todo el paripé y disimulamos, más que nada para no disgustar a papá y a mamá. Bastante tenían encima esos dos. Eran por lo menos las once cuando apareció mamá en camisón. Estaba pálida y despeinada. Nos dio un beso de buenos días, dejó un paquetito a los pies de nuestras camas y se fue a preparar el desayuno.

Las muñecas eran una birria, de goma y muy pequeñas. No lloraban, ni hablaban, ni hacían nada. En la parte de abajo de la caja, había una bañerita de plástico, la mía rosa y la de María del Mar azul. Nuestros padres ni siquiera habían pensado en que ya éramos mayorcitas para un regalo así. Ellos vivían en otro planeta que debía de estar lleno de recibos sin pagar, papeles de herencias, disgustos y broncas.

Dejamos las muñecas en el suelo y nos levantamos sin hacer ruido. Nos vestimos y desayunamos en la cocina. Le dimos un beso a mamá y le dijimos que nos había gustado mucho el regalo. Papá no apareció en todo el día.

Este año ha sido totalmente diferente. Papá debe de haber cobrado algún sobre extra y lo han organizado todo muy bien. Bueno, todo menos lo de la llamada del rey Gaspar.

El día antes de la cabalgata, sonó el teléfono.

—¡Ana, cógelo! —gritó mamá casi desgañitándose.

—¡Ahora no puedo! —le contesté.

Y entonces papá también empezó a pegar voces:

—¡Cógelo y obedece a tu madre!

Cuando llegué a la mesita del recibidor, papá ya había descolgado.

—Un momento, ahora se pone. Ana, para ti.

Yo me pegué un buen susto, pensaba que igual era alguna monja para echarme un rapapolvo. ¡Qué iba a pensar con mis padres allí de pie delante de mí, con los brazos cruzados, esperando como pasmarotes!

—¿Sí? —contesté nerviosa.

—Ana, soy el rey Gaspar —dijo Vicente, un amigo de papá—. ¿Te has portado bien este año?

Mamá casi se queda tuerta de guiñarle el ojo a papá. Me hice la tonta y le conté a Vicente que había sido una niña buenísima y que no, no iba a pedir mucho, y que claro que comprendía que había muchos más niños en el mundo y bla, bla, bla…

—¿Quién era, hija? —me preguntó mamá, con unos ojos tan abiertos que casi se le salían de la cara. Menos mal que es secretaria y no actriz, que si no…

—Era el rey Gaspar desde Oriente —le contesté como si tal cosa.

—¿¿¿El rey Gaspar???

Yo asentí y la dejé allí plantada con su cara de sorpresa de actriz de pacotilla. Fui al comedor, donde habíamos puesto el nacimiento, cogí a los tres Reyes y los tiré en unos setos de plástico detrás del portal aguantándome la risa.

Estas Navidades los Reyes han sido muy generosos. Mis padres se han debido de gastar un dineral en tantos regalos. A mí me da miedo que se nos acabe y vuelvan los gritos y las peleas. María del Mar me ha dicho que no me preocupe, que el viejo Fanega está a punto de palmarla y que entonces seremos muy ricos. A veces mi hermana es buena conmigo.

La noche del 5 de enero seguimos con el teatro y les pusimos pan y agua a los camellos en el balcón. También colocamos en la mesa del comedor el coñac y las copas para que los Reyes entraran en calor y descansaran de su largo viaje. En fin, toda esa comedia que hacemos desde que tenemos, como dicen los mayores, «uso de razón» y que a papá y a mamá les encanta. Bueno, solo cuando los Reyes nos traen muchas cosas.

A la mañana siguiente nos despertaron temprano para ir a ver los regalos. La que liaron, venga a reír y a dar grititos y palmadas como niños chicos. Son los padres más infantiles que conozco.

María del Mar y yo entramos en el salón y nos quedamos de una pieza. Casi no podíamos movernos de lo lleno que estaba. Las dos bicicletas BH ocupaban la mitad de la habitación, pero yo me fui como una flecha hacia la bandurria roja de latón. Estaba detrás de una muñeca que me llegaba hasta la cintura, con el pelo rosa y unos ojos tan grandes que daban pánico. La bandurria era chiquitita, muy brillante, y no tenía cuerdas como las de verdad, sino una manivela dorada. Cuando empecé a girarla me entró un calorcito por dentro que me fue subiendo hasta el corazón. Y me quedé como atontada al escuchar la música que salía de mi regalo: era una de las sevillanas preferidas de la tata Angelita.

Arenal de Sevilla, y olé, Torre del Oro,
Torre del Oro, donde las sevillanas,
donde las sevillanas, y olé,
juegan al corro.

Mientras giraba la manivela y escuchaba la música, podía ver a Angelita cantando con su bonito delantal blanco. Con las mangas arremangadas, iba metiendo las sábanas en la lavadora que estaba en la caseta del patio. Era verano y los dos ciruelos estaban repletos de frutas. De la lavadora salía una espuma que a mí siempre me recordaba los merengues de Casa Gutiérrez y la tata Angelita cantaba y cantaba y la espuma iba subiendo y parecía la cima de una montaña nevada. Y, de pronto, sus manos desaparecían dentro de la lavadora y volvían a aparecer con las puntas de los dedos repletas de esa nata blanca que de sopetón se convertía en uñas gigantes. Entonces, su cara tan guapa y tan morena era la de una bruja fea que corría detrás de nosotras. Y hacía como que nos atacaba con sus garras enormes y mi hermana y yo gritábamos porque creíamos que nos secuestraría y nos encerraría en una casa del bosque. Hasta que la espuma se deshacía y la bruja mala volvía a ser nuestra Angelita, que se reía con todas sus fuerzas y nos abrazaba con las manos mojadas y entonces nos escurríamos de entre sus brazos empapados y éramos nosotras las que cogíamos montones de espuma. Y la perseguíamos a ella entre las sábanas blancas que colgaban del tendedero y la salpicábamos y escuchábamos sus carcajadas. Nunca la pillábamos en ese barullo de ropa tendida.

Abracé la bandurria muy fuerte y me sentí como un hada poderosa que haría volver a Angelita cuando quisiera. Salí corriendo a la calle para enseñarles mi regalo mágico a las vecinas. Ellas lo miraron con poco entusiasmo. Tampoco les impresionó la música que empezó a salir de mi juguete cuando giré la manivela. Feli, una vecina que era una mandona, me preguntó con cara de guasa:

—¿Y los otros regalos?

No me dio tiempo a contestar porque mi padre apareció de repente arriba de la cuesta empujando la bicicleta BH azul. Estaba empapado de sudor de lo que había corrido, pero más ancho que un pavo real mirando a un lado y a otro de la calle. Quería que todos los vecinos vieran la bici. Yo me moría de vergüenza cuando presumía de esa manera delante de todos.

Lo que no había pasado con la bandurria, ocurrió ahora con la bicicleta. Todas mis amigas querían tocarla y montarse y cada vez llegaban más vecinos que hicieron un corro alrededor de papá y de mí y empezaron a decir:

—¡Ooooh!

Feli miraba con una sonrisa de lado. Estaba verde de envidia.

—Venga, móntate, que te veamos —me dijo.

Yo nunca me había subido en una bicicleta así de grande y no me atrevía.

—Es que no sé…

Papá no me dejó acabar la frase y me ordenó que me montara en la bici. Salí corriendo. ¡Estaba apañado si pensaba que iba a practicar en ese cacharro sin ni siquiera saber cómo frenaba!

Y es que nuestra calle no es lo que se dice plana. ¡Menuda bajada! Papá me agarró, me señaló la BH y se quedó allí de pie esperando a que me rompiera la crisma cuesta abajo.

Solo me acuerdo de un árbol que se me colocó delante cuando bajaba como una flecha y de mi padre recogiendo los trozos del timbre, que quedó destrozado, y de mi madre corriendo y después abrazándome mientras me miraba las rodillas llenas de sangre.

—Desde luego, Luis… Tú no tienes arreglo. Vamos, hija, que te cure esas rodillas en casa.

Y subimos la cuesta los tres. Yo cojeando, agarrada a mamá, y papá con la cabeza gacha arrastrando mi bicicleta.

Antes de entrar en el portón, vi la bandurria allí tirada en la acera. Solté la mano de mamá y la cogí con mucho cuidado. Empecé a darle vueltas a la manivela. El dolor de las rodillas desapareció cuando oí a Angelita cantar:

Arenal de Sevilla, y olé, Torre del Oro…

12

Papá estaba tachando otra vez las fotos de los álbumes. Yo me puse nerviosa porque tenía miedo de que me estropeara una que me encanta. Mamá lo sabía y por eso me la había guardado. La había colocado encima de la cómoda de mi habitación en un marco dorado. No de esos lisos normales, no. Este tenía dibujos en relieve de ángeles que estaban tocando un instrumento. Eran arpas. La madre Francisca dice siempre que el arpa es el instrumento preferido de los ángeles y que lo tocan en el cielo a todas horas. Eso no se lo puede creer nadie con dos dedos de frente. A mí siempre me entraba la risa solo de imaginarme a un montón de ángeles flotando por esas alturas dando la tabarra todos a la vez con el arpa.

Bueno, pues la foto era de la primera comunión de mi vecina Feli. La hizo con ocho años. A mí me habría gustado hacerla con ella, pero no pudo ser.

En la foto, Feli lleva una corona de flores y un traje blanco con un cancán debajo. Parece una princesa. Detrás están la fecha y una dedicatoria muy bonita: *Para mi amiga Ana con cariño. Mérida, 15 de mayo de 1964.*

Mi amiga Merceditas está a mi lado en la foto. Lleva un misal y un rosario en la mano. Como la punta de la cruz le sobresale de entre los dedos, parece que se esté fumando un Ducados. A mí me entró una risa cuando lo vi… A mamá no le hizo ni pizca de gracia. Dice que Merceditas es una pizpireta.

—¿Una qué? —le pregunté yo.

—Una niña que sabe mucho, demasiado.

Mamá no se aclara porque, vamos a ver, ¿es malo que una niña sepa mucho? ¿Quiere mamá que me junte con amigas medio tontas? Y así se lo dije.

—No me marees, Ana.

Eso quiere decir que no sabe muy bien qué contestarme.

María del Mar me ha contado que pizpireta es una niña que es una fresca y que Merceditas lo es porque siempre lleva la falda corta, habla de cómo se hacen los niños y ya le ha dado un beso con lengua a un novio. ¿Un beso con lengua? Eso sí que no me lo creo. Lali Gómez me dijo una vez al oído que si le das un beso en la boca a un niño y lo miras a los ojos, te puedes quedar embarazada. Y eso que Lali era la más lista de la clase… Lo que parecía es que se hubiera caído de una higuera. Eso es lo que dice Merceditas cuando alguien es medio tonto y no se entera de nada, porque el cuento de que puedes tener un bebé por una mirada no es como para sacar tantos sobresalientes, digo yo.

Con mamá todavía disimulo. Me da pena y me hago la tonta. Cuando vemos una cigüeña, empieza a dar palmas y a cantar demasiado alto:

—Cigüeña malagueña, tráele un hermanito…

Y me hace gestos para que cante con ella. ¡Qué vergüenza me hace pasar, Dios Santo! Yo la acompaño en voz muy baja para que acabe cuanto antes. Imagina que nos ve alguien por la calle. Mamá no entiende que ya soy mayor para esas tonterías. Ella sigue dale que dale.

Un ejemplo de lo infantil que puede ser mamá es lo que pasó hace unos meses cuando fuimos a visitar a la tía Maruchi, que acababa de tener a mi primo el pequeño. La pobre estaba en la cama con muy mala cara porque había perdido mucha sangre. Yo me asusté y le pregunté a mamá que si eso era normal cuando se tenía un bebé. Me di cuenta de que se estaba estrujando el cerebro para contestarme.

—Depende de la cigüeña que te toque. —Eso me dijo, tal cual, sin pestañear—. La que le ha tocado a tu tía era muy agresiva, y, cuando tía Maruchi quiso coger al bebé, ella no se lo quería dar. Y entonces empezó la pelea. La cigüeña le pegó un picotazo y ahora tu tía se está recuperando de la herida.

¡Virgen santísima! Mi madre vive en la inopia. ¿Se creía que yo me iba a tragar una tontería así? Igual ella sí, y eso que ya tiene treinta y cuatro y dos hijas. Salí de la habitación para que no pensaran que me estaba riendo de mi nuevo primito, porque feo, lo es. Más feo que Picio, el pobre… Todas las visitas decían: «Qué guapo» o «Qué cosa más preciosa», y yo venga a mirarlo de frente, de perfil, y nada. Estaba arrugado y morado como un higo. Menos mal que luego le pusieron un chupete que le tapaba media cara. Y, sobre todo, le tapaba la boca. No veas los berridos que pegaba.

Hace ya tiempo que Merceditas me explicó que los bebés nacen arrugados porque tienen que pasar por el agujero que tenemos ahí abajo las niñas. La verdad es que me parece raro y horrible que un cabezón así pueda salir por un sitio tan pequeño. Con razón en las películas las mujeres gritan cuando están teniendo un niño y hay gente con palanganas llenas de sangre y otros que calientan agua en calderos para limpiar las manchas rojas que hay por todos lados. Menuda escabechina. No son nada realistas, porque cuando el bebé empieza a berrear, la madre, que está en la cama hecha polvo, sudando y toda despeinada, sonríe muy feliz. Entonces…, entra el padre como si fuera el rey del mambo y abraza a la madre. Siempre lo hace cuando ya está todo limpio y recogido. La madre aparece impecable y bien peinada. Todos son muy felices. Bueno, no siempre. A veces el bebé no puede salir bien y la madre tiene una hemorragia y se muere. Entonces el pobre niño se queda huérfano, como le pasó a mamá. Su verdadera madre se murió cuando tuvo a mi tía Inmaculada. El abuelo se quedó solo con cinco niños y no podía cuidarlos. Entonces no tuvo más remedio que casarse con la abuela Paca, que les pegaba a los niños cada vez que el abuelo se iba a Portugal con el tren. El abuelo era maquinista de la Renfe cuando la guerra. En esa época todo el mundo pasaba hambre, pero él traía comida de Portugal, porque allí no tiraban bombas ni nada. Allí había paz. La bruta de mi abuelastra se quedaba sola con mamá y sus hermanos. Se aprovechaba y se comía casi todo lo que había en la alacena. A los niños les daba las sobras. Por eso tiene unas piernas sin tobillos que parecen columnas. Está tan gorda como un hipopótamo y se tira tres horas para subir o bajar la escalera.

Mi tía Isabel me contó una vez que la abuela Paca le pegó una buena paliza a mamá cuando solo tenía siete años. Estaban todos en la mesa, bueno, faltaba el abuelo, que estaba siempre de viaje, y mamá, que era una fantasiosa, explicó una historia de miedo. Le encantaba inventarse cuentos de terror y explicárselos a sus hermanos para ver las caras que ponían. Uno de sus preferidos terminaba así: «Y en esta casa, a partir de las doce de la noche, los muertos se filtraaaarán por las paaareeedesss…». Todavía no había terminado la frase cuando la abuela Paca la agarró por los pelos, la arrastró a la habitación y le dio una buena tunda de palos.

—¡A los muertos, ni mentarlos en esta casa! —le gritaba mientras le pegaba.

Los hermanos de mamá le tenían tanto miedo a esa bruta que no dijeron ni pío, pero estaban muy tristes porque podían escucharlo todo desde el comedor. Mamá se quedó sin comer y con todas sus piernitas llenas de moratones. El abuelo no se enteró porque la abuelastra les dijo a todos los niños que, si le contaban algo, serían ellos los siguientes en cobrar.

Nunca le doy un beso a la abuela Paca cuando vamos de visita. Siempre me siento al lado de mamá y la abrazo muy fuerte. No sé, igual es una tontería, pero así me da la impresión de que la defiendo de esa gorda pegona.

He pensado mucho después de escuchar la historia de la paliza y he decidido no tener hijos porque, si me muero en el parto, igual les toca una madrastra mala y yo ya no estaré en este mundo para defenderlos.

13

Mamá me ha castigado una semana sin salir por lo de los ajos en casa de Merceditas y ya no me deja ir más a su casa.

Merceditas y yo vamos casi cada día juntas al colegio. Y rara es la mañana que la madre Francisca la deja entrar sin reñirle. Muchas veces, la manda de vuelta a casa después de deshacerle el dobladillo de la falda.

—Y le dices a tu madre que aquí no vas a volver a entrar hasta que lleves el uniforme por debajo de la rodilla —le advierte, y le señala la puerta de la calle.

Merceditas se queda tan campante, estira el cuello y empieza a andar como una artista de cine. Antes de desaparecer por el portón del colegio, se gira y me guiña un ojo.

Somos amigas desde que éramos pequeñas. Vive con su abuela cuatro casas más abajo y jugamos casi todas las tardes en la calle. También me invita a veces a merendar. No tiene padre y su madre trabaja en Madrid. Gana mucho dinero allí por eso, mi amiga siempre lleva ropa cara y tiene cosas muy bonitas. Lo que no sé muy bien es en qué trabaja su madre. Merceditas me contó que tiene un puesto muy importante en casa de un banquero. Ella lo llama siempre «mi tío el banquero». Cuando se lo conté a mamá, me miró con cara de pocos amigos y me contestó que ella sabía muy bien en qué trabajaba la madre de Merceditas: «en el oficio más viejo del mundo». Me quedé pensando y no se me ocurrió ningún oficio, así que le pregunté qué trabajo era ese. Mamá me miró y me dijo:

—Yo me entiendo.

Y se fue a comprar. Ya se lo preguntaré a la madre Tomasa.

Bueno, pues lo de los ajos pasó el sábado pasado. Mi amiga se presentó en casa a la hora de la siesta. Hacía un calorazo…, pero ella venía corriendo. Tenía los ojos muy brillantes y yo me di cuenta de que había pensado en algún plan divertido.

—Estoy sola en casa, vamos, espabila, tengo que enseñarte una cosa —me dijo casi sin aliento.

Cuando llegamos a su habitación, sacó una revista toda manoseada del armario. En ella había una foto de Sofía Loren, que es una actriz italiana muy famosa. Estaba guapísima. Llevaba un vestido negro de terciopelo con un escote enorme y Merceditas me dijo:

—Fíjate qué tetas.

Miré y me asusté, las tenía tan grandes que casi se salían de la foto. Y Merceditas venga a reírse por la cara que yo había puesto.

—Las lleva tan apretadas en el sostén que parece que vayan a saltar y salirse —le contesté mientras miraba la foto fijamente.

Merceditas casi se mea de la risa.

—Sí, ¿te imaginas que se salen y empiezan a correr y a jugar por mi habitación? —me preguntó con voz de guasa.

Sofía Loren tiene los ojos muy bonitos, con forma de almendra, y una boca preciosa con los dientes muy blancos y todos rectos, pero, claro, en lo que más nos fijábamos era en sus tetas. No podíamos dejar de mirarlas de lo enormes que eran. Mi amiga me explicó que las mujeres así tenían un montón de chicos esperando en la puerta y podían elegir el que les diera la gana. Después, me cogió de la mano y me dijo:

—Vamos a la cocina.

Merceditas se subió a la encimera y arrancó un montón de ajos de una ristra que estaba colgada en la pared. Con voz misteriosa, me mandó que la siguiera. Fue al cuarto de baño y se subió la camiseta. ¡Vaya diferencia con Sofía Loren! Merceditas estaba más plana que la tabla de planchar. De repente, se puso a pelar ajos a toda velocidad y a restregarse con ellos como una loca.

—Si hacemos esto cada día, el mes que viene tendremos unas manolas como las de Sofía Loren.

La vi tan convencida que le quité los ajos de un manotazo y me puse a frotar mis dos botones rosas hasta que se me quedaron rojos y escocidos. Pensé que, si era verdad lo que decía Merceditas, sus novios también me mirarían a mí por la calle Santa Eulalia y dejarían de burlarse de mis piernas y de gritarme:

—¡Patas de alambre, que te caíste de una torre y no te hiciste sangre!

Si Merceditas y yo vamos al Parque Turismo, ella siempre está rodeada por un montón de moscardones medio bobos que se pelean por sentarse a su lado.

—¿Te llevo la bolsa? ¿Quieres un polo? ¿Te acompaño a casa? —le preguntan.

A mí no me hacen ni caso porque todavía no me he desarrollado como mi amiga. Como soy más pequeña, siempre tengo que ir detrás cargando con mi cartera como una burra. A lo mejor con el truco de los ajos se me ponen unas tetas como las de Sofía Loren y me hacen todos de esclavos.

—Apestas a ajo —me dijo mamá cuando me acerqué a darle un beso después del experimento en casa de Merceditas.

Yo le expliqué el truco que me había enseñado mi amiga. No le gustó nada.

—Estás castigada una semana sin salir —me gritó enfadada y me mandó directamente a la bañera.

Después, me puso Bálsamo Bebé en el pecho porque me escocía mucho.

14

—El abuelo Pepe no se murió de un infarto, sino que se cayó y se le saltó la tapa de los sesos.

Se lo he contado a María del Mar de carrerilla, como cuando recito los afluentes del río Guadiana en la lección de geografía. Mi hermana se ha quedado de una pieza y me ha preguntado en voz baja:

—¿Quién te lo ha dicho, Ana? Como se entere papá, te la vas a cargar con todo el equipo.

Lo oí el otro día cuando mamá y don Gregorio, el cura, cuchicheaban en el comedor. Le dijo a mamá que papá tiene que ir a un psiquiatra para que lo cure, porque, cuando vio al abuelo Pepe con la tapa de los sesos destrozada, se volvió un poco loco. ¡Con la tapa de los sesos destrozada! ¡Madre mía! Anda que no te tienes que caer fuerte para romperte la tapa de los sesos.

Yo espero que el psiquiatra cure a papá de su enfermedad. ¿O era un psicólogo? No sé... Siempre me hago un lío. Creo que los dos trabajan con la gente que está mal de la cabeza. Le pregunté a la madre Tomasa cuál era la diferencia, pero cambió de tema. No tenía ni idea.

Mi hermana dice que ni infarto, ni caída, ni niño muerto. Que el abuelo se pegó un tiro en la cabeza con la escopeta de caza que falta en el armario del despacho y se voló la tapa de los sesos. Y que eso es un suicidio.

—Pero... ¿por qué, María del Mar?

—Porque le dio la gana —me contestó mi hermana con toda la tranquilidad del mundo.

Yo empecé a llorar de la impresión, entonces María del Mar sacó su pañuelo del bolsillo.

—No llores, Ana. Venga, tontina, que tampoco es para tanto.

Empezó a secarme las lágrimas y a decirme que era nuestro secreto y que no se me ocurriera irme de la lengua.

Estos días he estado pensando mucho. Por las noches, tengo pesadillas con los sesos del abuelo Pepe. Después no puedo volver a dormir. Estoy muy enfadada con él, porque creo que tiene la culpa de las locuras de papá, por eso grita por nada y aquella vez tiró los garbanzos al váter y todavía, cuando está mal, tacha caras de las fotos de los álbumes. No se le debe de haber olvidado lo del abuelo tirado en el suelo encima de un charco lleno de sesos y de sangre. Una cosa así no se te borra de la cabeza en la vida y es normal que, al recordarlo, te vuelvas un poco loco.

Papá no quiere ir al psiquiatra. Mamá se lo contó a don Gregorio. Se ve que les tiene mucha manía y los llama loqueros. Dice que a esos médicos solo van los que están como una cabra y que, en vez de curarlos, lo que hacen es meterlos en manicomios y rematarlos poniéndoles unos gorros con cables en la cabeza. Creo que papá tiene un poco de razón. El patio del manicomio está al lado del nuestro y desde la terraza se puede ver a los locos cuando salen al recreo. Todos llevan unas batas grises muy sucias, tienen el pelo cortado al rape y dan vueltas como los leones en las jaulas del circo. A veces, parece como si estuvieran rezando. Otras, pegan unos gritos que te ponen los pelos de punta. Están todos como una cafetera rusa y ya puede venir un ejército de psiquiatras o psicólogos o lo que sea, que a mí me parece que esos pobres ya no tienen solución.

15

Cuando vi la llave puesta en el cajón de los tesoros y secretos de la mesilla de papá, fui corriendo a decírselo a María del Mar. Parecía que el corazón se me iba a salir por la boca de lo fuerte que me latía.

No había nadie en casa, pero yo, por si acaso, me quedé vigilando en la puerta mientras María del Mar abría el cajón. Papá nos tiene terminantemente prohibido que enredemos en él. Ni siquiera deja que mamá lo ordene o lo limpie.

—Ven, Ana. No seas tan miedica. Mira lo que hay aquí.

María del Mar tenía un sobre en las manos. En el sobre había dos fotos. En una, el abuelo Pepe está en un parque lleno de palomas. Lleva puesta una gabardina beis como las de los gánsteres de las películas americanas. A su lado hay una señora muy guapa. El abuelo le sonríe mientras sostiene una paloma blanca en la mano.

Le di la vuelta y leí la dedicatoria:

Madrid, marzo de 1932. Parque del Buen Retiro.
Para mi querido Pepe, de su amada Victoria.

—Esta tal Victoria debe de ser la señora que está de pie cogida del brazo del abuelo —le dije a mi hermana—. Tiene muy buen tipo, mira qué elegante.

La señora llevaba un vestido de flores precioso, pero no le pudimos ver la cara porque estaba tachada. Esa debía de ser la pelandusca millonaria.

En la otra foto, la tata Angelita está sentada en un banco de un parque con un bebé rubio en los brazos. Me quedé mirándola sin decir nada. Mi hermana le echó también una ojeada y, muy pensativa, siguió buscando en el cajón.

—¡Ajá, aquí está! —me dijo María del Mar, mientras robaba una llave de dentro de una cajita de plata que estaba al fondo del cajón—. Vamos, que te voy a hacer la demostración que te dije.

Me cogió de la mano y me arrastró hasta el despacho. Abrió el armario de las escopetas y yo casi me desmayé de la emoción. Así de cerca, esas armas impresionaban de verdad. María del Mar no movió una ceja. Es tremenda. No tiene miedo de nada. Se subió al sillón del escritorio y cuando estaba bajando la escopeta, por poco se la pega.

—María del Mar, ¿y si está cargada? —le dije.

Ya me imaginaba a mi hermana con la tapa de los sesos levantada y toda la sangre por el suelo.

—Sssssh…. Cállate, Ana, que pareces tonta.

Después de probar varias veces, llegamos a la conclusión de que es imposible pegarse un tiro en la sien con una escopeta. Entonces la pusimos en el suelo de pie y estábamos tan concentradas que no oímos la puerta.

—¿Qué coño se supone que estáis haciendo?

La voz de papá resonó por toda la habitación. Estaba de pie delante de la puerta y, no sé por qué, a mí me pareció mucho más alto.

—Estoy demostrándole a Ana que el abuelo Pepe no se pegó un tiro en la cabeza —dijo María del Mar, que ahora sí que estaba cagada de miedo. Hablaba tan bajito que casi no se le entendía.

—¿Puedes repetir eso? —gritó papá.

Mi hermana lo repitió todo, pero con una voz rara que sonaba como si estuviera afónica.

Mientras papá se acercaba, María del Mar colocó la escopeta encima del escritorio con mucho, pero que muchísimo cuidado y sin dejar de mirar a nuestro padre.

—¡El abuelo Pepe murió de un infarto!

—Sí, papá…

—Y vosotras sois lo suficientemente inteligentes para no creeros lo que vayan diciendo por ahí.

—Sí, papá…

—Hay mucha gentuza que cotillea sin saber, que se muere de envidia.

—Sí, papá…

—¿Y quién os ha contado esa barbaridad, si se puede saber, Ana?

—No…, nos lo han contado, papá… Lo hemos oído…

Tardé un poco en hablar porque no me salía ningún sonido de la garganta, después me entró el hipo que siempre me da cuando estoy a punto de empezar a llorar.

—Habla claro, Ana, y deja de lloriquear.

—Don Grego… —empecé a decir muy despacito.

—¡Más alto, Ana, no te entiendo!

El labio de abajo me temblaba mucho y me quedé como atascada y solo quería salir de allí corriendo y que papá no chillara de esa manera.

—Nos lo contó la abuela Paca —dijo María del Mar de repente.

Huy, huy, huy, eso se estaba poniendo feo, pero que muy feo. Ya nos podíamos ir despidiendo de la paga semanal y de salir en un año como mínimo.

Tengo que reconocer que, en el fondo, me alegré de la trola que le echó mi hermana a papá. Nuestra abuelastra se iba a enterar de lo que valía un peine y pagaría por todos los guantazos y palizas que le había pegado a mamá de pequeña. Miré la escopeta, que todavía estaba encima del escritorio, y pensé que, a lo mejor, a papá le daba un ataque de rabia de los suyos y le pegaba un tiro a la abuelastra. Así cerraría el pico hasta la eternidad, porque iría como mínimo al Purgatorio y de allí no se salía fácilmente. Al menos eso es lo que nos contó la madre Tomasa, que los malos se quedan flotando en la nada pagando por sus pecados por los siglos de los siglos. Yo tenía mis dudas, porque a ver quién se creía ese cuento de las almas sufrientes dando tumbos de acá para allá en esa especie de sala de espera que es el Purgatorio. Debía de ser otro «símbolo» de los que les encantaban a las monjas y a los curas y que solo entendían los que tenían fe.

La voz de papá me sacó de mis pensamientos sobre el más allá.

—La Paca tenía que ser. Esa mala bestia no va a volver a pisar esta casa.

María del Mar disimuló la risa y, cuando papá no miraba, me hizo el signo de la victoria.

Bueno, la verdad es que, si la abuela Paca no volvía por casa, tampoco hacía falta que papá la asesinara. Era una tontería pensar que se puede matar a alguien así por las buenas.

Aunque en nuestra familia nunca se sabe… Lo único que nos faltaba ahora era que mandaran a la cárcel a papá y le pusieran cadena perpetua o la pena de muerte. Entonces ya no podría buscar trabajo y, tal como estaban las cosas, era mejor que siguiera en libertad e hiciera algo de provecho, como decía mi tío Miguel.

Papá guardó la escopeta en su sitio y se quedó un buen rato mirando el hueco vacío que había en la vitrina. Después, cerró el armario y se guardó la llave en el bolsillo con cara de preocupación.

—Y la llave… también os la habrá dado la abuela Paca, ¿verdad?

—Sí, papá…

Papá nos miró con los ojos más tristes del mundo. Son de color miel. Antes, cuando hacía sol y estaba contento, parecían pepitas de oro, y le salían como unas chispas saltarinas que brillaban si nos miraba a mamá, a María del Mar o a mí. Sin embargo, ahora los tiene turbios, como la miel que lleva muchos meses en un bote cerrado y nadie se la come y se pone dura y al final se tira a la basura.

—Ana, María del Mar…

—¿Sí, papá?

—No volváis a hacerlo, ¿de acuerdo?

—De acuerdo, papá.

16

Mis padres han alquilado el piso de arriba a Andrés y Conchita. Son de Madrid y hablan muy fino. Andrés es médico del corazón y amigo de papá desde que eran jóvenes. Hablan mucho de política, se cuentan chistes y siempre se están riendo. Conchita es enfermera, pero tuvo que dejar su trabajo cuando trasladaron a su marido a Mérida. Bueno, papá siempre dice de broma que sigue siendo enfermera, pero de un solo paciente, que es su Andrés, y es que, como está tan gordo, no le deja comer tapas ni beber copas. Papá no le hace ni caso a Conchita y siempre se lo lleva a escondidas al bar Anselmo. Allí se ponen los dos morados de chorizo, de callos y de vino.

Conchita y papá se llevan fatal. Papá piensa que es una marimandona y dice que tiene dominado a Andrés, que es un calzonazos. Siempre se están peleando. La última bronca que tuvieron fue por la perra que papá encontró abandonada en la carretera.

—Mirad lo que tengo aquí —nos dijo papá entrando con la perrita en brazos—. Os presento a… ¡Paca! —soltó, y empezó a reírse como un loco.

Lo primero que pensé es que a mamá no le iba a hacer tanta gracia y que esa noche íbamos a tener música cuando se enterase de que le había puesto el nombre de la abuelastra.

Salimos al patio con Paca. Conchita, al oír los ladridos, se asomó a la terraza.

—¡Qué bonita es! —nos dijo toda entusiasmada—. ¿Cómo se llama?

—Se llama Paca —le contestó papá, que apareció en el patio de pronto.

—Hola, Lucero —dijo Conchita. Yo me quedé pasmada al oírla—. Lucero es una perra muy bonita.

«¿Lucero?», pensé. ¿Es que no había entendido Conchita el nombre de la perrita?

—Lucero, ¿te gustan los higaditos de pollo? —preguntó Conchita.

—Vamos para dentro, Paca —le ordenó papá, y Paca-Lucero lo siguió moviendo la cola.

Mi madre se puso del lado de Conchita y decidió llamar a la perra Lucero. María del Mar y yo éramos neutrales y la llamábamos Paca delante de papá y Lucero cuando estábamos con mi madre o con Conchita.

La pobre Paca-Lucero empezó a volverse medio histérica por culpa de esos mayores buscanombres. No obedecía a nadie y se pasaba el día escondida debajo del sillón de terciopelo rojo que había en el recibidor. Era su puesto de control. Cada vez que entraba alguien en casa y pasaba por delante, le pegaba un mordisco en el tobillo. Mis amigas y las de María del Mar ya no venían. Bueno, las pocas que se atrevían daban un rodeo o pasaban de puntillas pegadas a la pared de enfrente. Hasta Paquita Pérez dejó de pasarse a cotillear y controlar si mamá tenía hechas las camas.

Al final, aquello no era vida para una perrita y papá llevó a Paca-Lucero a la finca de un amigo y no la volvimos a ver. Espero que allí solo tenga un nombre y pueda vivir más tranquila y ser feliz, pero eso no cambia mucho la historia de casa, porque Conchita y papá siguen discutiendo por cualquier tontería.

Sin embargo, mamá y Conchita se han hecho muy amigas. Aunque, cuando están juntas, no se ríen tanto como papá y Andrés. Siempre hablan de los ataques de genio de papá, y de los problemas de dinero que tenemos en casa, y de que papá está loco y de que no busca trabajo. Mamá le explica que ella no puede con él, que es un gastoso y un niño malcriado, y que si patatín y que si patatán… Conchita consuela a es harina de otro costal. Mamá tuvo que cambiar de practicante por lo menos tres veces porque María del Mar los molía a patadas. A veces venían dos vecinas para echarle una mano a mamá y al practicante. La agarraban por los brazos y por los pies y parecía Jesucristo en la cruz, pero bocabajo, y cuando ya la tenían inmovilizada, se ponía tiesa como una tabla. Como estaba hecha un palillo, no había carne donde pinchar y al último practicante, que era el mejor, se le rompían las agujas y, claro, luego no quería pinchar a mi hermana. No le salía a cuenta comprar tantas agujas; además, tardaba mucho y luego no le daba tiempo a ponerles la inyección a los otros enfermos. Ahora, desde el invento de las pastillas, debe de estar dando saltos de alegría.

A mí me gustaría que Andrés fuera mi padre. Es un buenazo. Mide casi dos metros y debe de pesar más de cien kilos y cuando se ríe le tiembla todo ese cuerpo de gigante que tiene. Es como si se hubiera tragado una culebrilla juguetona que le va haciendo cosquillas por dentro y no para de moverse. Se ríe con la garganta, los hombros y la barriga. No puede aguantarse ni dejar de menearse al compás de sus carcajadas. Sigue así mucho rato hasta que la culebrilla parece acostarse, cansada de tanto ejercicio, y Andrés puede estarse quieto y volver a hablar normal.

Ahora, cuando Conchita baja a vernos, papá se va. Yo creo que no es solo por lo de la perrita. Papá odia que le digan que busque trabajo y Conchita no tiene pelos en la lengua y se lo repite casi cada día. Y yo no entiendo a papá. ¿No se aburre de estar sin hacer nada tantas horas encerrado en casa o bebiendo vino en el bar? Me gustaría que tuviera un trabajo en una oficina porque en el cole, cuando tengo que rellenar el recuadro donde pone oficio del padre, me muero de vergüenza al escribir *propietario*. Fue lo que me dijo él que pusiera cuando se lo pregunté. Ya estoy cansada de hacer el ridículo y de que me señalen con el dedo en el cole por no tener cosas bonitas como las demás. Por ejemplo, ahora todas las de mi clase, menos yo, tienen el boli de los cuatro colores. Se lo pedí el otro día a mamá y me dijo que no podía ser, que era muy caro, que estábamos a fin de mes y que no había dinero para esas cosas. Empecé a insistir y a insistir y ella cada vez ponía más cara de pena. A mí me dio igual. Estaba harta de todo, de los gritos, de las peleas, de que mamá ya no esté casi nunca en casa porque trabaja mucho y de que ya no sea ama de casa como las madres de mis amigas, de que papá se pase el día en el bar bebiendo chatos de vino, de no tener unos padres normales como todo el mundo y de que me tenga que ir a Plasencia con mi tía Asunción y el tío Julio el curso que viene.

Le dije a mamá que era obligatorio llevar el boli al colegio para la clase de matemáticas y ella se dio cuenta de que le estaba mintiendo.

—Esto es una pataleta de niña mimada, Ana. Quiero que dejes el tema del dichoso bolígrafo ahora mismo —me dijo.

Entonces me enfadé de verdad. Allí el único niño mimado era papá, que no quería comer los platos que no le gustaban, hacía cosas que no estaban bien, se hacía el jefe de todo y lo teníamos que obedecer aunque a veces dijese tonterías porque estaba medio loco y nadie le reñía. Empecé a gritar porque quería ese bolígrafo, y porque ya no íbamos a la playa en verano, y porque ya no teníamos coche ni a la tata Angelita, y porque papá había vendido nuestras bicicletas BH sin preguntárnoslo, y porque no me gustaba la tía Asunción y no me quería ir con ella a Plasencia.

Y el boli era tan bonito… Tenía arriba cuatro botones de diferentes colores: rojo, azul, verde y negro, y cuando apretabas uno, escribía con el color que habías elegido. Bueno, la letra te salía un poco rara porque, como llevaba cuatro recambios dentro, era mucho más gordo que los bolis normales. Y sin darme cuenta empecé a zarandear a mamá y a empujarla y entonces me castigó.

Me mandó a mi habitación y cerró la puerta de golpe. Me miré en el espejo del armario, me quité los zapatos Gorila y los lancé contra él con todas mis fuerzas. Empecé a gritar, a berrear y a tirar cosas. Era como si tuviera un monstruo malo dentro que lo quería romper todo. Ya no me importaba nada, solo quería destrozar la habitación y desaparecer, irme de esa casa y no ver nunca más a papá, que era el que tenía la culpa de todo. No podía dejar de patalear y de llorar. Hasta que me cansé y me quedé dormida encima de la alfombra.

Cuando me desperté, mamá estaba sentada a mi lado en el suelo. Me acariciaba la cabeza muy despacio para no despertarme. Abrí los ojos y me abrazó tan fuerte que me hizo daño y así estuvo mucho rato. Era como si fuera adivina y tuviese miedo de que me fuera lejos de ella y no volviera nunca más. Al final, me apartó de la cara los mechones de pelo pegajosos y llenos de mocos, y empezó a darme besos. Salió un momento para coger el bolso y volvió al dormitorio. Se sentó muy cerca de mí y sacó el monedero. Yo la miraba mientras ella contaba despacito las monedas como con miedo a que no le llegase.

—Toma, hija. Mañana bien tempranito te acercas a Casa Pérez y te compras ese bolígrafo que necesitas.

De pronto, me arrepentí y me entró una pena muy grande que llenaba toda la habitación.

—Mamá, me parece que no corre tanta prisa. Lo preguntaré mañana en el cole porque a lo mejor no lo necesitamos todavía.

17

Me voy a Plasencia, a casa del tío Julio y la tía Asunción. Ellos no tienen hijos y mamá dice que les hace mucha ilusión que pase este curso allí. Me ha preguntado si quería ir, yo le he dicho que sí y he apartado la vista. Mamá siempre nota si miento cuando la miro a los ojos, pero yo no le puedo contar la verdad porque la tía Asunción se enfadaría conmigo. Ya me avisó el otro día:

—Te vienes con nosotros y punto. Ni se te ocurra decirle a tu madre que no quieres, que bastante tiene encima la pobre.

Hace mucho tiempo que oigo a los abuelos, a los tíos y a nuestra vecina Paquita Pérez decir que mamá tiene mucho encima. No me gusta nada escucharlo. Me imagino a mamá como esa especie de dios, no sé si se llama Heracles, que carga con una piedra por una cuesta. La piedra es como ocho veces más grande que él y se le ve sudando la gota gorda y con cara de sufrir mucho.

Plasencia está a muchos kilómetros de Mérida, en la provincia de Cáceres. Así que solo podré ver a mis amigas algunos fines de semana cuando mis tíos vengan a visitar a la familia. Allí iré a un colegio nuevo donde no conoceré a nadie.

El tío Julio es el hermano mayor de mamá. Es muy simpático. Siempre se está riendo y cuenta chistes. Es el director de una fábrica de ladrillos, viguetas y materiales para construir casas. El dueño de verdad es mi tío Miguel, que también tiene fábricas en Mérida y muchos pisos. Está siempre trabajando y por eso no puede dirigir su fábrica de Plasencia y ha mandado allí al tío Julio. Papá antes también tenía mucho dinero, era casi millonario. La abuela Paca me ha contado que tenía tantos campos que, aunque subieses arriba del todo de la sierra de Carija, nunca podías ver dónde se terminaban sus olivares. Ahora se ha quedado sin nada y hasta que se muera el viejo Fanega y herede, no seremos ricos otra vez.

El tío Julio es más alto que papá y guapísimo. Se ve que de joven tenía mucho éxito con las mujeres y todas se lo rifaban. Tuvo una novia que había sido *miss* Mérida, pero la tía Asunción se lo quitó. No sé lo que le contaría a esa *miss* Mérida, seguro que la asustó y convenció al tío Julio para que se casara con ella.

La tía Asunción es sobrina de la abuela Paca, pero, como ella no es la verdadera madre del tío Julio sino su madrastra, el cura les dio permiso para casarse, porque no son familia directa de sangre. Papá dice que, si te casas con alguien de tu misma sangre, los hijos te salen tontos, por eso hay muchos reyes retrasados mentales, porque en la realeza es normal que se casen primos con primos.

Ayer me despedí de todas mis amigas en el Parque de Abajo y estuvimos hasta muy tarde de charla y comiendo pipas. Me habían dado permiso hasta las ocho y llegué a casa a las nueve y pico. La verdad es que lo hice aposta; sabía que ya no me pondrían ningún castigo porque mañana me voy a Plasencia y no tendrán tiempo de cumplirlo.

Mis tíos llegaron muy temprano y aparcaron el coche delante de casa. Se quedaron allí esperando mientras yo me despedía de todos. Mamá me dio una bolsa de caramelos de la Mártir, que son los que reparten los nazarenos en Semana Santa. A mí me encantan y además me quitan el mareo.

—¿De verdad, hija, que te quieres ir con tus tíos?

Yo volví a mentir y le dije que sí.

—Tú estudia mucho, Ana —me dijo mamá con los ojos muy brillantes.

Me cogió de la mano y me acompañó a la habitación. María del Mar se hacía la dormida, aunque disimular no es lo suyo. Tenía un ojo medio abierto y pegaba unos ronquidos tan fuertes que se notaba a una legua que era puro teatro.

—Ana, dale un beso a tu hermana —me dijo mamá muy bajito.

Y por primera vez lo hice sin protestar y María del Mar se dejó. A papá no pude decirle adiós porque ya se había marchado.

El viaje de Mérida a Plasencia me lo pasé vomitando y eso que me había tapado el ombligo con un esparadrapo, que es el truco que usa Merceditas cuando va en coche a Madrid. Tenía el estómago lleno de una tristeza que me daba empujoncitos y, cada vez que me venía una arcada, era como si toda esa pena que estaba callada dentro fuera subiendo junto a los trocitos de magdalenas del desayuno. Le hice un gesto a mi tía para que parásemos. Lo eché todo y me quedé vacía. Sin nada dentro. Sin tristeza, sin María del Mar, sin mamá y sin papá.

Cuando nos montamos otra vez en el coche, me puse a mirar el paisaje. Abrí un poquito la ventanilla y respiré hondo para llenarme del aire limpio del campo. Los castillos corrían a toda velocidad a mi lado y me acordé de las princesas que debían de haber estado allí encerradas en sus torres, que suplicaban que las dejaran libres y que se secaban los ojos con un pañuelo de encaje blanco. De pronto, yo era una de esas princesas y papá el caballero que me rescataba. Vaya ocurrencia. Con lo desastre que es papá. Él nunca podría salvarme trepando por una muralla porque tiene un brazo torcido de una vez que se cayó de un caballo. El brazo le quedó mal y nunca más lo pudo estirar; por eso lo dieron por inútil y se libró de la mili. Bueno, y también porque era un enchufado y el abuelo Pepe conocía a un general o un coronel que le firmó unos papeles de mentirijillas para que se salvara. La abuela Paca dice que, si papá hubiera hecho el servicio militar, otro gallo cantaría, que allí se habría convertido en un hombre de verdad.

Llegamos a Plasencia a mediodía. La casa de mis tíos está al lado de un convento muy grande. El tío Julio me contó que allí viven unos monjes, pero que no dan clases a niños. Solo rezan, piensan, leen y algunos trabajan en el huerto. Delante de la iglesia del convento de Santo Domingo hay una plaza con baldosas de piedra amarilla y mi tía me dijo que siempre está llena de niños jugando. Se hacía la simpática para animarme.

—Ya verás la de amigas que vas a conocer aquí.

Estuve a punto de contestarle que yo ya tenía suficientes amigas en Mérida y no necesitaba más.

La casa de mis tíos es mucho más fea que la nuestra. El pasillo es muy largo y oscuro, hace como una ele y, al final, está la cocina. Enseguida me lo imaginé por el ruido de los platos y cacharros que venía de allí.

—¡Ya hemos llegado, Dolores! —gritó mi tío.

Dolores, que es la asistenta de mis tíos, vino al comedor empujando un carrito con ruedas lleno de comida. Me abrazó muy fuerte y me dio muchos besos cortitos todos seguidos. Noté que tenía bigote porque al acercar la cara me hizo cosquillas. Con sus manos ásperas y regordetas, me apartó los mechones de pelo de la cara y me pasó una manopla empapada de jabón Magno por los brazos.

—Ya está, Ana, y ahora a comerte unas croquetas.

Dolores es la persona más fea y más buena que he conocido en mi vida.

En aquella casa se comía ocho veces más que en la de mis padres. Aparte de las croquetas, mis tíos se zamparon un plato de coliflor rebozada que apestaba, pescado frito, embutidos, queso y fruta. Mi tía me sirvió un poco de coliflor y me volví a marear. Me entró como un sudor raro en la frente y las manos se me pusieron frías y todo daba vueltas y estuve a punto de caerme de la silla. Dolores me dijo:

—Vamos a deshacer la maleta.

Y me salvó de otra vomitera. Ahora sé que, mientras ella esté cerca, todo irá bien.

En Plasencia tengo una habitación para mí sola, no como en casa, donde la comparto con mi hermana. Allí, siempre protesto porque María del Mar se mete conmigo, me da la lata, nos peleamos y mamá tiene que venir muchas veces para separarnos. Cada vez que un «¡Mamáááá!» resuena por todo el pasillo, ella sale corriendo con la zapatilla en la mano. Todo comedia, porque mi hermana y yo nos metemos debajo de la cama y mamá se va después de pegar un par de gritos. Me gustaría que mi hermana estuviera aquí, y mamá, aunque me zurrase de verdad con la zapatilla.

Dolores y yo ordenamos todas mis cosas en el armario.

—Bueno, cariño, hasta mañana —me dijo.

Me agarré a ella con tanta fuerza que me dolían los brazos.

—Vamos, Ana, ya tienes nueve años. Pórtate como una niña mayor. Yo solo estoy aquí hasta después de comer. Tengo una familia a la que cuidar, ya la conocerás, te lo prometo —me dijo. Después me soltó las manos de su cintura con mucho cuidado para no hacerme daño y me dio un beso en la frente—. ¡Hala, y ahora a la plaza a jugar! —añadió al salir.

Me senté en mi cama de níquel y los brazos se me cayeron con las manos abiertas encima de la colcha de ganchillo. Me quedé así un rato, quieta, sin saber bien qué hacer en esa casa tan larga y oscura. Y, de pronto, me fijé en las baldosas verdes del suelo que me recordaron el mar de Chipiona.

18

La tía Asunción no me quiere. Ni yo a ella. En eso estamos en paz. Mi tía solo quiere a su Julio. Cuando lo mira, se derrite toda entera. Se cree que está casada con un actor de cine o algo así y se pasa todo el día diciendo lo guapo que es, que si mi Julio por aquí, que si mi Julio por allá… Vaya empalago.

Mi tío es un ligón de tomo y lomo que les sonríe y les guiña el ojo a todas las mujeres que se le cruzan por la calle y mi tía se pone celosa y le dice: «Julio, por Dios», y él se ríe y se ríe, la abraza y le contesta:

—¡Tú eres la más guapa de todas, Asunción!

¡Ja! Y ahora voy yo y me lo creo.

El cole empieza el lunes que viene. Ya solo faltan cuatro días y estoy cada vez más nerviosa. He mirado la cartera ochenta veces para que no me falte nada, no vaya a ser que la señorita me llame la atención el primer día y todas las niñas me miren y se burlen de mí.

Hace dos días fui con mi tía al mercado y me presentó a la carnicera, que es amiga suya. Tiene una hija que se llama Emi y es de mi edad. Va a mi cole nuevo y estará en la misma clase que yo. La carnicera y mi tía estuvieron hablando mucho rato. Se ve que la tía Asunción no me acompañará al cole. Me llevará en coche el tío Julio, porque le cae de paso camino a la fábrica y, como la madre de Emi tiene que abrir muy temprano la carnicería, al tío Julio no le importa llevarnos a las dos. ¡Qué contenta me he puesto cuando me he enterado! Así no tendré que ayudar a mi tía con la faja y llegaremos a tiempo.

La tía Asunción se tira cada día dos horas para meterse en esa cosa elástica horrorosa. Cuando por la mañana la oigo gritar «¡Anita! ¡La faja!», ya me entra la asfixia. La faja es de caucho, que es la misma goma con la que se hacen las ruedas de los camiones, y aprieta mucho. Aunque mi tía se embadurna de polvos de talco para que resbale mejor, siempre se le queda atascada en los muslos.

—Anita, empuja.

Yo hago lo que puedo, pero tengo que hacer mucha fuerza y empiezo a estornudar de la polvareda que se forma alrededor de ese culo enorme que se vuelve como borroso. Entonces, pierdo el equilibrio y me caigo encima de su cama.

—Mira que eres floja —me dice mi tía.

Yo sudo la gota gorda y aparto la vista para no ver más esos dos jamones blancos y grasientos que se le desparraman para abajo y le tapan los tobillos como la leche cuando hierve y se sale y se queda toda pegada encima del borde del cazo.

Emi y yo estuvimos jugando la otra tarde en la plaza y me explicó muchas cosas. Me cae bien mi nueva amiga. Al principio me daba un poco de vergüenza, pero, después de un rato, parecíamos dos cotorras, como dice mamá. Me explicó que mi cole nuevo es una escuela pública. Eso quiere decir que es gratis, no como los de monjas, que son muy caros. En Plasencia hay uno de monjas, pero está lleno de pijas repipis. Mis tíos no deben de ser muy ricos o, a lo mejor, no quieren gastarse tanto dinero en mí. Al fin y al cabo, yo no soy su hija y mis padres están sin un duro.

Emi va a nuestro colegio desde primero y el año pasado tenía una maestra que era muy buena.

—Este año nos toca doña Manolita. Tiene muy mal genio —me dijo en voz baja Emi.

Era como si le diera miedo que nos estuviera escuchando desde algún sitio.

19

Esta mañana hemos ido a buscar a Emi muy temprano para llegar a tiempo al cole y que no nos tuviera que llamar la atención nuestra señorita.

En las Josefinas, el primer día de clase nos dejaban elegir sitio. Yo entraba como una flecha y siempre me sentaba en la última fila, donde era mucho más fácil hablar sin que me vieran las monjas. Ellas ya me tenían calada y el segundo día me señalaban mi nuevo pupitre en primera fila, lo más cerca posible de la mesa de la profesora.

El colegio nuevo es muy grande, pero Emi se lo conoce al dedillo y hemos encontrado nuestra clase sin problemas. Nada más entrar nos fuimos directas a los pupitres del fondo, por si colaba.

—¡Ustedes dooooos! —nos gritó una señora bajita y regordeta que debía de ser doña Manolita.

Nos quedamos petrificadas cuando estábamos a punto de sentarnos. ¿*Ustedes*? ¿Nos estaba llamando doña Manolita a nosotras?

—¿Quién les ha dicho *a ustedes* que se pueden sentar donde les dé la gana?

—Bueno…

Yo intentaba explicarme, pero tenía un nudo en la garganta y las palabras no me salían. Emi estaba a mi lado con la cara más blanca que un papel.

—En mi otro cole podíamos elegir sitio el primer día de clase —contesté intentando hacerme la fuerte.

—¿Y se puede saber qué colegio era ese?

—Las Josefinas, de Mérida, doña Manolita.

—Ya… Pues aquí, jovencita, no estamos en Mérida ni en su antiguo colegio. Aquí las reglas las pongo yo.

Toda la clase estaba en silencio mirándome y la cara empezó a arderme y no podía levantar la vista del suelo de la vergüenza.

—A ver, nombre y apellidos.

—Ana de Sotomayor —le dije algo nerviosa.

Sentí un gran alivio cuando nuestra profesora dejó de taladrarme con la mirada y se acercó a Emi, que se había quedado muda.

—A usted ya la conozco, Emilia, y no me esperaba este comportamiento de una antigua alumna de esta escuela.

Estoy segura de que, si mi amiga hubiera tenido poderes, se habría esfumado como el genio de la lámpara de Aladino.

—De momento, van a sentarse ustedes en primera fila, y cada una en un pupitre. ¡Y que no oiga yo ni una mosca!

Doña Manolita se puso a hacer punto mientras escribíamos una redacción sobre las vacaciones. Debajo de su mesa había un brasero de picón apagado, claro. Los pupitres eran dobles y estaban muy viejos. En el tablero había un hueco donde antes se colocaban las plumas y unos agujeros para los tinteros. Y es que en los tiempos antiguos no existían los bolis. Me fijé en que los bancos estaban llenos de clavos y se te podían enganchar los leotardos y hacerte un montón de agujeros. Eran muy duros y acababas con el culo destrozado.

En la pared de detrás de la mesa de doña Manolita había un retrato del Generalísimo Franco y, al lado de la tarima, una bandera española muy grande en un palo.

En este cole ves a Franco hasta en la sopa. Está colgado por todas partes. Después del recreo, nos pusimos en fila y cantamos una canción que se llama *Cara al sol* con el brazo en alto. Yo no me la sabía, pero empecé a mover los labios para que no se notara. A papá no se lo contaré, es capaz de venir y armar un escándalo. Odia a los del brazo en alto.

Una vez estábamos de visita en casa de una prima de mamá. Era muy tarde y pusieron el himno nacional por la radio. Su marido saltó del sillón como si tuviera un muelle en el trasero, juntó los talones como hacen los soldados cuando les dicen «¡Firmes!» y empezó a cantar. Daba miedo así de tieso y con el brazo tan estirado. Papá se quedó sentado con cara de enfadado. Más tarde me explicó que ese medio tío era un fascista de tomo y lomo. Yo no sé muy bien lo que hicieron los fascistas, pero mi vecino Andrés dijo una vez que quemaban a judíos. No creo que doña Manolita haya matado a judíos, aunque me parece que eso de cantar el *Cara al sol* le chifla. Parecía una Generalísima allí delante de la fila, y casi se le salió el brazo del sitio de tanto estirarlo.

Papá está en contra de la gente que mata a judíos. También de los que pegan a los niños y maltratan a los animales y, aunque yo sé que está un poco loco y hace sufrir a mamá, lo echo de menos. ¿Y si le contara solo un poquito sobre lo de cantar el *Cara al sol* en el cole y lo del brasero de picón que tiene doña Manolita para ella sola? Igual vendría a buscarme, me sacaría de este colegio fascista y volveríamos a casa juntos.

—¿Qué tal el primer día de cole, Ana? —me preguntó mi tío ya en el coche camino de casa. Sonreía como si pensara que nos había llevado a un parque de atracciones en vez de a una escuela medio militar.

No quería quitarle la ilusión, así que le contesté:

—Bien, tío Julio.

—¿Y tú, Emi?

—Bien, don Julio.

—Así me gusta. Y ahora a comer. ¡El cerebro solo funciona cuando nos alimentamos como es debido! Hoy Dolores nos ha hecho pollo en pepitoria.

Lo que faltaba.

—¡Anita, Julio! ¡A la mesa! —gritó mi tía al oírnos entrar.

No sabía qué excusa inventarme, pero tenía que hacer lo que fuera con tal de no comerme ese pollo. Y es que cada vez que me acordaba de lo que le habían hecho al pobre animal, el corazón se me disparaba y parecía que me asfixiaba y que me iba a morir allí mismo.

90

Aunque la tía Asunción se cree una santa, porque va a misa cada día con velo y el rosario en la mano, en realidad es una asesina de animales inocentes, una fascista que compra pollos vivos y le manda a Dolores que los mate para comérselos. Este de hoy seguro que es el que se cargó este sábado.

Yo estaba leyendo mi libro de *Los Cinco* cuando oí:

—¡Anita, ven a echarnos una mano con esto!

—Estoy leyendo, tía.

—Déjalo un momento, que ya sabes demasiado y te vas a quedar ciega.

—Es que estoy en lo más interesante…

—¡Que vengas te he dicho!

Dolores estaba en la cocina, con la cara medio morada y resoplando. Tenía los brazos en jarras y cara de pocos amigos. Estaba mirando a un pollo que saltaba como un loco por toda la cocina.

—Ayuda a Dolores a cogerlo, Anita. El jodido lleva ya media hora corriendo por toda la casa.

—Pero, tía Asunción… Ese pobre pollo no nos ha hecho daño.

—No, daño ninguno, pero hay que comer.

A mí casi no me salían las palabras.

—¿Comer? ¿Vas a…?

No me dejó terminar y se puso a gritarme como una loca:

—¿Qué? ¿Ahora nos andamos con remilgos? Una guerra tendrías que pasar y mucha hambre, así se te quitarían esas tonterías de la cabeza. Venga, agárralo mientras yo me quedo aquí en la puerta para que no se escape. Dolores, tú afila el cuchillo.

—Señora, si a la niña le da miedo…

—La niña está muy mimada y tendrá que aprender lo que es la vida. Si no, se convertirá en una inútil como su padre.

Empecé a correr detrás del pollo, que movía sus alitas como si quisiera escaparse volando, y todo se llenó de las plumas que se le iban soltando y revoloteaban por la cocina. El animalito estaba muerto de miedo. Yo también.

De pronto, mi tía se lanzó sobre él y lo agarró fuerte. Con el animal medio asfixiado entre sus brazos de salchichón, se acercó a una mesa pequeña y alta que tenía una madera muy gorda encima.

—¡Agárralo por el pescuezo mientras yo cojo el cuchillo, Ana!

Madre mía, mi tía no solo era una bruta, sino que también era una verdadera asesina de pollos.

—Ya lo sujeto yo, señora… —dijo Dolores muy bajito.

—Ni hablar de eso, Dolores. Anita, agárralo bien fuerte. Eso es, ahora por las alas.

Cerré los ojos mientras sujetaba al pobre animal, que no había hecho daño a nadie en el mundo y no se merecía que lo matasen de esa manera.

—Y ahora, que no se te escape. Este no es de los fáciles.

Tenía tanto miedo que me empezaron a temblar las piernas y luego ya no sé qué me pasó pero, cuando aquella fascista de pollos rozó con el cuchillo el cuello del pobre animalito, lo solté.

Al cabo de unos segundos, abrí los ojos. El pollo corría por la cocina con el cuello colgando de una especie de hilos blancos. Había sangre por todas partes. Los gritos de mi tía la bruta me espabilaron de golpe. Y vi al pollo muerto con el cuello casi suelto en medio del suelo de la cocina. No había sido un pollo nada fácil y murió como un valiente.

—Serás inútil, hacer sufrir así al pobre animal —me dijo mi tía.

Dolores lo recogió del suelo y lo puso dentro del fregadero. Me di cuenta de que le escondía la cabecita debajo de un ala para que yo no la viera.

20

¿Por qué no habla más bajo? ¿Por qué tiene esa voz chillona que me despierta cada noche? Piensa que no la oigo, que duermo como un angelito. Me manda a la cama muy temprano y por la mañana me despierta a las seis y media para hacer los deberes. Eso dice. A mí me parece que por las noches quiere contar historias que no puedo oír, chismes sobre lo desastre que es papá, pero yo lo escucho todo y ella no deja de dar voces. Parece una verdulera. Siempre pone a papá de vuelta y media. No habla de otra cosa. «El rey», lo llama. Eso lo dice porque papá tiene unas tarjetas blancas con su nombre y arriba del todo hay un dibujito con una corona dorada. Son sus tarjetas de visita. En casa de mis tíos hay unas cuantas en la mesita del recibidor, donde está el teléfono. A veces viene el tío Miguel de Mérida y me mandan a la cama todavía antes. Y la tía Asunción habla y habla y grita…

—Mira, Miguel, la coronita es el colmo. Se cree el rey de España.

Y suelta unas carcajadas que me ponen la piel de gallina y se me revuelve el estómago. Me tapo los oídos y aprieto los ojos para soñar con la casa de Dolores. Allí nunca vomito. Intento imaginarme que ya es sábado y que estoy allí durmiendo al lado de su hija Loli, pero no puedo, porque el dragón se despierta en mi estómago y sube expulsando fuego y todo arde y la garganta me quema y el calor sigue subiendo. Las llamas son cada vez más altas y la cena se convierte en lava como la que sale de los volcanes. Y yo intento pararla para que no se vierta y no puedo, hasta que llega a la boca, y me la vuelvo a tragar y todo escuece por culpa de ese líquido que va de arriba abajo sin parar. Al final, lo echo todo. Intento no hacer ruido para que ella no venga y me empiece a toquetear, porque eso es lo que hace: cuando lo he vomitado todo, viene a limpiarme, a acariciarme y a besuquearme. A mí me da asco y me entran más náuseas y, en cuanto puedo, me lavo la cara para no oler a esos besos mentirosos y podridos y no sentir su boca sucia llena de insultos a papá. Y miro la mancha que parece nadar en mi suelo verde como el mar. Tiene la forma de un tiburón que cada vez se hace más grande. Por eso, intento que todo caiga siempre en el mismo sitio, para que el tiburón no crezca. Pienso en papá y quiero que venga y me saque de aquí como cuando tenía ocho años y me quedé dormida en mi cisne en medio del mar y me salvó de morir devorada por los tiburones.

21

Todos los sábados por la noche, mis tíos salen a tomar cañas con sus amigos. Yo me quedo a dormir en casa de Dolores. Mi tía Asunción me prepara una fiambrera con la cena para que Dolores no tenga gastos. Siempre me pone pollo en salsa, puré de patata con huevo duro, sopa con menudillo y arroz con leche.

A la tía Asunción se le ha metido en la cabeza que tengo que engordar.

—Esta niña tiene que comer más, Julio. Ya verás la cara tan lustrosa que se le pone cuando coja unos kilos. ¡Si es que parece el espíritu de la golosina!

—La niña es delgadita como su padre —dice el tío Julio sonriendo—. Y no hay que obligarla a comer, que luego pasa lo que pasa.

Mi tía se cree que no me entero de nada. Me quiere cebar como a un cerdo para enseñarle a mamá una bola con rizos rubios y cara coloradota cuando vayamos a Mérida, una pelota de grasa que tenga que ponerse una faja como la suya para que no se le desparramen las carnes por todos lados, pero yo no tengo hambre y el arroz con leche me da asco. Al llegar a los postres, pido permiso para ir al baño y vomito sin parar. Mamá me verá hecha un palillo y se asustará, y no me dejará volver a esta casa que siempre apesta a ajo y a repollo.

Dolores se lleva mi cesta de comida a su casa. La coloca encima del poyete de la cocina y ahí se queda. A la hora de cenar, me hace una tortilla francesa y de postre me pone un buen trozo de su flan, que está para chuparse los dedos, porque lo hace con leche condensada La Lechera. El pollo en salsa no lo nombra.

La casa de Dolores está muy cerca de la de mis tíos. Es como un corralón que tiene un patio con un pozo en el medio. De ahí sacan el agua los vecinos con un cubo de zinc que brilla mucho con el sol y, a veces, hay cola porque en las casas no hay grifos. Está casi siempre tapado con una madera que pesa mucho para que los niños pequeños no se caigan dentro y se ahoguen. Alrededor del pozo viven tres familias que tienen muchos hijos que siempre están correteando por el patio.

También hay un gallinero y un retrete con un agujero en el suelo y un plato alrededor con dos huellas de zapatos en relieve. Allí se colocan los pies para no mancharte de pipí o de caca, porque los vecinos hacen sus necesidades de pie. Ese váter lo usan todos los que viven en el corralón.

El marido de Dolores se llama Ángel y tiene unos ojos tan azules como el cielo y tan dulces que me recuerdan los pasteles de Casa Gutiérrez. Es muy blanquito de piel pero, como trabaja en la fábrica de mi tío, se le ponen los mofletes muy colorados de cargar viguetas a pleno sol y siempre parece como si todo le diera vergüenza.

Dolores y Ángel son analfabetos. Me han preguntado si yo les puedo leer las cartas de sus padres, que viven en Espartinas, un pueblecito muy pequeño de Sevilla. Se las escribe el cura del pueblo.

—Tú escribirles también podrías, ¿verdad, Anita? —me ha preguntado Ángel muy bajito mirando al suelo.

Su hija se llama Loli y te mira con los mismos ojos azules enormes de su padre. Tiene seis años y va a un colegio de monjas. Me han contado que ellos ahorran y hacen muchos sacrificios para que su hija vaya a un buen colegio, estudie y después trabaje de secretaria y les pueda leer y escribir las cartas. Ángel está loco con su hija y se la come a besos.

—La mimas demasiado —le dice Dolores y, aunque quiere hacerse la dura, siempre se le escapa una sonrisa de medio lado.

En la casa de Dolores no hay tele, pero tienen una radio muy grande con una muñeca vestida de sevillana encima que baila en un pañito de croché. A veces escuchamos a una señora que se llama Elena Francis que da consejos a las mujeres que le mandan cartas explicándole sus problemas. Yo no sé cómo puede arreglar las cosas y acertar en todo así, en un plis plas. Mi tío Julio dice que Elena Francis es un hombre que pone voz de mujer. ¡Qué cosas tiene mi tío! ¿Por qué va a hacer de mujer un hombre en un programa de radio?

Las cartas para los padres de Ángel y Dolores son todas iguales, y es que aquí en Plasencia no pasa nada y no tienen mucho que contar.

—No importa, Ana. Nosotros lo que queremos es que sepan que estamos todos bien —me dice Ángel con esa cara de bueno que tiene.

Yo empiezo a escribir sin esperar a que me dicte porque me sé el principio de memoria:

Querida madre:

Espero que a la llegada de la presente se encuentre usted bien de salud. Nosotros bien gracias a Dios.

—Dolores, ven a ver la buena letra que tiene Anita.

Y ella se acerca limpiándose las manos en el delantal como si tuviera miedo de manchar la cuartilla con sus manos rojas llenas de sabañones.

—Y mejor memoria, Ángel. Ya se sabe todo lo que tiene que escribir.

A mí me entran como unas cosquillas en la barriga del gusto que me da cuando me dicen esas cosas tan bonitas. Me acuerdo de mamá, que siempre está orgullosa de mí y me dice que soy la niña más lista del mundo. Bueno, también se lo dice a María del Mar y en eso ya no estoy yo tan de acuerdo.

Por la noche, en casa de Dolores, usan unos orinales que son blancos, de porcelana, y se colocan debajo de la cama. Yo no puedo hacer pipí en esa especie de escupidera, porque todo te salpica y me da mucho asco.

El primer día que me quedé a dormir me hice pipí en la cama. Qué vergüenza. Nunca me había pasado, pero me entraron muchas ganas y era de madrugada. Intenté levantarme para ir al váter del patio. Estaba todo oscuro y me daba un pánico… Volví a la cama y apreté mucho las piernas, pero nada. El líquido calentito empezó a resbalar por mis muslos y tuve una sensación muy grande de gusto y desahogo. Me duró poco porque, de repente, me di cuenta de que mis tíos se iban a enterar y de que Dolores se enfadaría y no me dejaría volver nunca más a su casa. Había empapado las sábanas, las bragas, el pijama y lo peor: el colchón de lana. Me pasé toda la noche en vela pensando en cómo se lo diría a Dolores por la mañana.

La luz del día entraba ya por el ventanuco de la habitación y yo no dejaba de darle vueltas a lo que me había pasado. Al final, no me atreví a decir nada. Me levanté sin hacer ruido y me puse mi camisa blanca, mi pichi de cuadros encima de la camiseta y las bragas todavía mojadas. El pijama empapado lo guardé en mi bolso de viaje. Aún no había terminado de comer la pringá con ColaCao cuando Dolores se me acercó, me cogió de la mano y sin decir nada me llevó al dormitorio. Echó en una palangana agua calentita que había puesto a hervir en el fogón. Me quitó el pichi, las bragas y la camiseta y me lavó de arriba abajo con una esponja. Luego me puso una camiseta y unas bragas limpias de Loli que me quedaban pequeñas. Mientras me las ponía, rezamos la oración para bendecirlas. A mí se me resbalaban las lágrimas y me entró hipo. Dolores me limpió los mocos con su pañuelo.

—Ya está. Para ya de gimotear, criatura. Ha sido sin querer. Le puede pasar a cualquiera. Venga, ve a terminarte el desayuno, que luego tienes que acabar de escribir la carta para madre. Espabila.

Dolores me lavó el pijama y cuando estuvo seco lo llevó bien planchadito a casa de mis tíos. Lo vi al día siguiente colocado en mi armario. No le contó nada a nadie.

22

En la clase hay una competencia que no veas para llegar al primer asiento del primer pupitre de la fila de delante. Sentarse en ese sitio es el sueño de todas las niñas que se pasan el día con la nariz pegada a los cuadernos y los libros. Doña Manolita me puso allí solo un par de días para no quitarme el ojo de encima y dejar muy claro que ella mandaba y que me colocaría y descolocaría cuando le diera la real gana y no cuando a «la señorita» (así me llamaba, a veces, mi maestra) le apeteciera.

—Aquí no reina la ley de la selva —me repetía a diario—. Eso ni soñarlo.

También hablaba de disciplina y de humildad y yo qué sé qué más, porque dejé de escucharla de puro aburrimiento.

Aunque yo no quería, me quedé en el segundo puesto durante semanas porque era buena en mates y gramática. No es que fuera una superdotada, sino que en aquel colegio había un nivel de sótano, como decía mi padre cuando pensaba que alguien no sabía nada. En el de las monjas Josefinas de Mérida todo era más difícil y además yo había practicado mucho con mamá, que parece un premio nobel de las cuentas y los análisis morfológicos. Aprendí mucho con ella. Siempre nos ponía deberes en verano antes de salir a jugar a la calle. Eso lo hacía sin levantar la voz o pegarnos capones y guantazos. Era todo lo contrario a este tapón que me había tocado de profesora en Plasencia.

Hubiera podido quedarme en la primera fila hasta Navidad si no hubiera sido por el cero que me puso en historia doña Manolita cuando me preguntó la lección de Franco. Estoy preocupada porque todavía me lo tiene que firmar la tía Asunción. Cuando se lo conté a Emi, me dijo que lo firmara yo y santas pascuas. Me quedé muda de la impresión. A mí no se me había ocurrido y, cuando la oí, vi el cielo abierto.

—Tienes que practicar mucho la firma, Ana, por lo menos cien veces y te saldrá perfecta —me dijo.

No me lo podía creer. ¿Emi, una falsificadora? Y eso que parecía una mosquita muerta…

—A ver, saca tu libretita —me ordenó.

Yo la obedecí sin rechistar.

Emi empezó a pasar hojas y al final se quedó mirando la firma de mi tía mucho rato.

—Es fácil. La de mi padre sí que es complicada y rara. Tuve que practicar tres meses por lo menos.

No se podía hacer eso y seguro que a mamá no le iba a gustar si se enteraba. Aunque estaba convencida de que papá no me reñiría, porque yo solo había contestado en la lección de historia lo que él me había explicado y el que de verdad se merecía un cero era él y no yo.

—¿Quién es Franco? —me preguntó mi profesora después de sacarme a dar la lección delante de toda la clase.

—Un dictador, doña Manolita.

—¿Y a usted quién le ha dicho eso?

—Mi padre, doña Manolita.

—Y usted, Ana de Sotomayor, ¿sabe lo que es un dictador?

—Una persona que da órdenes y todo el mundo las tiene que cumplir sin rechistar.

—Ya vemos que su padre sabe mucho. ¿Es acaso catedrático?

—Nooo… Papá es monárquico.

—¿Y qué más le ha contado su padre sobre el Generalísimo?

—Que es un nazi como Hitler, que fue un presidente de Alemania y…

—¿Un qué? Hable más alto, que no la oigo bien, Ana de Sotomayor.

—¡Un señor que mandaba en Alemania y mataba judíos!

—Es decir, que el Generalísimo Franco es un asesino de judíos. ¿Es eso lo que usted me está diciendo?

—No, la verdad es que no los puede matar porque en España ya no hay judíos, que si no…

—¿Y cómo sabe usted eso?

—Porque papá dice que los Reyes Católicos los echaron a todos de España para robarles su dinero.

Toda la clase se estaba riendo a moco tendido. Doña Manolita me cogió del brazo, me sacó de clase y me arrastró por todo el pasillo.

Llegamos a una puerta de cristal, de esa clase que no es transparente. Arriba ponía *Director*. La que me iba a caer encima…

—Adelante.

Nunca había estado en el despacho del director de un colegio y no sabía muy bien qué clase de castigo me pondría. Igual me pegaba una paliza. Si doña Manolita daba capones a diestro y siniestro, don Eusebio seguro que me zurraba con una vara, como aquel maestro tan malo de *Oliver Twist*. Entré mirando al suelo.

Mi maestra le soltó todo el rollo de Franco y los judíos y don Eusebio la escuchó muy serio, sin ni siquiera pestañear.

—Entiendo. Puede usted volver a la clase, Manolita, yo me ocupo de esta pieza de museo.

Y me señaló un pupitre que estaba mirando a la pared.

Me tiré toda la mañana en su despacho copiando una lección de la *Enciclopedia Álvarez* que se llamaba «El descubrimiento de América».

A nuestra Patria le estaba reservado el destino más glorioso de todos: descubrir el Nuevo Mundo y hacerle partícipe de nuestra cristiana civilización.

—¿Qué significa «civilización», don Eusebio?

—A copiar y a callar, señorita de Sotomayor.

23

La semana pasó volando y llegó el viernes, el día en que doña Manolita controlaba las libretitas.

—Ana de Sotomayor, venga usted a la mesa con su libreta de notas.

Empecé a buscar en la cartera.

—No..., no la encuentro, doña Manolita.

Mi maestra se me quedó mirando fijamente.

—Busque, busque... —me dijo con muy mala idea y se cruzó de brazos mientras me atravesaba con sus ojillos de bruja.

—Creo que me la he dejado en casa, doña Manolita...

Ella se hizo la sorda, mientras repiqueteaba con sus dedos sobre la mesa.

Yo creo que el Dios de los Milagros me echó un cable porque, de pronto, sonó el timbre y el humor de doña Manolita cambió. Su cara de pepino en vinagre se convirtió en la de la Virgen Inmaculada. Anda que no se le notaban las ganas que tenía de salir pitando del cole y perdernos de vista durante el fin de semana...

—El lunes, Ana, el lunes sin falta quiero ver sus notas firmadas.

—Sí, doña Manolita.

El domingo por la noche me encerré en mi cuarto y firmé el cero. Al día siguiente me porté muy bien en el colegio y, como fui la primera en terminar las divisiones, doña Manolita me puso un diez en la libretita, justo debajo de mi falsificación perfecta. No se dio cuenta de nada.

—He sacado un diez en matemáticas —dije durante la comida.

—Así me gusta. Después te lo firmo —me contestó mi tía.

Me di cuenta de mi metedura de pata cuando ya era demasiado tarde. La tía Asunción me pidió la libreta y vio el cero firmado por mí justo encima del diez.

—¿Quién ha firmado aquí, Anita?

No sé por qué me dio por sacarme y meterme una de mis zapatillas. Y me quedé muda. Cuando quise contestar, se me había olvidado hablar. Igual me quedaba así, muda para toda la vida.

—Contesta, Ana.

No podía, lo intentaba, pero no podía. Tenía la boca tan seca como un estropajo de esparto. Era como si toda la saliva se hubiera convertido en un río que me bajaba por dentro de los brazos hasta las manos, que me sudaban y me sudaban.

—Muy bien. A ver qué dice tu madre cuando se entere de esto.

La tía Asunción se fue directa al recibidor, cogió el teléfono y empezó a marcar.

—¿Eugenia? No, no te preocupes, a la niña no le ha pasado nada. Claro, claro, te has asustado. Sí, pero esto no podía esperar. No, no, tranquila, Eugenia. Sí, la tengo aquí a mi lado. Será mejor que te lo explique ella misma.

Mi tía me hizo un gesto para que me acercara y me pasó el teléfono.

—Ana, cariño, ¿estás bien, hija?

Al oír a mamá, me volvió la voz.

—Mamá…

—No llores, Ana, no me asustes, ¿qué ha pasado? Cuéntaselo a tu madre. No me voy a enfadar.

Entonces, me salió todo y no podía parar de hablar y hablar. Le conté lo de la falsificación y los vómitos, también que no me gustaban el arroz con leche ni doña Manolita, y que, aunque me habían puesto un cero, había sacado un diez en matemáticas, porque ella me había enseñado a dividir cuando estaba en tercero y que había imitado la firma de la tía Asunción para que no se enfadara conmigo.

—Pero, hija, eso no se hace. ¿Lo entiendes, Ana?

—Sí, mamá, pero es que yo no quería que me riñesen.

—Ana… ¿Quieres volver a Mérida?

—Sí, mamá. Quiero irme a casa con vosotros.

Andrés le prestó el coche a papá, que vino a buscarme el sábado siguiente. Llegó después de comer. Abrazó a mi tío Julio y le dio las gracias por haberme tenido en su casa. La tía Asunción estaba lloriqueando en su habitación como un alma en pena.

—Asunción, que Luis y la niña se marchan —le dijo mi tío después de dar unos golpecitos en la puerta del dormitorio.

Silencio.

—Discúlpala, Luis, está muy afectada. Anita se va y, aunque Asunción disimula, es muy sensible. Se había encariñado con la cría…

Mi padre lo miró con afecto, le dio unas palmaditas en la espalda y cogió mis dos maletas.

—Vámonos, hija —me dijo.

—Luis, es tu hija. Tú sabrás, pero apenas falta un mes para que termine el curso…

—Eugenia lo ha arreglado a través de vuestra hermana Inmaculada. La directora del colegio de Mérida ha dado el visto bueno. Ana podrá acabar este curso en las Josefinas.

—Habéis pensado en todo —repuso mi tío, dándose cuenta de que ya no había marcha atrás. Y se acercó a mí despacito—. ¿Me das un beso, Ana? ¿O pensabas marcharte sin despedirte de tu tío?

Lo abracé, aunque no demasiado fuerte. Me daba miedo arrepentirme y tenerme que quedar.

Casi nos chocamos con Dolores al bajar la escalera. Había venido corriendo, estaba empapada de sudor y llevaba una bolsa en la mano.

—Esto es para el camino, Ana.

Abrí la bolsa, y el olor a su tortilla y a flan de huevo con leche condensada me hicieron cosquillas en la nariz y en el corazón.

—El Ángel no ha venido, lo he dejado en la casa hecho un mar de lágrimas. Ya sabes lo blandengue que es.

Se acercó a mí y, mirándome con los ojos muy brillantes, me alisó el flequillo después de mojarse los dedos con saliva.

—Ahora ya están esos rizos en su sitio, que parecías una gitana.

Me dio por lo menos veinte besos cortitos todos seguidos, como el día en que la saludé por primera vez. Se me saltaron las lágrimas y la abracé muy fuerte.

—Nada de lloriqueos y tonterías, que ya eres mayor para hacer pucheros de niña chica aquí en medio de la escalera.

Papá se acercó y la besó.

—Gracias por cuidar tan bien de ella.

A Dolores se le subieron los colores.

—Vayan ustedes con Dios —contestó.

Y nos fuimos.

24

Cuando nos lo contaron, estaban sentados en el sofá de terciopelo verde del salón con una sonrisa de oreja a oreja.

—Tenemos buenas noticias. Nos vamos a vivir a Sevilla —dijo papá.

Mi madre empezó a explicar una historia muy larga sobre otro colegio más bonito, un piso con terraza, amigas nuevas… Los ojos le brillaban de la emoción y nos habló entusiasmada del nuevo trabajo de papá y de todos los detalles de lo que ella bautizó como «nuestra gran aventura».

Todo era por culpa de papá. Siempre tenía que complicarnos la vida. ¿Por qué no buscaba un trabajo en Mérida en vez de pasear a su familia de arriba abajo por toda España? ¿No se acordaba de que me tuvo que ir a recoger a Plasencia porque allí estuve a punto de morirme de pena?

María del Mar escuchaba en silencio y con una cara hasta el suelo mientras yo hacía esfuerzos por no llorar. Papá nos miraba extrañado sin entender nuestro disgusto. ¿Pensaría que íbamos a dar saltos de alegría y a aplaudir o algo así? Nervioso, se levantó y empezó a dar vueltas por la habitación como un gato encerrado. Era lo que siempre hacía cuando trataba de encontrar una de sus estupendas soluciones. De pronto, se paró en seco y nos prometió que nos llevaría a una corrida de toros en la Plaza de la Maestranza de Sevilla.

—¿Una corrida de toros? ¡Vaya salvajada! —gritó mi hermana, y se largó del comedor dando un portazo.

Así es ella: sincera y valiente. Yo, sin embargo, nunca me atrevo a protestar delante de papá. Me horroriza que empiece a gritar y a tirar trastos por ahí, pero esta vez la cosa era seria y yo no podía disimular y aparentar que sus ideas eran maravillosas. Así que, haciendo de tripas corazón, le dije a mi padre que yo también odiaba los toros y que no me quería ir a Sevilla. Salí de la habitación, cerré la puerta (con más suavidad que mi hermana) y estiré el cuello todo lo que pude.

El trabajo se lo había buscado mi padrino, el padre Francisco, un cura muy amigo de papá que había trabajado en el colegio de los Salesianos de Mérida durante muchos años. Lo trasladaron a Sevilla cuando yo estaba en Plasencia, y me dio mucha pena porque no me pude despedir de él. Era un buenazo, pero no un buenazo cualquiera, ¿eh?, sino uno de esos que nacen así. Un bueno hereditario, digamos. Nadie tenía tanta paciencia con mis padres cuando se peleaban. Mamá lo llamaba y le explicaba todos los problemas y él se pasaba por casa después de sus clases para intentar arreglarlo. Se llevaba a mi padre al bar Anselmo, lo invitaba a unos vinos y hablaban mucho rato. No sé cómo lo hacía, pero nos lo devolvía después de un par de horas hecho un corderito.

El padre Francisco tenía unos ojos llenos de luz y de bondad que ablandaban a cualquiera, aunque, a veces, aparecía en ellos una chispita revoltosa de niño travieso que a nosotras nos encantaba.

Algunos sábados, íbamos con papá a visitarlo al internado. Nos esperaba en la puerta y, ya de lejos, nos saludaba con la mano, siempre contento de vernos. Nada más entrar, lo mirábamos impacientes, casi suplicando que empezara el juego. Y sus ojos se reían y bailaban mientras sacaba el silbato del bolsillo de su sotana y nos hacía un gesto para que nos colocáramos delante de la meta, que era una cuerda blanca que había puesto en el suelo.

—¡Preparadas, listas, yaaaa! —gritaba entusiasmado pitando con todas sus fuerzas.

Y María del Mar y yo salíamos disparadas hacia la cocina. Solo teníamos cinco minutos para pillar todo lo que quisiéramos. Corríamos hacia el congelador muertas de risa y cogíamos todos los helados que nos cabían en las manos. Cuando volvía a sonar el silbato, papá y mi padrino nos esperaban en la meta de salida mirando muy atentos sus relojes: por cada minuto de retraso, nos quitaban un helado, que abrían y chuperreteaban delante de nuestras narices, exagerando los lengüetazos para hacernos rabiar. Nosotras, con las manos moradas y los dedos medio anestesiados por el frío, nos zampábamos los que habíamos podido salvar. Y los vestidos de domingo se nos llenaban de lamparones.

Pero el padre Francisco se fue a Sevilla y no volvimos a saber nada de él hasta que pasó lo del monedero rojo.

Era del año catapún, con dos cierres dorados de clip ya un poco oxidados, y siempre estaba encima del aparador del comedor con la lista de la compra y algo de dinero que mamá nos dejaba a María del Mar y a mí antes de irse a la oficina para hacer los recados al volver del colegio a mediodía.

Un día fui a cogerlo para comprar el pan y vi que estaba vacío. Pensé que habría sido un despiste de mamá, que en esa época siempre estaba muy ocupada, aunque me extrañó encontrar la nota de los recados bien dobladita dentro. Se lo conté cuando volvió del trabajo. Ella se quedó un rato pensativa y dijo:

—Ay, tu padre…

Comimos las tres solas sin pan y en silencio. Papá volvió tardísimo haciendo eses y apestando a vino. Se metió en la cama y no se levantó hasta que empezó el telediario de las nueve.

Lo de coger el dinero de la compra se convirtió en una costumbre para papá. Mi hermana y yo hacíamos como si fuera lo más normal del mundo que un padre se gastara en el bar el dinero de los recados, y nadie se atrevía a decirle nada. Hasta que mamá decidió que eso tenía que acabar de una vez por todas y tuvo una idea.

Una mañana, muy temprano, entró de puntillas en nuestro dormitorio y escondió el monedero rojo en un cajón del armario. Después, se acercó a mi cama y me dijo al oído:

—Compra lo que está en la lista, Ana, y que papá no te vea sacar el dinero.

—¿Y si me pilla?

—Tú hazlo cuando no se dé cuenta y ya está.

Llegué del cole a la una y media y él no estaba. Uf, menos mal. Me fui directa al dormitorio, abrí el cajón, saqué la lista de la compra y cogí algo de dinero.

—¿Qué haces, Ana?

Mi padre estaba detrás de mí mirándome con cara de sorpresa, como si no se creyera lo que estaba viendo.

—¿Te ha dicho tu madre que hagas esto? —me preguntó.

Asentí incómoda. Él, en silencio, levantó la vista y observó la fotografía que colgaba en la pared de enfrente: María del Mar y yo posábamos sonrientes sentadas en la arena de una playa de Chipiona. De pronto, me miró con ternura y me acarició la cabeza.

Yo tenía un tapón de algodón en la garganta que no me dejaba explicarle que solo había obedecido a mamá y que lo del monedero lo había hecho sin mala intención, pero no podía hablar, lo intentaba y no podía. El corazón me iba muy deprisa y pensé que igual me daba un ataque cardiaco allí mismo. Todavía tenía el monedero entre las manos, que se movían sin control. No quería que papá me lo notara y me concentré en mirármelas y enviarles una orden desde el cerebro, hipnotizarlas para que se pararan de una vez. Era un truco que siempre me daba resultado en el cole cuando tenía que leer un texto delante de mis compañeras. «Ahora, quietas», les decía en voz baja y ellas me obedecían sin rechistar, pero esta vez no. Esta vez, hacían lo que les daba la gana.

Papá se quedó un rato pensativo. Después, abrió la mano derecha y me hizo un gesto para que le diera el monedero. Se lo metió en el bolsillo, se dio la vuelta y se marchó.

No volvió hasta la hora del telediario de las nueve. Esa noche no miró las noticias, ni le dirigió la palabra a mamá. Entró a trompicones en el dormitorio, cogió una manta y se fue a dormir al sofá del salón.

A partir de esa noche, mis padres dejaron de dormir juntos. Y de hablarse. Se comunicaban a través de María del Mar y de mí.

—María del Mar, dile a tu padre que mañana a las once vienen a leer el contador.

—Dile a tu madre que ya lo sabía.

—Ana, dile a tu padre que tiene que llamar al tío Miguel.

—Dile a tu madre que ella no es quién para decirme a quién tengo que llamar o lo que tengo que hacer.

Así estuvieron por lo menos tres semanas. Hasta que mamá puso una conferencia a Sevilla para pedirle al padre Francisco que le buscara allí un trabajo a papá. Y, como siempre, nos arrastraron a María del Mar y a mí a esa «nueva aventura» que nos habían anunciado con el entusiasmo de dos niños pequeños.

25

El día que llegamos a Sevilla le rompí el dedo meñique a una niña de la calle. No fue un buen comienzo.

Mis padres habían alquilado un piso en Triana y todas las habitaciones estaban llenas con las cajas de la mudanza. Mamá nos hizo un bocadillo para cenar y nos dejó bajar al portal a comérnoslo mientras papá y ella desembalaban y preparaban el dormitorio más grande para poder pasar allí la primera noche.

Desde el umbral, vimos a dos niñas más pequeñas que nosotras que jugaban a la goma en la acera de enfrente. Al darse cuenta, se pararon en seco y se nos quedaron mirando como si no hubieran visto comer un bocadillo de tortilla en su vida. Se acercaron despacio.

—Me llamo Monte —nos dijo la más bajita de las dos.

«¿Monte?», pensé. Eso no era ni un nombre ni nada. Esa niña me estaba tomando el pelo.

—Y seguro que tu amiga se llama Cordillera —le contesté sin poder aguantarme la risa.

—Yo soy Macarena —nos dijo la otra sin hacer caso de mi chiste y mirándome los pies con mucho interés—. ¿Qué número de zapatos tienes? —me preguntó.

—¡Vaya una tontería de pregunta! —dijo mi hermana poniendo los ojos en blanco.

Yo creo que no les caímos bien. A lo mejor, por eso, empezaron a contarnos lo de sus bicis nuevas, venga a presumir de lo bonitas que eran y a preguntar que si nosotras teníamos una y que a ellas se las habían regalado en Navidad y que eran de la marca BH, y que ya sabían aguantarse solo con una mano… ¡Qué pesadas! Seguían y seguían, dale que te pego, explicando todos los detalles: cómo habían aprendido a montar, que desde el principio las habían conducido con las dos ruedas grandes, que no habían necesitado las pequeñas supletorias de detrás…

—¿Y vosotras *no* tenéis bicicleta? —nos preguntaron así, a bocajarro, como si eso fuera la desgracia más grande del mundo.

Bueno, un poco sí que lo era porque, de pronto, se me vinieron a la cabeza las dos BH que nos habían traído los Reyes a María del Mar y a mí unas Navidades en que papá había cobrado mucho dinero de no sé qué. Eran preciosas, una roja y otra azul, pero las vendieron sin pedirnos permiso poco después de que nos quedáramos otra vez sin un duro.

—Nosotras tenemos las bicis en Mérida —mentí cuando empecé a hartarme de la historia de sus resplandecientes BH y sus trucos de ciclistas de circo.

—¿Y si nos echamos una partida a «matar»? —les pregunté, cambiando de conversación.

¡Menuda cara de susto pusieron! Las cogí totalmente desprevenidas.

—¿A matar? —repitieron a coro las dos con desconfianza.

Me acordé de que nuestra profe de gimnasia lo llamaba balón prisionero, que sonaba bastante más pacífico, y así se lo expliqué a nuestras vecinas, que conocían el juego por ese nombre y suspiraron ya algo más tranquilas.

No había mucho donde elegir para formar los dos equipos, así que en un santiamén lo tuvimos todo organizado. Macarena fue a buscar una tiza y una pelota y, después de dibujar una línea en medio de la calle, nos colocamos: ellas dos a un lado y María del Mar y yo al otro.

La idea era lanzar la pelota contra una persona del equipo contrario. Si se le escapaba de las manos, la habías matado y quedaba eliminada. Lo que no estaba escrito en las reglas del juego era que le rompieras un hueso a una contrincante, pero daba la casualidad de que mi hermana y yo habíamos sido unas verdaderas figuras del equipo de balonmano de las Josefinas y teníamos unos lances de pelota perfectos y asesinos. Eso quedó claro al cabo de cinco minutos, cuando tiré la pelota con toda la fuerza de que fui capaz y cayó la primera muerta: Monte, que, a pesar de su nombre, era más floja que un mosquito.

—Eres una malaje —me dijo llorando y agarrándose el dedo meñique con cara de dolor.

—Esta la vas a pagar —susurró Macarena con los dientes apretados, mientras cogía del brazo a su amiga para acompañarla a casa.

26

He encontrado la hucha en una de las cajas de embalaje de mi habitación nueva. He contado mis ahorros: doscientas pesetas que junté el día de la comida de despedida en casa de mis tíos. Nunca he tenido tanto dinero, por eso he tardado un buen rato en decidirme. Al final, sin pensarlo más, he cogido un billete de cien pesetas y me he ido a la pastelería de la esquina. Le he comprado a Monte la caja más grande de bombones Elgorriaga que he visto en el escaparate. En la tapa hay una fotografía de una niña con un vestido blanco antiguo de encaje y un gorrito haciendo juego que le entrega una rosa a una amiguita que lleva un camisón azul cielo con lacitos en las mangas. He pensado que esa fotografía representa muy bien el perdón. Espero que Monte lo entienda, aunque, no sé por qué, me da la impresión de que no es demasiado lista, la pobre. Bueno, igual me confundo, ¿eh?

Después de media hora delante de su puerta, escondida detrás del regalo, me he atrevido a llamar.

La madre de Monte me ha abierto y se ha quedado muy extrañada al ver delante de la puerta una bolsa de la pastelería con un enorme lazo azul y unos rizos rubios que asomaban detrás de ella. Se ha acercado, ha apartado la bolsa y ha puesto una cara hasta el suelo cuando me ha descubierto.

—Tú debes de ser la vecina nueva. Una niña que, en vez de portarse bien con sus amigas más pequeñas, se dedica a pegar porrazos y romperles los dedos sin ninguna razón.

Me ha costado un buen rato sacar la caja de bombones de la bolsa de los nervios que tenía. Era tan grande que al ofrecérsela me ha vuelto a tapar la cara. ¡Menos mal! No era nada fácil sostenerle la mirada a esa madre.

—Vengo a pedirle perdón a su hija y a darle un regalo —le he dicho en voz muy baja.

La madre de Monte ha cogido los bombones con una cara tan enfurruñada que a mí me ha parecido un poco exagerada, la verdad, como si fuera un gesto de actriz. No sé…

Cuando me he atrevido a mirarla, me he dado cuenta de que sonreía. Y eso me ha tranquilizado un poco.

—¡Pero, chiquilla, si esta caja casi no cabe por la puerta!

Monte no me quería dejar pasar.

—Venga, hija… —le decía su madre desde la puerta—. Las niñas no son rencorosas. Mira qué regalo te ha traído Ana, hasta se ha quedado sin ahorros.

Es verdad que Monte tenía un dedo roto y yo comprendía que estuviera muy enfadada conmigo, pero rencorosa lo era y mucho, porque me ha tenido una hora esperando. Y que conste que no me he quejado en ningún momento porque creo que me merezco un poco de sufrimiento como castigo por lo que he hecho.

Al final, Su Majestad se ha dignado a recibirme. Nada más ver la caja de bombones, se le han iluminado los ojos y me ha perdonado en un santiamén.

27

Ya llevamos casi un año en Sevilla y el disgusto sobre el traslado se me ha pasado al ver a papá tan contento de estar aquí. Trabaja como agente de seguros y tiene que tratar con muchos clientes importantes. Dice que lo aprecian por sus buenos modales y porque tiene más clase que los otros vendedores. Pronuncia la palabra «clase» con una voz de presumido que no me gusta mucho, pero yo se lo perdono todo con tal de que no pegue gritos.

Cada mañana, antes de salir para la oficina, sonríe orgulloso con su traje nuevo y agarra el maletín de cuero como si se lo fueran a quitar. Le encanta tener un empleo de persona normal. La verdad es que es un alivio que en el cole nuevo María del Mar y yo, por fin, podamos rellenar la casilla donde pone *Ocupación del padre* con un oficio de verdad.

Agente de seguros suena a algo importante y ya no tenemos que explicarles a las compañeras ochenta veces qué es exactamente un propietario sin propiedades.

A mediodía, nos sentamos todos en la mesa como las otras familias y papá hasta nos pregunta qué tal nos ha ido en el colegio nuevo. Bueno, solo un par de cosillas, ¿eh?, porque la mayor parte del tiempo nos pone la cabeza como un bombo con sus aventuras como agente de seguros. Mamá se traga todos esos rollos con una sonrisa boba pintada en la cara. Se le cae la baba mirándolo mientras que él habla y habla... Yo la entiendo. Para ella es una novedad tener un marido que se comporta como un verdadero padre de familia.

Además, estamos a finales de marzo, al principio de la primavera y el olor a azahar lo inunda todo. Así se llaman las florecitas blancas que cubren los naranjos y son tan bonitas que atraen a todos los que pasan a su lado. Muchos se giran, y se acercan a olerlas y a mirarlas de cerca. La gente de aquí dice que nos avisan de que se acercan la Semana Santa y la Feria de Abril, que son las dos fiestas más importantes de Sevilla.

Las niñas de Triana bailan sevillanas en la calle y mis compañeras del cole también. Se preparan para la Feria. A mí me parece un poco exagerado y me gusta más jugar a la goma, a balón prisionero o a otras cosas, pero claro, tendría que hacerlo sola y eso no es divertido.

Mis vecinas practican a todas horas para lucirse en las casetas del ferial. Yo las observo desde el balcón y tengo que reconocer que cada vez me gusta más ese baile. Me fijo muy bien en los pasos, en las vueltas, en los brazos, que se levantan y se mueven con la gracia de las ramas de los árboles los días de viento, y en las manos, que, vistas desde arriba, se convierten en racimos danzarines que parecen coger al vuelo mariposas de colores. Se lo conté a mamá, así con estas mismas palabras que me parecían muy bonitas, y dijo que tenía alma de poeta o algo parecido. Me gusta que mamá me diga esas cosas.

Lo que no le he explicado a mamá es que, por las noches, en la cama, repaso todos los pasos de las sevillanas una y otra vez para aprendérmelos de memoria y bailo en sueños con mi vestido de gitana rojo con lunares blancos.

Una tarde, mi amiga Macarena me hizo señas desde la calle para que bailara con ellas. No me lo pensé dos veces y bajé corriendo las escaleras.

La verdad es que desde arriba parecía fácil, pero cuando me puse delante de mi vecina y empecé a imitar sus movimientos, me hice un lío que no veas. Los brazos me pesaban dos toneladas y, al cruzarme con ella o dar alguna vuelta, me tropezaba. Macarena intentaba esquivarme y me animaba, y yo…, pues yo estaba haciendo el ridículo. Una cosa era ensayar en sueños y otra muy distinta actuar en directo.

Entonces, una niña con muy mala idea empezó a reírse de mí.

—Parece un espantapájaros —dijo en voz alta.

Yo no sabía dónde meterme, así que entré en el portal y empecé a subir las escaleras mucho más despacio de lo que las había bajado. Monte, que la había oído y que, desde lo de la caja de bombones, se había convertido en una de mis mejores amigas, corrió detrás de mí.

—Esa idiota se cree Lola Flores —me dijo mientras me abrazaba—. Ahora mismo volvemos a la calle y te pones a cantar como tú sabes, Ana.

Me senté en el borde de la acera mientras Macarena y Monte se colocaban la una enfrente de la otra, dispuestas a bailar. Y empecé, primero muy bajito y después, al ver cómo algunas niñas me animaban y me acompañaban con las palmas, me atreví a cantar más alto.

A la rosa y a la nieve
alguien oyó lamentarse:
—Por Dios, que salga el sol
—rogó la rosa al frío amanecer—,
porque necesito tu calor,
si no mis hojas van a perecer.
La nieve la miró y dijo:
—Ten un poco de piedad,
que si sale el sol me muero yo
y quiero estar contigo un poco más.
Y un vaquero que pasó
un día frente al rosal
en un charquito encontró
una rosa sin olor y deshojá.

Es mi sevillana favorita, y cada vez que la canto me emociono, pero lo disimulo para que mis amigas de la calle no se rían de lo blandengue que soy. Hoy, por ejemplo, al terminar, me he agachado para atarme los zapatos y nadie se ha dado cuenta de nada.

28

A mi profesora de música de la Virgen del Rosario no le gustan las sevillanas, solo las canciones de iglesia en latín. Esas es que la vuelven loca. Se llama madre Angustias, pero nosotras le decimos «Fantomas» por su pinta de espíritu flotante. Es altísima y está más delgada que un espárrago, y cuando mueve los brazos para dirigirnos en el coro parece un murciélago. Yo nunca he visto unos dedos tan largos ni unas manos de piel tan fina. Se le transparentan todas las venas, que, por cierto, le hacen conjunto con el color lila de sus ojeras, que son como cuevas en una isla de piratas. Seguro que se pasa las noches en vela pensando en Mozart y Beethoven o inventándose trucos para pescar a nuevas alumnas para su coro.

Fantomas se aprovechó de que yo era nueva para meterme en su grupo de ruiseñores. Así es como llama ella al coro del colegio. ¡Vaya cursilada!: ruiseñores.

En fin, más que cantos en latín, lo que aprendí en los ensayos es que las niñas que están en coros no se comportan como seres humanos, por lo menos las de Sevilla. Son unas extraterrestres que se pasan el día haciendo gorgoritos y leyendo música en unas hojas con pentagramas donde flotan unas bolas blancas y negras con rabitos como patas que parecen estar a punto de escaparse del papel. Son las notas do, re, mi, fa, sol, la, si, do. Nos las aprendimos con una canción que sale en la película *Sonrisas y lágrimas,* que trata de una familia de siete hermanos que son huérfanos de madre y tienen una institutriz muy buena que se pasa el día cantando y que es muy guapa y el padre viudo se enamora de ella.

Se lo expliqué a papá y me dijo que la había visto, que es una tontería de película empalagosa y que se hace interminable. Bueno, menos cuando el padre de los niños, que es un barón y tiene un cargo importante en el ejército, huye por las montañas de Austria con sus hijos y la institutriz arriesgando sus vidas para no colaborar con Hitler, que era tan cruel que, si los hubiera pillado, se los habría cargado a todos sin dudarlo un minuto.

A mi padre no le acaban de convencer los musicales.

—La gente en la vida real no dice las cosas cantando, Ana. Es poco, a ver cómo te lo explico…, sí, es poco *creíble*.

En eso tiene razón. Imagina que te encuentras a alguien por la calle que te pregunta por una dirección cantando. Solo de pensarlo es que me troncho. A papá las que le gustan son las películas del Oeste. Me lo contó con tanta emoción que me dio pena decirle que esas peleas de indios y vaqueros tampoco es que sean muy *creíbles* que digamos.

La semana pasada, decidí que me expulsaran del coro. Fue justo el día en que nuestra profesora nos anunció que ensayaríamos en los recreos. Está más claro que el agua que solo a un fantasma se le puede ocurrir poner las clases de canto a la hora del patio. Aunque, bien pensado, tiene su parte de lógica: los fantasmas en lo último que piensan es en comerse un bocadillo de jamón a media mañana.

Me he devanado los sesos durante toda esta semana montando un plan para no tener que volver al coro y poder disfrutar del almuerzo en compañía de mis desafinadas amigas de carne y hueso. Como no se me ocurría nada, decidí cortar por lo sano y hace un par de días se lo dije a Fantomas, eso sí, muy educadamente, con tacto, como me aconsejó mamá. Esa especie de zombi con hábito me contestó sin ningún tipo de tacto que ni hablar. Así que no me ha quedado más remedio que llevar a cabo mi plan: mientras Fantomas nos dirigía con su varita haciendo aspavientos como si estuviera sobrevolando un techo de cañizo, he empezado a abrir y cerrar la boca de una manera tan exagerada que se me podían ver hasta las amígdalas. Eso sí, sin soltar ni medio sonido. Mi profesora se ha dado cuenta enseguida, porque tiene un oído más potente que el de un búho, pero se ha tenido que aguantar. No podía interrumpir nuestros cánticos en medio de la misa del mes de María mientras las niñas iban dejando flores como ofrenda a la Virgen.

Después de la misa se ha acercado y me ha dicho:

—¡Ana de Sotomayor, no te hagas la tonta ahora! Me he dado cuenta de tu farsa en cuanto hemos empezado.

¿Farsa? Me imagino que ha querido decir que tengo mucho cuento o algo así. Es la primera vez que oigo esa palabra. Yo la he mirado con cara de ángel, haciéndome la sorprendida y lo he negado todo.

Fantomas me ha echado del coro por falso testimonio. Eso suena a pecado muy gordo. Me tendré que confesar mañana sin falta.

Ahora canto por gusto y no hay nadie dirigiéndome con una varita en una iglesia donde te marea el olor a incienso; ahora huelo el azahar y la alegría en la calle al aire libre; ahora no tengo que hacer gorgoritos en una capilla cerrada y oscura. Y cantaré mis sevillanas favoritas como una artista de verdad en una caseta del ferial con un traje de volantes rojo y blanco. Y Macarena y Monte estarán a mi lado. Además, papá tiene un amigo que nos ha invitado a una caseta a la que también van mis vecinas cada año.

—Luis, estas niñas se tienen que estrenar vestidas de faralaes. A ver si os vemos por la caseta de la Peña Taurina de Triana —le dijo el otro día a papá mientras se tomaban unas copas en casa.

—¿A mis hijas? ¿Vestirlas de flamencas? ¡Harían el ridículo! Las tomarían por turistas americanas o suecas. No, no, para llevar un traje así sin hacer el ridículo tienes que ser morena y andaluza, te lo digo yo, Rafael.

¿De dónde sacaba papá esa historia de que solo las morenas podían ponerse un traje de gitana? Había un montón de rubias a las que les quedaba muy bien. Yo lo que quería era vestirme de flamenca como todas mis amigas y sabía que mi madre nos podía hacer a María del Mar y a mí los vestidos más bonitos de toda la calle.

Esa misma noche se lo expliqué a mamá en la habitación cuando vino a darnos las buenas noches. Me escuchó en silencio, demasiado seria para mi gusto. Cuando terminé de hablar, sin mirarme a los ojos, me dijo que necesitaríamos metros de tela, y zapatos de tacón y muchas cosas más. No podíamos hacer un gasto así.

—Pero papá ahora trabaja. Tú solo tienes que comprarnos la tela. Ya sé que los vestidos de la tienda son muy caros, así que he pensado que nos los puedes hacer tú. Venga, mamá, por favor... Todas mis amigas tienen uno.

—Creo que a papá no le va muy bien en el trabajo. Quizá, para la feria del año que viene, si Dios quiere —nos dijo en voz baja antes de darnos un beso y marcharse arrastrando los pies como si le pesaran ochocientos kilos.

Yo empecé a preocuparme y miré a mi hermana.

—Pues a mí me importa un pimiento lo de los vestidos, Ana. No me gustan nada las sevillanas. Cuando tenga dinero, aprenderé inglés y me compraré una guitarra eléctrica.

Desde que fueron los Beatles a Madrid y María del Mar los vio en la tele, no hablaba de otra cosa. «Doña Moderna», la llamaban nuestras amigas trianeras. Mi padre se reía y decía que los Beatles eran unos locos melenudos.

—Lo que esos gamberros necesitan es una buena ducha y mandarlos al barbero.

—Ana —me dijo mi hermana—, yo no necesito un vestido de volantes. Lo más seguro es que a mamá le llegue el dinero para el tuyo, ya verás.

—A mí también me gustan un poco los Beatles. Buenas noches, María del Mar.

—Ya lo sabía. Duérmete, anda.

29

El padre Francisco se ha presentado hoy en casa sin avisar. Estaba pálido y los cuatro pelos que siempre lleva repeinados con gomina para disimular la calva aparecían revueltos, como si estuvieran molestos y deseando despegarse de su coronilla brillante y pelada como una bola de billar.

Nada más abrir la puerta y mirarlo, mamá se ha dado cuenta de que había pasado algo gordo. Lo ha cogido del brazo, lo ha empujado hasta la salita y nos ha mandado al dormitorio. Nosotras hemos pegado el oído a la pared y hemos escuchado casi toda la conversación.

Se ve que el director de la compañía de seguros donde trabaja papá había llamado esa misma mañana a mi padrino muy preocupado porque hacía unos días que mi padre no aparecía por la oficina y su jefe pensaba que igual había tenido un accidente o estaba demasiado enfermo para avisarlo.

De repente me he acordado de que ayer vi a papá en la barra de Casa Paredes a la hora de la merienda tomando vino. Es un bar bastante conocido entre los toreros y cantaores de Triana. No parecía preocupado o enfermo, más bien todo lo contrario. Estaba muy concentrado intentando seguir con las palmas el ritmo de un fandango o alguna de esas coplas que suelen berrear los cantaores retorciendo la cara. No me vio y yo no entré a darle un beso. Tampoco conté nada en casa. Creía que estaba allí, como otras veces, por trabajo o celebrando con un cliente la muerte repentina de algún familiar que lo había dejado como *beneficiario* del seguro de vida que le había hecho papá. Beneficiario es la persona que cobra todo el dinero del seguro. Lo sé porque papá nos lo explicó un día en uno de los discursos aburridos que nos suelta durante las comidas.

Después de despedir al padre Francisco, mamá nos ha mandado a la cama. Le hemos dado las buenas noches y nos hemos ido a dormir sin rechistar.

La luz de la luna entraba por la ventana del dormitorio y yo, con los ojos muy abiertos, me he quedado mirando las líneas intermitentes que formaban sus rayos de plata al traspasar la persiana y dibujarse en la pared. Muchas veces me imagino que son los pespuntes de la cola de mi traje de novia. La línea que forman se rompe al llegar al borde de la cómoda y sigue hasta el suelo, que parece el pasillo de una catedral por el que camino cogida del brazo de papá hacia el altar. Allí arriba, nervioso, me espera el novio. Después de la ceremonia, todos están fuera muy contentos, nos felicitan y nos tiran arroz en la puerta de la iglesia y mi marido y yo nos vamos en un descapotable blanco de viaje de novios a la playa y somos muy felices.

Anoche papá llegó dando traspiés a las tantas de la madrugada y se armó un follón de padre y muy señor mío. Se debe de haber enterado todo el vecindario. Me tapé la cabeza con la almohada y tardé mucho en quedarme dormida.

Esta mañana, María del Mar se ha acercado a mi cama de puntillas y me ha dicho con una voz apagada:

—Papá ha conocido a un pez gordo del Ayuntamiento que le ha prometido un trabajo mejor. Al menos eso es lo que le contó anoche a mamá.

Yo ya no sabía qué pensar ni qué decir. Me dolía la cabeza y me he quedado mirando a María del Mar en silencio. Ella ha suspirado, me ha cogido la mano y me la ha apretado un poquito.

—Bueno, Ana, igual esta vez hay suerte y va todo bien. No te preocupes, ¿vale?

María del Mar, a veces, es buena conmigo.

127

30

Papá y mamá se insultan a todas horas. Vuelven a dar portazos y mi hermana y yo estamos ya hartas de escucharlos. Nuestra casa parece uno de esos anuncios de la tele que ponen sin parar y te aprendes de memoria. Siempre repiten las mismas palabras, salen las mismas caras, los mismos ojos y tienen el mismo final. Acabas empachada de verlos, harta de que nada cambie, pero los ponen y los ponen…, y te los vuelves a tragar de pe a pa hasta que ya no hacen ninguna gracia y les coges tanto asco que tienes que aguantarte para no vomitar.

María del Mar y yo estamos muy preocupadas por mamá. Se pasa todo el tiempo en la cama sin ganas de nada. Solo se levanta para hacer la comida y casi no prueba bocado. Nosotras disimulamos y hacemos ver que tenemos mucho apetito y no dejamos ni un garbanzo en el plato, porque, así, igual a ella se le contagia nuestro gusto repentino por los guisos. No sé.

Hoy es sábado y no tenemos cole. Nos hemos levantado tarde, pero en casa no se oía ni una mosca. Nos hemos asomado al dormitorio grande y papá ya no estaba o no había venido a dormir, porque su parte de la cama estaba sin arrugar. Nos hemos quedado sentadas mucho tiempo mirando a mamá mientras dormía. María del Mar ha empezado a acariciarla con suavidad. Ella se ha despertado y se ha quedado sorprendida al vernos allí tan mudas y pensativas. A mí me parece que se ha asustado un poco, porque se ha levantado de un brinco, se ha duchado y se ha puesto guapa.

—Vamos al comedor, he tenido una idea.

Después, me ha pedido permiso para arrancar unas cuantas hojas de mi bloc de dibujo y ha escrito un anuncio en cada una de ellas con su caligrafía de niña aplicada. Nos lo ha enseñado toda orgullosa: *Se ofrece modista para arreglos,* ponía.

—Venga, ayudadme a hacer unos cuantos más. A ver si hay suerte.

La hemos acompañado a la panadería, a la tienda de comestibles, a la carnicería y a la pescadería. Mamá se ha quedado fuera esperando nerviosa mientras María del Mar y yo colgábamos nuestras vergüenzas por todas las tiendas del barrio. Después, nos ha invitado a un chocolate caliente.

He notado el cambio en la cafetería. Creo que mi hermana también, porque miraba a mamá como extrañada. María del Mar no dejaba de sonreírle y sus ojos de cielo chispeaban por primera vez en estas últimas semanas. Le hemos preguntado dónde y cuándo había aprendido a coser y ella nos ha explicado muchas cosas de cuando era niña. Nos ha extrañado porque nunca quiere hablar de su infancia. «Fue todo muy triste», nos dice cada vez que intentamos sacar el tema, pero hoy ha sido diferente, hoy nos miraba y nos hablaba como si fuéramos personas mayores.

Se ve que ella fue la única de sus hermanas que estudió para secretaria y que pudo seguir en el colegio después de la Primaria, todo gracias a su maestra, que llamó al abuelo para convencerlo de que hiciera Contabilidad.

—En aquella época, la hija de un maquinista de tren no estudiaba, pero a mí me encantaba aprender y, gracias a Dios, el abuelo Joaquín me dejó seguir en la escuela. Con la abuela Paca fue más difícil, no entendía que una chica necesitara un diploma de secretaria. «¿Para qué?», decía. Solo dio su visto bueno cuando me matriculé en los cursos nocturnos de secretariado y me puse a trabajar durante el día en el taller de costura de Carmen Gutiérrez, la mejor modista. «Así, además de perder el tiempo estudiando, ganarás unas perras, que no es cuestión de criar a una señorita en esta casa». Y así fue como con catorce años yo corría del taller de costura, donde cortaba patrones en papel manila y hacía pruebas de vestidos, a la escuela de secretarias. Si hubiera vivido mi madre, las cosas habrían sido diferentes. Mi verdadera madre había estudiado el bachiller en Madrid, que, como ya sabéis, era donde vivía su familia, pero murió demasiado joven y tuvimos que cargar con una madrastra totalmente diferente a ella… Yo creo que, al no tener hijos propios, la abuela Paca nunca nos quiso de verdad. Aunque un poco de cariño nos tendría, digo yo, pero era una mujer analfabeta, un poco bruta, una viuda que aceptó casarse con el abuelo para no quedarse sola en la vida.

Me he acordado de Plasencia, de Dolores, la asistenta de mi tía Asunción y de Ángel, su marido, de cómo me trataban cuando estaba allí. Ellos tampoco sabían leer ni escribir, pero eran buenos y nunca le pegaban a su hija.

Se lo he dicho a mamá, que se ha quedado un rato pensativa.

—Tienes razón, Ana. Hay cosas que están mal y las disculpamos para no sufrir.

Después, hemos pedido unos churros madrileños, que son los delgaditos, los que más nos gustan y, mientras los empapábamos en azúcar, mamá ha seguido con su historia.

—El abuelo Joaquín no tendría que haberse casado con una mujer tan insensible y tan dura, pero éramos cinco hermanos y nuestra madre murió en el parto de la tía Inmaculada. Ya sabéis que el abuelo trabajaba de maquinista en la Renfe y necesitaba a alguien que cuidara de sus hijos. En aquellos tiempos muchos hombres se quedaban viudos con niños muy pequeños y los llevaban al orfanato, pero a mi padre nunca se le pasó por la cabeza y por eso se casó con la primera que estuvo dispuesta a hacerse cargo de la casa y de su familia. No tuvo mucha elección.

Según nos contó mamá, cuando mi abuelo Joaquín tenía alguna semana libre y estaba en casa, la abuela Paca se hacía la buena, pero, en cuanto se marchaba de viaje, los maltrataba y los niños le tenían mucho miedo. A menudo se le cruzaban los cables y empezaba a gritar: «¡Que me da el soponcio, que me da el soponcio!». Entonces, ponía los ojos en blanco, se tiraba al suelo y se hacía la muerta. Ellos se acercaban de puntillas, aterrorizados. La llamaban «Tita Paca, tita Paca» (nunca la llamaron «mamá») y le daban golpecitos en la cara para que se despertara. Al ver que no reaccionaba, rompían todos a llorar, la llevaban como podían hasta la cama y le ponían un paño de agua fría en la frente a ver si resucitaba.

—Hasta que nos hicimos mayores y nos dimos cuenta de que la abuela Paca se bebía sus copitas de agua del Carmen después de comer y se ponía un poco piripi. Crecimos de golpe, dejamos de llorar y empezamos a seguirle la corriente, como a los tontos. Cuando se tiraba al suelo, le empapábamos la cabeza con toallas chorreando de agua y la dejábamos allí hasta que se le pasaba la borrachera.

—¿Y no os pegaba? —le pregunté impresionada por lo que nos acababa de contar.

—¡Qué va! ¡No podía ni moverse! Nos moríamos de la risa cuando la oíamos roncar espatarrada en el suelo. Afortunadamente, todo esto se acabó gracias a vuestra tía Isabel, que fue la primera en perderle el respeto y el miedo. Un día esperó despierta al abuelo Joaquín, que volvía de uno de sus viajes a Portugal. Cuando lo oyó entrar, se lo contó todo y entonces las palizas se terminaron, pero la bondad no es algo que pudiera aprender a su edad y, aunque dejó de pegarnos, nunca fue buena con nosotros.

Mi querida tía Isabel, con su miedo a las tormentas…

Hace solo una semana que colgamos los anuncios y ya han empezado a llegar encargos. Son muchos y mamá no levanta cabeza, pero, por lo menos, ya no se queda en la cama todo el día y está más contenta desde que entra algo de dinero en casa. Ahora podemos cenar un bocadillo de atún o un bollo relleno de crema que compramos en la panadería de abajo, que es buenísima.

31

El colegio Virgen del Rosario es más caro que el de las Josefinas. Lo llevan las Hermanas de la Caridad, que visten un hábito de un azul como descolorido y una cofia cuadrada que parece una caja de zapatos. Está lleno de niñas pijas, aunque nosotras no pagamos nada porque mi tía Inmaculada, la monja, movió Roma con Santiago para que nos saliera gratis.

Lo peor son los días en que se reparten los recibos. La madre Araceli va nombrando en voz alta a todas las compañeras de la lista por orden alfabético y les entrega unas hojitas que arranca de un talonario con los nombres y la cantidad que tienen que pagar al mes. Cuando llega a mi apellido, se lo salta y sigue con la compañera siguiente. Las niñas se me quedan mirando, se dan codazos y se tapan la boca para que no se oigan sus cotilleos. Para colmo, yo estoy por la S y pasa un siglo hasta que llega el turno de *no* nombrarme. Mi amiga Charito tampoco paga. Es gitana y la dejan estudiar allí porque tiene una beca. Vive en una barriada de chabolas a las afueras del barrio, cerca del colegio.

Muchas compañeras han dejado de hacerme caso. Ya no cuento chistes ni hago el tonto como antes. ¿Cómo voy a tener ganas de juerga si las monjas me han tenido que dejar algunos libros porque no los podemos pagar? A mí me da vergüenza ser siempre la rara de la clase y me pongo a pensar y a pensar. Mi profesora dice que estoy en la luna y que no me entero de nada. Es verdad.

Un día, Susana, la más cursi y redicha de la clase, me preguntó por lo del recibo. Le contesté que le pagábamos directamente a mi tía Inmaculada, que era la directora del mejor colegio de Málaga. Parecía muy interesada en mi familia, pero yo no me fiaba ni un pelo.

—¿Tienen dinero tus padres, Ana?

—Mi padre tiene fincas con olivos y caballos y como mínimo un millón de pesetas en el banco.

¡Un millón! No sé por qué dije una tontería tan monumental. Igual me estaba volviendo como papá…

—¿Y por qué si tienes una familia tan rica llevas la cartera rota?

Miré mi cartera y me sentí fatal al ver cómo sobresalía el capuchón de un boli por una esquina agujereada. Susana estaba rodeada de un ejército de lameculos al que miró con los ojos llenos de maldad. Luego se puso muy tiesa, como si hubiera pronunciado la frase de un premio nobel de literatura o algo así. Las carcajadas retumbaron en mis oídos, me sudaban las manos y empecé a encontrarme mal. Charito se acercó, me agarró con fuerza de la mano y nos alejamos juntas de aquel batallón de malas personas.

Charito es chiquitita, un manojo de nervios con dos trenzas gordas que le llegan a la cintura. Tiene unas piernas tan torcidas y llenas de churretes que parece que pertenecen a otra persona, porque, cuando miras hacia arriba y ves su cara de porcelana, es como si tuvieras delante a la Virgen de la Esperanza de Triana. Así de guapa es. Y de buena. Ese día yo me sentía muy mal, y ella me miró con cariño y no me comentó nada sobre las burlas de esas repipis.

Caminamos juntas hacia la salida y me invitó a su barraca. Su madre nos dio pan con chocolate para merendar. Eso se ha convertido en una costumbre y ahora me paso por allí casi cada día. Me gusta observar a los gitanos que arrastran cartones y quincalla para luego venderlos a peso. En ese barrio destartalado se baila, se canta y se grita mucho. A veces hay peleas por celos entre dos hombres que luchan con navajas por defender la honra de alguna de sus hermanas. Al menos eso es lo que me cuenta Charito y no sé si es del todo verdad o exagera porque es muy fantasiosa. Da igual, a mí me encanta escucharla.

Yo solo vi una vez una bronca en la calle, y es que cada vez que se escuchan gritos fuera, la madre de mi amiga sale de detrás de la cortina, nos agarra del brazo y nos empuja dentro de la chabola.

—Por eso tienes que estudiar, hija —le dice a Charito—, para salir de esta miseria y convertirte en una señorita. Serás la primera y, después, tus hermanos pequeños también podrán hacer carrera, si Dios quiere.

Al padre de Charito no lo conozco y las veces que le pregunto por él, mi amiga cambia de tema.

Su madre se gana la vida como otras muchas mujeres gitanas echando la buenaventura y las cartas a los forasteros que vienen a visitar Sevilla. Sale tempranito, atraviesa el puente de Triana, se sienta en las escaleras de la catedral hasta que ve a algún turista y entonces se le acerca con una sonrisa en la boca y un ramito de romero en la mano. Dice que hay forasteros de todas clases. Que algunos son muy «estiraos» y otros tienen un «salero que no veas». Cuando le pregunté por lo del romero, me explicó que, si se quema un ramito, asustas a la mala suerte, y me regaló tres.

Un día de lluvia en que no salió a trabajar, nos dio de merendar dentro de la chabola. Me fijé en el manojo de cartas que estaba encima de la mesa y le pedí que me las leyera.

—No, no, no, Anita, a las amigas de la Charito no se las echo. Una nunca sabe lo que saldrá y yo no te quiero disgustar o que tú te enfades con mi niña.

Le expliqué que yo siempre sería amiga de su hija y me puse tan pesada que al final cedió. Muy concentrada, empezó a hablarme de mi futuro:

—Estudiarás en la universidad y te irás al extranjero.

Cuando insistí para que me dijera exactamente a qué país, me contestó riéndose:

—Eso sí que no te lo puedo decir, niña. Ni soy Dios, y que el Señor me perdone por mentarlo así, ni he ido a la escuela. De geografía estoy pez.

Le pregunté por papá. Quería saber si al final le saldría el trabajo del Ayuntamiento. No sé lo que vio, pero la cara se le descompuso.

—Niñas, espabilarse e irse a jugar afuera, que ya ha salido el sol —nos dijo apilando a toda prisa las cartas en un montoncito.

Nada más llegar a casa, quemé un ramito de romero.

A mamá le han encontrado piojos en la peluquería esta mañana y por poco le da un síncope de la vergüenza que ha pasado. Cuando ha llegado a casa, me ha mirado la cabeza y me ha pasado un peine.

—¡Estás cuajada de piojos y de liendres! Santo cielo, no te cabe ni uno más. ¿Se puede saber dónde has estado?

Yo no le he contado lo del barrio de las chabolas porque seguro que piensa que me los ha pegado Charito y entonces no me va a dejar volver nunca más a su casa a merendar pan con chocolate y a que su madre me eche las cartas.

Me he quedado en casa en cuarentena con la cabeza empapada de una colonia desinfectante que apesta, pero no me importa. Con gusto estaría un mes en remojo dentro de una bañera llena de aguarrás antes de tener que volver al colegio, porque me imagino que Charito también tiene piojos y a ver con quién voy a hablar yo si ella no está.

Mamá ha llamado para avisar a la monja de lo de los piojos y me ha mirado preocupada después de colgar el teléfono.

—Ana, se ve que hay más niñas que se han tenido que quedar en casa.

—¿Quiénes?

—Hija, eso no lo te lo voy a contar. ¡Qué cosas tienes!

—Venga, mamá. No se lo diré a nadie. Anda…

—Bueno, una de ellas es una tal Susana. ¿Se puede saber de qué te ríes ahora, Ana? No se te ocurra comentarlo cuando vuelvas al colegio, que te conozco.

¿Se los habrá tirado mi Dios de los Milagros a puñados desde el cielo para que la cursi de Susana aprenda a ser un poquito más humilde? En fin, mejor me pongo a leer mi libro, creo que ya soy mayorcita para pensar esas tonterías.

Lo que sí debe de ser verdad es lo que leí en un folleto que mamá trajo de la farmacia: que los piojos prefieren las cabezas limpias. Y lo más seguro es que también se vuelvan locos de gusto con las cabezas huecas como la de Susana.

32

No puedo dejar de pensar cosas tristes. Pienso en lo desastroso que es papá. Pienso de dónde sacaré los cinco duros de material del colegio. Pienso en qué ocurrirá si no pago la tela de la bolsa para el pan con la cabeza de Bambi bordada que he hecho en clase de costura. Pienso en la madre Araceli, que tiene una lista con nuestros nombres para controlar quiénes han pagado y quiénes no y que solo me tachará si le doy el dinero. Pienso en cada vez que me acerco a su mesa y miro con disimulo el dichoso papel y leo Ana de Sotomayor sin ninguna raya encima. Pienso en que todas mis compañeras lo saben y hablan de mí a mis espaldas. Pienso en cómo pedirle el dinero a mamá sin darle un disgusto. Pienso en que igual, si salgo de casa con el pelo mojado, me cogeré una pulmonía y me tendrán que ingresar en el hospital. Pienso que la monja me perdonará la deuda cuando me vaya a visitar y me vea medio agonizante.

Mis padres han recibido una invitación para la exposición de nuestros trabajos manuales en el colegio. Tengo que reconocer que todo ha quedado muy bien. Mi bolsa para el pan es de las más bonitas. Está colgada de las ramas con trocitos de algodón que representan un bosque nevado. Di un suspiro de alivio cuando la vi en la exposición. Menos mal que la madre Araceli no la había tirado a la basura por falta de pago.

En cuanto papá ha entrado en mi clase, las madres, que estaban mirando nuestros trabajos, han empezado a revolotear a su alrededor soltando risitas exageradas y haciendo unos aspavientos… ¡Virgen santa! Esas todavía están en la edad del pavo. Y es que papá se ha puesto de punta en blanco para la ocasión. Llevaba traje y corbata y se le veía como pez en el agua entre tanta mujer guapa. Para cada una de ellas parecía tener reservado algún gesto galante y una sonrisa encantadora. Casi tenías que taparte los oídos para no escuchar las voces chillonas de esas viejas adolescentes intentando llamar la atención del Rodolfo Valentino extremeño en que se había convertido mi padre durante un par de horas: un galán de pacotilla que tiene todo el tiempo del mundo para ir a ver la exposición de la bolsa bordada para meter el pan que su hija ha hecho y todavía no ha podido pagar.

Papá me ha buscado con la mirada durante un rato hasta que me ha descubierto medio escondida al fondo de la clase. Me ha guiñado un ojo y ha empezado a abrirse paso entre sus admiradoras para darme un beso. Y, ¡zas!, de pronto, la madre Araceli ha salido de no sé dónde y le ha cortado el paso. Lo ha saludado con una sonrisa que a mí no me ha parecido adecuada para una monja y le ha dicho algo al oído. A papá le ha faltado tiempo para sacar la cartera del bolsillo de la chaqueta y darle un billete de cien pesetas. ¡Veinte duros! Así, a palo seco, ¿de dónde los habría sacado? He estado a punto de ir a decirle que solo eran cinco duros, pero me ha dado vergüenza. La monja no tenía cambio y papá ha negado con la cabeza cuando ella ha intentado ir a buscarlo. Está loco, ¿cómo puede ir regalando dinero por ahí mientras en casa mamá se mata cosiendo para ganar algo? Igual lo ha cogido de las mil pesetas que el tío Miguel nos ha mandado para llegar a fin de mes.

—Venga, Ana, enséñale a tu padre esa obra de arte que tienes tan escondida —me ha dicho cuando estaba a mi lado.

Me ha dado un beso, le ha echado una ojeada a mi bolsa y me ha felicitado haciendo unos gestos muy exagerados para mi gusto, seguro que para llamar la atención, todavía más…, como si no se hubiera lucido ya lo suficiente.

Al salir hemos ido a celebrarlo a una pastelería que está al lado del colegio. Me ha invitado a un merengue y un granizado de limón. No sé

33

Mamá se ha puesto el vestido más bonito que tiene y se ha pintado los labios de ese rojo anaranjado que le queda tan bien. La puerta de mi clase tiene una ventana de cristal donde ha dado unos golpes suaves para llamar la atención de la monja.

—¡Qué guapa es la madre de Ana! —decían todas mis compañeras.

Susana estaba verde de envidia. Igual se había imaginado a mis padres sin dientes y vestidos con un par de harapos agujereados. Vete tú a saber.

Mi madre se parece a una actriz italiana que se llama Gina Lollobrigida. Lo más bonito es su sonrisa. Bueno, y su voz. Habla de una manera especial, diferente a como lo hacen las otras madres de mis amigas, con dulzura, pero sin empalagar.

Se ve que cuando era joven tenía un montón de pretendientes, sin embargo a ella solo le gustaba papá, que, según cuenta todo el mundo, era muy atractivo y educado. Hacían muy buena pareja mis padres, pero, cuidado, eso solo en las fotos de cuando eran novios, ¿eh?, porque ahora las cosas no iban tan de rositas.

Ella llamaba la atención con su pelo moreno y espeso y unos ojos negros tan abiertos como los de una niña que lo ve todo por primera vez y lo quisiera guardar para usarlo bien cuando fuera mayor. Papá destacaba entre los demás amigos por su pelo rubio pajizo y las arrugas en la frente que le daban un aire interesante, como de preocupación y sufrimiento. También era alto y elegante.

—Sus ojos de color miel, de mirada triste, y su sonrisa misteriosa me hipnotizaron —nos contó mamá una vez poniendo cara de boba, como si tuviera un príncipe azul delante mismo.

Mamá aún creía en los cuentos de hadas en aquellos años en que se conocieron los dos y se enamoró de él como una tonta. Al menos eso nos explicaba cuando no estaban peleados y recordaba su época de novios.

—Vuestro padre era diferente a los demás y aquello fue lo que más me atrajo de él. Y también su delicadeza, no como otros que solo pensaban en *eso*. Ahora que… rarito lo era, y mucho. ¡Mirad dónde me ha llevado el amor por una persona que no está en sus cabales!

Entonces, nosotras aprovechábamos la ocasión y le pedíamos más detalles sobre *eso* en lo que pensaban siempre los hombres. A mamá se le subían los colores y cambiaba de conversación.

Últimamente intento volver a sacar el tema de su enamoramiento para escuchar las cosas buenas de papá, grabármelas en la memoria y repetírmelas por las noches. Solo así puedo dejar de odiarlo, pero mi madre ya no quiere hablar de esa época romántica. Al contrario, a veces se queda como pensativa y dice con la mirada perdida:

—Ojalá no me hubiese enamorado de un lunático sino de un chico trabajador normal y corriente. Habría sido mucho más feliz. —De pronto, se golpea despacito en la frente como si se diera cuenta de que ha metido la pata al decir eso delante de sus hijas—. ¡Qué tonterías se le ocurren a vuestra madre! No me hagáis caso. Si me hubiera casado con otro, vosotras dos no habríais nacido —nos dice, y nos abraza muy fuerte—. Mis dos niñas preciosas… Sois lo mejor que me ha pasado en la vida.

La madre Araceli ha salido fuera de la clase para recibir a mamá y ha puesto como siempre a Susana en la pizarra a apuntar a las que hablan. Yo no he dejado de mirar hacia la ventana de la puerta intentando adivinar lo que decían. Seguro que la madre Araceli le ha estado contando

140

a mamá cosas horribles sobre mí. He empezado a comerme las uñas mientras me fijaba en los gestos serios de mi profesora. Es verdad que María del Mar y yo hemos empezado a suspender y, aunque mamá no nos riñe cuando le enseñamos las notas, yo me doy cuenta de cómo le tiembla la mano al firmarlas. Papá vive en otra galaxia y ya no nos pregunta nada sobre el colegio durante las comidas, porque no se sienta con nosotras a la mesa. Él está en sus cosas o en Casa Paredes.

Ya no puedo estudiar como antes. Empiezo y se me va el santo al cielo y, al cabo de una hora, me doy cuenta de que estoy en la misma página y después me canso y se me quitan las ganas. Mi hermana se pasa la hora de hacer los deberes mirando las musarañas y, si me fijo en ella, disimula y empieza a mover los labios como si estuviera repitiendo la lección de memoria, pero yo sé que piensa mucho en todos los disgustos y problemas que tenemos en casa. Como es la mayor, mamá se desahoga con ella y le cuenta cosas que la ponen muy nerviosa y, claro, después le cuesta mucho concentrarse en los libros.

A mí lo único que todavía me gusta es leer.

Cada día leemos un capítulo de *Don Quijote de la Mancha*. No del libro de verdad, sino de uno resumido con dibujos muy bonitos y por la noche, en la cama, repaso sus aventuras mirando las láminas de colores.

Se trata de un loco que se cree un caballero y lleva una especie de casco que es en realidad una cazuela al revés. Está en los huesos. Sin embargo, su escudero, Sancho Panza, es todo lo contrario: un gordito rechoncho, muy bajito, gracioso y protestón, que en el fondo es más bueno que el pan. Siempre tiene que sacar a don Quijote de los líos en que se mete, como la pelea contra los gigantes que en realidad son molinos de viento. Don Quijote se cree invencible y lucha contra ellos. Vive en la fantasía porque ha leído muchas novelas de caballeros que salvan a damas en peligro y cosas por el estilo. Don Quijote sale malparado en esa batalla imaginaria, porque las aspas empiezan a moverse y él piensa que son los brazos de los gigantes y se lanza al ataque y se cae del caballo y es Sancho Panza el que lo tiene que rescatar.

El final del libro me llegó al corazón porque don Alonso Quijano el Bueno, que es el verdadero nombre de don Quijote, se muere y dice cosas muy bonitas cuando está agonizando y se le pasa la locura. A mí se me pone un nudo en la garganta cada vez que lo leo. No sé… A lo mejor es porque empiezo a pensar en papá, que tiene la cabeza tan llena de pájaros como don Quijote de la Mancha y que igual solo se dará cuenta de las tonterías que hace cuando esté muriéndose y se vuelva cuerdo, pero, claro, entonces ya será demasiado tarde y no habrá solución.

—Ana, me ha dicho la madre Araceli que no prestas atención y que es mejor que repitas curso —me dijo mamá con suavidad después de hablar con mi profesora. Luego se acercó, me miró las uñas mordidas muy concentrada, me abrazó y añadió—: Tampoco es tan grave, hija. Al fin y al cabo, eres la más pequeña de la clase.

34

Mi padre se pasa todo el día en Casa Paredes. Dice que sus amigos son muy importantes y que están moviendo hilos para que le den el empleo en el Ayuntamiento lo más rápido posible. Ojalá. Siempre nos explica esa historia de los hilos que yo no acabo de entender. A veces pienso que todo eso es una excusa para traer a casa a su pandilla de amigos juerguistas casi cada noche. Quién sabe.

—Hay que tener buenos contactos para conseguir las cosas —dice.

Le dan igual el mal humor y el cansancio de mamá, que se pasa todo el día cosiendo para mantenernos.

Sus amigos arman mucho jaleo cuando suben la escalera. Vienen cargados de botellas de vino y de *whisky*. A veces traen jamón serrano y queso manchego, y a María del Mar y a mí se nos hace la boca agua cuando vemos los platos encima de la mesa repletos de esas cosas tan ricas, pero tenemos *terminantemente* prohibido tocar las tapas. Mamá dice que abalanzarse sobre la comida es de mala educación.

Entre los amigos de papá los hay muy famosos, como el torero Rafael de la Puebla, el cantaor Gitanillo de Sevilla y otros de los que no me sé el nombre. Gitanillo de Sevilla es un genio del cante jondo al que siempre le ruegan para que se lance por soleares. A veces le sale, y a veces no. Dice que hay que esperar a que llegue el duende para que se le meta dentro de su alma de artista y lo haga cantar bien. Si no llega, o no le da la gana de aparecer, no hay nada que hacer. ¡Vaya tontería! Los amigos de papá ya son mayorcitos como para creer en una especie de espíritu que se filtra a través de la piel para alcanzar el alma de los artistas.

Tampoco tengo yo muy claro que esa cosa transparente pueda encontrar fácilmente un alma donde colocarse. Que yo sepa, las almas son también invisibles.

Busqué la palabra «duende» en el diccionario: *Encanto misterioso difícil de explicar con palabras.* ¡Y tan difícil! Los que habían escrito eso tampoco tenían ni idea. No puedes poner en un diccionario que la palabra que buscas es difícil de explicar con palabras. Si no, ¿para qué sirve un diccionario?, me pregunto yo.

Me fijé en que un renglón más abajo había una segunda definición: *Espíritu travieso que se cree que habita en algunas casas, causando en ellas alteraciones y desórdenes.* Bueeeeno… Eso ya me cuadraba más. Estaba claro que ese duende o gnomo o lo que fuera estaba causando bastantes desórdenes en nuestra casa.

Sobre lo de beber alcohol no ponía nada en el diccionario. A lo mejor al duende no le gustaba demasiado empinar el codo y se negaba a entrar en el cuerpo de Gitanillo, que cada noche debía de tener más vino que sangre en las venas. Ese duende estaría agotado de intentar filtrarse por la piel de un cantaor que solo soltaba tonterías sin pies ni cabeza de la curda que llevaba encima.

Después de Gitanillo, le tocaba el turno de hacer el ridículo a papá. Ese era el momento en que María del Mar, muy educada ella, daba las buenas noches y se iba a leer a la habitación. Yo no sabía dónde meterme y mamá, que se pasaba la vida enseñándonos buenos modales, se quedaba allí de pie en medio del comedor con la cara hasta el suelo. Nadie parecía darse cuenta. Yo sí que notaba cómo le empezaba a hervir la sangre. Al final, explotaba y con una voz muy desagradable le decía a papá:

—Bueno, Luis, vámonos a acostar que estos señores están cansados y se quieren marchar.

Papá no le hacía caso y les empezaba a meter a todos el rollo de las fincas que heredaría cuando muriese el viejo Fanega, de las casas, de las panaderías y todas esas fantasías suyas. Sus amigos se quedaban embelesados escuchándolo. Claro, después de no sé cuántas botellas de vino, esos se hubieran tragado hasta la historia de una aparición milagrosa de la Virgen de Fátima en medio del comedor, pero yo, que solo bebía agua porque en casa no había dinero ni para una simple gaseosa de litro, ya no me molestaba en escuchar a mi padre.

Yo tenía otros problemas. Lo que a mí me preocupaba de verdad era cómo conseguir el dinero para una cartera nueva o para el material de dibujo artístico o para el uniforme de verano. Seguía llevando el de invierno y me achicharraba de calor mientras que mis compañeras lucían sus piernas morenitas debajo de las faldas blancas de batista.

Mamá dejó de discutir con papá y de preguntarle por el puesto en el Ayuntamiento. Ya no se lo creía, y es que no se puede solicitar un trabajo tan importante, decir que tus amigos te van a enchufar y luego ir presumiendo delante de ellos como si fueras Onassis. Pensarían que papá no necesitaba el trabajo si era tan rico, digo yo. Mamá lo sabía y estaba muy disgustada. Papá la miraba en silencio y cada día estaba más pálido y más delgado. Y dejó de venir a dormir a casa. Mamá se pasaba el día cuchicheando por teléfono con sus hermanos y colgaba cuando nos veía aparecer en el comedor. ¡Como si nosotras fuéramos tontas! ¿Acaso pensaba que no nos dábamos cuenta de que su familia intentaba convencerla para que volviéramos?

—Se separan. Volvemos a Mérida las tres —me dijo una noche María del Mar.

El tío Miguel se encargó del traslado. El 30 de junio llegó a Sevilla, un par de horas antes que el camión de las mudanzas. Esperamos un buen rato por si papá venía a despedirse, pero no se presentó.

Subimos al coche en silencio y salimos para Mérida. Hacía mucho calor y por la ventanilla entraba un aire bochornoso, pero yo me sentía feliz y ligera, como si me hubieran quitado un peso enorme de encima. Volvíamos a casa, a nuestro colegio, a nuestra vida. Sin papá.

35

El día que cumplí dieciséis años, estuve esperando la llamada de papá hasta muy tarde. El teléfono no sonó y me fui a la cama enfadada. Era la primera vez desde la separación que no me felicitaba.

Serían las dos de la madrugada cuando escuchamos los gritos. María del Mar y yo nos levantamos de un salto. Vimos allí a mamá, al lado de la mesita del recibidor, de rodillas en el suelo. Nos acercamos corriendo y, mientras yo la sujetaba, mi hermana le arrancó el auricular de las manos.

—¿Diga?… ¿Diga? ¿Papá? No te entiendo, papá. ¿Qué te pasa?

Pude leer el miedo en sus ojos y, cuando acerqué el oído al aparato, reconocí la voz de mi padre. Me costaba entenderlo. Estaba llorando y decía cosas sin sentido. Después colgó.

Marqué el número de la tía Isabel, que fue el primero que se me vino a la cabeza. Me pareció que tardaba siglos en coger el teléfono.

—¿Diga?

Me concentré en no llorar y hablar despacio. Mi tía escuchaba con atención.

—No os mováis de casa. Hago una llamada y enseguida voy para allá.

Y esperamos allí las tres muy calladas, mirando sin ver y sentadas en el suelo como las estatuas de sal de ese juego en que tienes que quedarte quieta hasta que un jugador te toca y te devuelve la vida.

Mi madre susurraba el nombre de papá con una voz apagada que me recordaba a la de las beatas de la iglesia de Santa Eulalia lanzando sus pecados contra las rejillas de los confesionarios.

—Luis, Luis…, mi pobrecito Luis.

El tiempo pasaba muy despacio y yo no sabía qué hacer para que dejara de hablar de esa forma tan rara.

Dimos un respingo al oír el timbre. La tía Isabel entró corriendo. Se acercó a mi madre y le sujetó con las manos la cara húmeda, la miró a los ojos y le habló con voz tranquila:

—Eugenia, nos vamos a Sevilla.

Después nos besó y, con gesto de preocupación, se dirigió al dormitorio.

Al cabo de unos minutos, la vimos aparecer con una maleta pequeña. El tío Miguel la esperaba en el coche delante de la puerta. Salieron a las cuatro de la mañana.

Mi hermana y yo nos quedamos sentadas en el comedor, solas en ese caserón familiar que era lo único que teníamos, tan grande, con sus paredes vacías donde resaltaban unas manchas pálidas y rectangulares que parecían exigir a gritos los cuadros que habían estado colgados allí antes de que papá los malvendiera.

No sé cuánto tiempo pasó hasta que me atreví a mirar a María del Mar. Temblaba de frío, aunque llevaba el pijama de franela puesto. El brasero estaba apagado y a nadie se le había ocurrido encender la estufa eléctrica. A mi hermana le rechinaban los dientes y tenía los ojos inundados de unas lágrimas tan gruesas como los goterones de humedad que resbalaban por las paredes. Se notaba que intentaba aguantarlas, pero le salían a borbotones, empapando sus pestañas espesas, que mojadas parecían más oscuras y resaltaban el azul cielo de sus ojos. Respiraba muy deprisa y, con cada suspiro, se le escapaba un pedacito de tristeza que se quedaba suspendido en el aire hasta bajar de puntillas y posarse con delicadeza encima de los muebles de la habitación.

Me entró un miedo muy grande, porque María del Mar era la mayor, la más fuerte de las dos y nunca la había visto así y no sabía si sería capaz de consolarla y protegerla de todos esos locos que nos rodeaban.

36

Era domingo, ya habían pasado cinco días de lo de papá y la casa del abuelo Joaquín y la abuela Paca, donde me enviaron, parecía un velatorio, pero sin muerto. Mi abuela Paca estaba en su salsa haciendo el papel de suegra sufridora mientras daba el parte médico a los vecinos en el comedor. Se refregaba los ojos con un pañuelo hecho un higo de meterlo y sacarlo de la bocamanga de su rebeca negra de luto falso. Me quedé en mi habitación para no tener que escuchar de nuevo lo que ya sabía todo el vecindario: que papá estaba en coma en un hospital de Sevilla y se temían lo peor.

Esa noche me costó dormir pensando en lo que le diría si se salvaba y me dejaban ir a visitarlo al hospital. «¿Cómo estás, papá?» o «Me alegro mucho de que no te hayas muerto» o «¿Por qué has montado un número así?».

Tampoco sabía muy bien lo que les explicaría a mis amigas cuando me preguntaran por él. «Contar solo lo necesario, contar solo lo necesario…», me repetía a mí misma recordando los rosarios que rezábamos en el cole. Siempre me habían dado sueño. Y sin darme cuenta, me quedé dormida.

Me desperté decidida a explicarle a todo el mundo el cuento de la enfermedad de hígado que se había inventado la familia para tranquilizarnos a mi hermana y a mí. No se lo creerían, pero algo habría que contar.

Lo de mi padre fue una noticia bomba que corrió por Mérida como la pólvora. Empecé a notar comportamientos extraños en algunos conocidos, gente que hasta entonces no me había hecho ni caso y que, de repente, me invitaba a helados, me pasaba los resultados de los problemas de matemáticas y otras cosas por el estilo. Me dolían las mandíbulas de sonreír sin ganas dando las gracias, y es que lo único que quería era que me dejaran en paz. Deseaba con todo mi corazón que ese jaleo no hubiera ocurrido nunca y no tener que dar explicaciones a nadie. Estaba tan asustada y enfadada… No conocía a ningún padre que hubiera hecho cosas tan raras como el mío. La mayoría trabajaba en una oficina, leía el periódico en zapatillas después de cenar y parecía más o menos feliz. ¿Por qué papá tenía que complicarse siempre la vida?

No podía sacarme de la cabeza el comentario de una de las vecinas en aquel funeral improvisado en casa de la abuela Paca: «Pobre criaturita». Me asfixiaba el aire apestoso de esa habitación de cortinas cerradas, los lloriqueos hipócritas y las miradas compasivas como de borregos a punto de ir al matadero de todas esas cotillas. Así que, siempre que podía, huía de aquel antro y me iba a pasear un rato. A respirar.

Mis escapadas no parecían importarle mucho a nadie. A mi abuelo Joaquín le daban igual. Pronto descubrí que él mismo era un experto en escabullirse. Cuando se jubiló de su trabajo como maquinista, casi se volvió loco de aguantar a la abuela Paca, de escuchar los chismes que contaba y de verla comer chorizo y morcillas medio a escondidas en la alacena de la cocina. Por eso, ahora trabajaba por la mañana en el despacho del tío Miguel, venía a comer a las dos, se echaba una siesta y después salía escopetado para el Liceo, que era un club para socios donde jugaba a las cartas con sus amigos. A las nueve volvía para cenar, veía las noticias y se iba a la cama (bueno, solo se quedaba levantado cuando Lola Flores salía por la tele). Todo con tal de no cruzar ni media palabra con la abuela Paca.

Mi abuelo Joaquín hablaba poco en esos días de la tragedia. Se notaba que estaba muy preocupado por su hija preferida, que siempre había sido mamá. A papá ni lo nombraba, hacía como si no existiera o ya se hubiera muerto. Si la abuela Paca empezaba a dar la lata con «la desgracia», la miraba con ojos de asesino y la mandaba callar.

A mí me habría gustado que mi abuelo me hubiese prestado un poco de atención, que me hubiese dicho algo agradable para levantarme el ánimo. No sé…, darme un beso, hacerme una caricia o un mínimo gesto de cariño, pero él ni me veía, solo pensaba en mamá y no cabía nadie más en su corazón.

A la hora de la comida, me sentía muy incómoda en medio de aquel silencio, como si toda la preocupación que veía en sus ojos fuera culpa mía. Y no me parecía justo: al fin y al cabo era mi padre el que lo había estropeado todo.

Cuando hablo sobre el silencio en la mesa, solo me refiero al abuelo y a mí, porque la abuela Paca armaba un verdadero escándalo cuando comía. Mi abuelastra no comía, mi abuelastra devoraba. Yo la observaba atentamente y me parecía estar mirando una película de animales salvajes en la sabana africana. Atacaba al pollo como esos leones que se lanzan sobre su presa, la desgarran, la mordisquean, meten los morros en su barriga y se zampan todas las tripas. En la escena siguiente, veías solo el esqueleto raído, limpio y brillante del pobre cervatillo. La abuela Paca se comía así cualquier animal vertebrado, a la misma velocidad que en las películas mudas de Charlot, pero con sonido. Siempre tenía puesto el volumen demasiado alto. ¡Menudo escándalo armaba masticando los pedazos de comida entre suspiros de placer! Mezclaba la carne con la saliva con la boca tan abierta que casi se le veía la campanilla. Se tragaba los huesos y cartílagos después de triturarlos como si fuera un mortero. Finalmente, eructaba. Ese era el momento en que yo desaparecía con delicadeza. Mi abuelo Joaquín no decía nada y me dejaba marchar en silencio. Creo que no se atrevía a llamarle la atención a una pobre nieta que, a pesar de estar tan decaída, había tenido la paciencia de aguantar con buenos modales esa sinfonía bucal que nos acababa de ofrecer la maleducada de su mujer.

A María del Mar la enviaron a casa del tío Miguel y la tía Maruchi y no la volví a ver hasta una semana después, a la salida del colegio.

Nos miramos como con vergüenza. No teníamos ni idea de por dónde empezar y charlamos sin ganas un poco de todo. Menos de lo de papá. Bueno, eso al principio, porque después de un silencio incómodo, mi hermana empezó a hablar del tema con mucho cuidado. Parecía que tuviera miedo de que, al nombrarlo, hubiera pasado de verdad, de que fuera algo real. No sé muy bien cómo explicarlo.

María del Mar me contó que mamá había llamado a casa de los tíos y había hablado solo con la tía Maruchi. Que mi tía, después de colgar, se quedó como ensimismada. Entonces mi hermana no pudo aguantar más y le preguntó por mis padres, y la tía Maruchi empezó a tartamudear y a decir cosas sin sentido sobre la enfermedad de hígado de papá que se había inventado la familia.

—Yo comprendo que la tía Maruchi me mienta… No debe de ser fácil hablar con tu sobrina de la locura que ha cometido su padre.

Me quedé un rato pensando en cómo había cambiado María del Mar en esos días. Noté que su mirada se había vuelto más dura y afilada. Ni siquiera pestañeó cuando le conté que a papá lo trasladarían la semana siguiente al hospital de Mérida en ambulancia. Me había enterado esa mañana cuando mi abuelastra se lo comentaba a una vecina.

Mi hermana se encogió de hombros como si todo le diera igual, miró al cielo y nos quedamos las dos calladas durante un buen rato. Luego, se acercó y me dio un beso. Nos despedimos en la esquina y cada una tiró para un lado.

37

En aquellos días me pasaba las tardes en el Parque de Abajo, pensando. Quería estar sola, lejos de la abuela Paca y de todas las vecinas que pululaban por allí. Por eso, el día en que Carlota se me acercó, yo aparté la vista y no me molesté en saludarla.

La conocí el primer día de clase después de volver de Sevilla. Yo me sentía un poco cohibida ante mis nuevas compañeras. Repetía curso y no conocía a casi nadie del grupo. Carlota era la que llevaba la voz cantante y a mí me extrañó mucho que, a pesar de su uniforme gastado y arrugado, todo el mundo la tratara con tanto respeto, casi con miedo, diría yo. Nuestra profesora empezó a pasar lista y cuando escuché su nombre completo, entendí esos aires suyos de marquesa. Tengo que reconocer que me quedé impresionada. La monja tuvo que coger aire un par de veces para no asfixiarse al nombrarla: María Dolores Fernanda Carlota González de las Heras García de Montenegro. Ahí quedaba eso.

En el patio una chica me explicó que García de Montenegro era un apellido de familia *venida a menos* y que Carlota vivía en una especie de palacio en ruinas en el que nunca entraban sus amigas.

—Todas la esperan en la esquina y, si alguna intenta acercarse más a su casa, no le vuelve a hablar en la vida. Me encantaría meter la nariz allí, pero cualquiera se atreve.

Carlota no me gustaba y yo prefería mantenerme alejada de esas mandonas medio aristócratas que ponían normas tan estrictas a las amigas que querían pasarse por su casa. Aunque tengo que admitir que cada vez que estaba cerca de su palacio, me reconcomía la curiosidad y no podía evitar echarle una ojeada desde lejos.

Carlota y yo apenas nos hablábamos y teníamos amigas diferentes en el colegio. De vez en cuando no nos quedaba más remedio que hacer algún que otro trabajo en equipo en clase, algo que siempre iba acompañado, por decirlo de una manera suave, de pequeños roces y conflictos.

Todo se agravó en enero, después de las vacaciones de Navidad, en el patio durante el recreo. Me llamó la atención un grupo que gritaba e insultaba a alguien en un rincón fuera del campo de visión de la monja que nos vigilaba. Me acerqué y vi cómo unas alumnas de quinto acorralaban a Carlota. Ella estaba muda y muy quieta mirando al suelo mientras esas idiotas señalaban el dobladillo descosido de su uniforme y sus dedos manchados de tinta.

—¿No tienes tocador ni doncella en el palacio, marquesa? —le preguntó una.

Entonces, Carlota estalló y, como un toro cuando sale a la plaza, empezó a dar patadas y mordiscos a todas las que se le acercaban. Menudo genio.

Me acordé del colegio de Sevilla, de mi amiga Charito y de cómo me ayudó cuando aquel grupo de pijas me insultó. Imitándola, me abrí paso entre las que la rodeaban y empecé a gritar antes de que pudieran reaccionar:

—¡Dejadla en paz o aviso a la madre Purificación!

Se hizo un silencio sepulcral. Nada más nombrar a nuestra profesora de matemáticas, todo el mundo se quedó petrificado. Parece exagerado, pero hay que conocer a esa especie de monstruo con hábito para entenderlo. Las de quinto casi se lo hacen encima al oír su nombre. Fue como un milagro. Poco a poco, casi de puntillas, el grupo se disolvió y dejaron en paz a Carlota.

Me quedé allí muy sorprendida, delante de ella, sin acabar de creer que todo hubiera sido tan fácil. Le sonreí, esperando un gesto de agradecimiento.

—No te vuelvas a meter en mis asuntos —me dijo con los dientes apretados y los ojos llenos de ira—. Yo me sé defender solita.

¿Era a mí a quien se estaba dirigiendo esa miniaristócrata harapienta? ¿Pero quién se creía que era?

—Perdona, solo quería echarte una mano, pero no te preocupes: ni se lo diré a la madre Purificación, ni te voy a dirigir la palabra nunca más en mi vida.

Le di la espalda y regresé a clase sin girarme a mirarla ni una sola vez.

—¿Puedo? —me preguntó señalando el banco donde estaba sentada.

—No.

Se quedó allí delante, de pie, quieta como un pasmarote hasta que me empecé a sentir rara.

—Haz lo que quieras, Carlota.

Ella reaccionó obediente y se sentó a mi lado, tan al borde del banco que por un momento temí que se cayera al suelo.

—Mi padre también tuvo un coma, Ana, pero etílico.

¡Lo que me faltaba! Como si no tuviera yo ya suficiente con un coma en la familia como para que ahora me vinieran a contar todos los comas de nuestro municipio en los últimos años. ¿Qué me importaban a mí los otros padres y sus comas?

—Todo el mundo se enteró en Mérida —continuó Carlota sin hacer caso de mi cara de fastidio—. Y se pasaron meses cotilleando, como si no tuvieran nada mejor que hacer. Este pueblo es una mierda.

No le contesté.

—Siento mucho lo de tu padre, Ana, de verdad. Si me necesitas para algo, puedes contar conmigo.

Me agarró la mano con una fuerza que me sorprendió y se quedó inmóvil mientras miraba sin interés a unos niños que correteaban por allí.

Yo creo que me cogió con la guardia baja. No sé, pero me llegó al corazón su valor. Sabía por experiencia lo difícil que era hablar de un tema tan delicado.

Al cabo de unos minutos y sin entenderlo bien del todo, estaba abrazada a mi enemiga llorando como una magdalena. Se lo conté todo. Carlota me escuchaba con atención y se emocionó mucho cuando le expliqué lo de la llamada de teléfono de papá la madrugada del día de mi cumpleaños y, por primera vez en mucho tiempo, no me sentí sola.

Me parecía mentira que todo lo que había pasado, lo que había pensado sobre mi padre en la cama durante noches interminables —la soledad, el enfado, la pena—, que algo tan duro y enorme hubiera cabido en una conversación de apenas diez minutos. Lo vomité todo, como pasa cuando tienes una indigestión y sientes una bola de comida podrida en el estómago que no puede pasar. Se te queda atrapada dentro hasta que corres al cuarto de baño y, arrodillada delante de la taza del váter, te metes los dedos en la garganta y lo devuelves todo, hasta que te quedas vacía. Entonces, llega el alivio, tiras de la cadena y te entra una sensación rara, como de felicidad.

Me sequé las lágrimas, sonreí con ternura a mi nueva amiga y me ofrecí a acompañarla a casa.

—No hace falta, Ana, de verdad, gracias.

La observé pensativa mientras se dirigía a su palacio secreto. ¿Qué esconderían allí dentro que fuera más trágico y horrible que la historia que me acababa de contar sobre el coma de su padre?

38

La madre Purificación era conocida en Mérida por sus guantazos. Incluso la competencia, las alumnas del colegio de las Escolapias, había oído hablar de ellos y quién sabe si su fama no había traspasado ya las fronteras de nuestra ciudad.

La llamábamos «la Rana» por sus ojos saltones, una especie de telescopios cuya longitud era proporcional a su enfado. Yo me había ido salvando de sus tortazos milagrosamente, hasta el día en que Susi me la jugó en la clase de mates.

Susi se convirtió en una de mis mejores amigas después de volver de Sevilla. Era una especie de ángel de la guarda que me seguía a todas partes. Me escuchaba con mucha atención, siempre ladeando la cabeza hasta situarse en el lugar adecuado. Yo no sabía que era sorda del oído derecho y siempre había interpretado ese movimiento como una especie de gesto típico de ella. «Espera que me coloque —decía—. Ahora. Venga, dime». Y sus ojos se abrían de par en par mientras me escuchaba. Era como si quisiera compensar la falta de audición con su mirada limpia y su interés generoso. Todas las de la clase la queríamos mucho. Bueno, a excepción de la madre Purificación, que le tenía ojeriza por lo desastre que era en matemáticas.

A Susi le gustaba la poesía y estaba siempre recitando esos versos tan famosos de Bécquer: *Volverán las oscuras golondrinas...* Aunque mejor no preguntarle cuántas golondrinas había en aquella gran obra de la literatura universal, porque los números eran un misterio indescifrable para ella. Total, que en las clases de mates Susi se iba encogiendo en el

159

pupitre hasta hacerse invisible a los ojos de la Rana, que con sus prismáticos enrojecidos y graduables lo vigilaba todo. Cuando mi amiga fallaba en algún problema, esa especie de bicho con hábito se agachaba sigilosamente sobre el pupitre, su mano salía de debajo de la toca a la misma velocidad con la que un anfibio saca la lengua para atrapar un insecto y…, ¡zas!, le soltaba un sopapo de padre y muy señor mío.

No es por presumir, pero a mí las mates se me han dado siempre bastante bien. Ya estábamos en cuarto y las ecuaciones traían de cabeza a la pobre de Susi. La madre Purificación la sentó a mi lado al principio de curso.

—Ana, échale una mano a este desastre. Aunque de donde no hay…

Lo intenté con todas mis fuerzas, me esforcé y estuve días y días ayudándola. Si existiera un premio nobel a la paciencia, me lo habrían concedido a mí. Y es que no era moco de pavo explicarle a una poetisa cómo se despeja la incógnita de una ecuación.

En abril, antes de los exámenes de evaluación, la madre Purificación nos puso una ecuación en la pizarra. Después, como siempre, empezó a pasear entre las mesas para controlar el ejercicio. Esa monja era un ejemplar único y tenía un poder especial que la hacía aumentar de tamaño a medida que se nos acercaba. O, quizá, éramos nosotras las que nos encogíamos en nuestros pupitres y nos convertíamos en una especie de microbios para pasar desapercibidas.

El silencio se podía cortar con un cuchillo, solo se oía el pitido angustiado que salía de la garganta de mi compañera de pupitre, que no tenía ni idea de cómo hacer el ejercicio. Susi empezó a dibujar signos y rayas sin sentido poniendo cara de Pitágoras.

La Rana se aproximaba poco a poco, la amenaza estaba cada vez más cerca y, cuando se encontraba a dos pasos de la mesa, Susi me quitó de un tirón mi libreta y la puso encima de la suya. La muy cobarde… Intenté recuperarla lo más rápido posible. Y lo conseguí, pero la hoja de la ecuación se rasgó porque Susi la tenía muy bien agarrada.

La mano coloradota de la Rana aterrizó en mi cabeza y el guantazo resonó por toda la clase.

—¿Se puede saber qué es esta porquería de libreta, Ana de Sotomayor? Esto no me lo esperaba de ti.

Mi compañera estaba descompuesta. Convencida de que la próxima en cobrar sería ella, no levantó la cabeza del pupitre y tampoco abrió la boca para defenderme. El pánico la había dejado paralizada.

Después de la clase, Susi se puso casi de rodillas para pedirme perdón y yo no le dirigí la palabra. Estaba furiosa. Me dio por pensar en las veces en que papá había salido en mi defensa cuando me castigaban en el colegio de pequeña, en cómo había pasado el tiempo y en que ya no estaba en mi vida para venir a rescatarme. Seguro que, en los buenos tiempos, si le hubiera contado que la Rana me había dado un guantazo, se habría presentado en el cole y la habría puesto verde delante de toda la clase.

Susi se pasó todos los recreos de la semana siguiente en un rincón del patio, sola, mirándome con una cara que me rompía el corazón. Igual lo que le pasó fue que, de pronto, le dio miedo que la Rana la dejara sorda del oído bueno si le pegaba un sopapo. Sí, lo más seguro es que me hubiese arrancado la libreta por ese instinto básico de supervivencia con el que nacemos todos los seres vivos. Si papá hubiera estado allí, la habría defendido a ella también. De eso estoy convencida.

Y, aunque lo que había hecho Susi era muy gordo, la tuve que perdonar.

39

El mismo día en que trajeron a papá a Mérida en ambulancia, mamá vino a buscarme a casa de los abuelos. Al abrazarla me pareció que estaba mucho más delgada.

Mientras yo recogía mis cosas, la oía charlar en el comedor con el abuelo. Hablaba con una voz firme y tranquila y, al escucharla, se me quitó un buen peso de encima. De momento, uno de nuestros padres se comportaba como un adulto con dos dedos de frente y mi hermana y yo podríamos volver a casa.

En el camino, mi madre solo nombró a papá de pasada y me dijo que estaba recuperándose del coma y ya podía hablar un poco. Después, charlamos sobre las notas y otras cosas del colegio. Yo no me atrevía a preguntarle más detalles porque temía que los nervios le jugaran una mala pasada, como la noche en que llamó papá por teléfono desde Sevilla. La miraba con atención intentando adivinar cualquier cambio en sus gestos. Había visto muchas veces en las películas a locos de atar que disimulaban para que no los encerraran en el manicomio y yo no las tenía todas conmigo.

María del Mar estaba colgando su ropa en el armario cuando llegamos. Se giró y le preguntó a mamá por el horario de visitas del hospital.

—Podéis ir a verlo cuando queráis. Se alegrará mucho. Os echa de menos.

Mi hermana y yo nos miramos en silencio.

Me senté en la mesa camilla sin dejar de observar la puerta de la cocina por donde había desaparecido mamá unos minutos antes. Me notaba tensa, como si se hubieran cambiado los papeles y la madre fuera yo vigilando los primeros pasos de mi bebé con disimulo: sentada en el borde de la silla, con todo el cuerpo en tensión, preparada para dar un salto y atrapar al vuelo a la criatura antes de que se cayera al suelo de cabeza.

Mamá salió de la cocina sonriente sujetando una gran bandeja y la colocó despacio encima de la mesa. Antes de deshacer el lazo de la cuerdita azul que rodeaba el papel de seda blanco, supe lo que contenía el paquete. El olor a tortas dulces de la panadería de la esquina se esparció por todos los rincones de la habitación. Mamá sonreía mientras abría el bote de ColaCao y echaba tres cucharadas en el vaso de mi hermana y dos en el mío. Yo seguía observándola con atención. No, mamá no se había vuelto loca: una persona que no está en sus cabales no recuerda la cantidad exacta de cacao que sus hijas prefieren en sus tazones de leche caliente ni habla como lo hizo ella. Nos lo explicó todo, esforzándose en que no le temblara la voz: a papá no le habían dado el trabajo en el Ayuntamiento de Sevilla y sobrevivió durante los dos años que estuvo allí solo gracias al padre Francisco, que le preparó una habitación en el internado de los Salesianos donde también podía contar con un plato de comida caliente. Al principio, mi padre trabajó en la caja de una pescadería de unos amigos de mi padrino. Empezaba muy temprano y era lo único que hacía. Se pasaba el resto del día encerrado en su cuarto, durmiendo. Sus amigos de la farándula sevillana lo habían ido abandonando al descubrir que no era ni tan rico ni tan importante como les había contado en Casa Paredes. Una noche que estaba muy triste, se pasó por la enfermería del colegio, forzó la cerradura del botiquín y…

Cuando llegó a esta parte de la historia, mamá empezó a titubear. Nosotras la mirábamos fijamente esperando oír el final fatal que ya conocíamos. Ella tomó un sorbito de café y se quedó callada. Todavía era incapaz de pronunciar la palabra «pastillas» o «suicidio» delante de nosotras. Tampoco hacía falta, había cosas que se entendían sin necesidad de dar detalles.

—Jamás dejaré a papá. Si lo hiciera, volvería a cometer la misma locura y nunca me lo perdonaría —nos dijo emocionada.

Mi hermana fue esa misma tarde a visitarlo. Yo tardé tres días en pasarme por allí. Tres días de imaginarme el encuentro, de darle vueltas y más vueltas. No sabía qué decirle a alguien que se había intentado suicidar. ¿Tenía que hacerme la tonta y preguntarle por su hígado? ¿O quedarme muda y de pie como un pasmarote al lado de su cama?

40

El sábado por la mañana era el mejor día para ir al hospital. Así me escaqueaba de la limpieza semanal y después podía dar una vuelta por la calle Santa Eulalia con Carlota.

No había mucha gente. Le dije a una enfermera, que me recordó el horario, que los otros días no podía ir porque tenía clase. Me acarició la cabeza al preguntarle por mi padre. ¡Qué paciencia! Al final me saldría una calva en la coronilla si la gente seguía empeñada en manosearme el pelo cada vez que nombraba a papá.

Cuando llegué a la habitación, estaba solo y dormía. Me acerqué y lo observé durante un buen rato. Tenía muy mala cara, un montón de venas se transparentaban a través de su piel amarillenta.

Sé que suena raro, pero, en ese momento, se me vino a la cabeza el mapa de los ríos de España que estaba colgado en la clase del colegio de Plasencia, y recordé el día en que papá vino a buscarme a casa de mis tíos y el viaje de vuelta a Mérida en coche. Él me consoló y me tranquilizó cuando le pregunté si me encerrarían en un correccional por haber falsificado la firma de la tía Asunción. Al principio, se reía de mis ocurrencias, pero, cuando empecé a tartamudear, paró el coche en seco. Aún podía sentir sus abrazos, sus besos y su mano apretando la mía mientras caminábamos por el campo buscando un sitio donde descansar hasta que se me pasara el sofocón.

Nos tumbamos en un trigal y jugamos a adivinar la forma de las nubes desparramadas por el cielo azul. De pronto, señaló una nube gorda y redonda y me dijo: «Mira, Ana, tu tía Asunción sin faja». ¡Qué risa me entró! Papá podía ser muy gracioso cuando quería… Y así estuvimos un buen rato, poniéndoles nombres de conocidos a esas nubes de formas caprichosas.

Ya en el coche, papá no paraba de contarme sus sueños, sus proyectos de futuro, y yo me creía todo lo que me decía y le sonreía al escucharlo. Hasta que, poco a poco, ese entusiasmo tan suyo se fue evaporando al atravesar el Puente Romano y desapareció por completo al entrar en Mérida.

Me agarré con fuerza a la cabecera metálica de su cama de hospital. Tenía una sensación rara en el estómago. Era como si la pena de ver a mi padre tan enfermo se mezclara con la alegría de oírlo respirar y todo eso junto estuviera a punto de estallarme dentro.

Recordé todas las veces en que había deseado que desapareciera de nuestras vidas y me empecé a encontrar mal. Me senté en la cama de al lado y me quedé allí sin hacer nada. Al cabo de un rato, me dio la impresión de que me miraba. Hice ademán de acercarme y cerró los ojos de nuevo. Una lágrima como un goterón le cayó por la mejilla. Me levanté despacio y, haciendo ver que no quería despertarlo, salí de puntillas de la habitación.

Una vez en el pasillo, empezó a retumbar todo en mi cabeza: bum, bum, bum… Mi sien izquierda resonaba como un taladro intentando abrir un boquete. Bum, bum, bum… Me esforcé en pensar en otra cosa, pero la angustia protestaba golpeando mi cráneo, que se empeñaba en mantenerla prisionera. Con suerte, el cansancio vencería y el dolor se quedaría acurrucado, escondido en un rincón durante unas horas, porque, si se despertaba de nuevo, sus puñetazos se harían más fuertes y me harían daño con esa manía suya de empujar los recuerdos: tardes de lluvia jugando al póquer, papá como un mago sacándome veinte caramelos con forma de gajo de naranja de las orejas… No sé, cosas bonitas que se me habían quedado pegadas y se mezclaban sin permiso con otras terribles que no me podía sacar de encima. Me atravesaban la piel y se acurrucaban en todos los rincones de mi cuerpo, que me escocía y me dolía como cuando tenía la gripe.

Llegué a casa, me fui directa al cuarto de baño y me duché. Me enjaboné y me restregué muy fuerte con la manopla intentando limpiar los recuerdos que no querían despegarse de mí. Dejé correr el agua hasta que toda esa pena resbaló y llegó a mis pies. Después, la vi desaparecer por el desagüe de la bañera.

41

Las cigüeñas que habían construido los nidos en el campanario de la iglesia de Santa Eulalia lo abandonaban de vez en cuando y volvían poco después con comida para sus crías. Me encantaba verlas inclinarse para meter los pedacitos en los picos de sus cigoñinos. Pensé en mamá, en cómo se habría sentido al ver la nevera de casa tantas veces vacía.

Observé la fachada descascarillada del palacio de los García de Montenegro, que estaba enfrente. Dos cascos de armadura se miraban de frente en el escudo familiar esculpido en piedra encima de la puerta principal. Me llamó la atención un bulto enorme colocado al lado de la acera, justo delante de la ventana de la derecha. Me acerqué y vi que estaba envuelto en un plástico negro sujeto con varias vueltas de alambre de espino del que se usa en el campo para hacer las vallas. Lo levanté un poco y me quedé de una pieza al descubrir lo que había debajo: una moto con sidecar del año catapún. ¿Qué pintaba ese cacharro allí?, me pregunté muerta de curiosidad.

Rodeé el mamotreto con cuidado para no arañarme las piernas y miré el interior de la casa a través de la ventana. El cristal tenía una raja en la parte de arriba que algún chapuza había intentado arreglar con dos tiras de esparadrapo. Dentro, pegada al alféizar, había una mesa camilla pequeña cubierta por un hule que debía de haber sido blanco en sus buenos tiempos. Estaba lleno de manchas de café y marcas de quemaduras de cigarrillo. ¿Era un bote de leche condensada lo que estaba en el medio? Cuando me fijé en su etiqueta llena de porquería, se me revolvió el estómago. Aunque pegué la nariz al cristal, no hubo manera de ver nada más en esa habitación tan oscura.

El portón estaba entreabierto y me quedé un rato allí delante sin saber muy bien qué hacer. Me decidí y lo empujé. ¡Vaya biruji que hacía allí dentro! Y eso que estábamos en junio. No me quería ni imaginar el frío que debían de pasar en ese caserón en pleno invierno.

Una vez dentro del portón, miré a través de uno de los cristales rotos de la enorme cancela que lo separaba del zaguán y vi un pasillo iluminado solo por la luz del patio que se encontraba al fondo. Me pregunté qué habría dentro de los montones de cajas de embalaje apoyados contra las paredes. Tuve que hacer un gran esfuerzo para leer las letras *Licor 43* estampadas en el cartón blanco. Había como sesenta. ¡Ave María Purísima! ¿Sería capaz de beberse todo eso el padre de mi amiga Carlota? No me extrañaba nada que hubiera entrado en coma…

Me volví loca buscando el timbre, pero no pude encontrarlo. Tiré con cuidado de un cordón que estaba a la derecha y escuché el gong de una campana. Una mujer bajita de pelo blanco y alborotado apareció al fondo del pasillo. Tenía una pinta rara, no sé, como de personaje de tebeo. Llevaba unos pantalones estrechos y sus piernas eran zambas como las de un jinete al que le acabaran de robar el caballo. Mientras se acercaba, tuve miedo de que perdiera el equilibrio y se estampara contra el suelo. Y es que parecía mentira que esos palillos sostuvieran un cuerpo tan rechoncho y deformado.

—Ya voy, ya voy —gritó con una voz chillona y desafinada.

Cuando la tuve cerca, me di cuenta de que llevaba un montón de capas de ropa debajo de una rebeca de color rojo chillón. Y se me vino a la cabeza la muñeca matrioska que nuestros vecinos me habían traído de Moscú.

—Hola, soy una amiga de Carlota. ¿Está en casa?

—Una amiga de Carlota, una amiga de Carlota… Esa no es forma de presentarse, señorita. La juventud de hoy en día no tiene modales. Está usted hablando con la marquesa de Montenegro. A ver, dígame su nombre y luego veré si la puedo ayudar en algo.

¿Una marquesa, esa cacatúa? Madre mía, a aquella mujer se le debían de haber caído dos o tres tornillos por el camino. Cuando la miré, tuve que hacer un esfuerzo para aguantarme la risa. Esa marquesa, que había aparecido entre las cajas de Licor 43, no se había molestado en limpiarse la boca y llevaba unas bigoteras blancas de leche que le daban un aire como de payaso a medio maquillar.

—Me llamo Ana.

—¿Ana a secas, así, sin más? ¿De quién eres? ¿O no tienes apellido?

—Ana de Sotomayor.

—¡Acabásemos! ¡Tú eres de Luisito de Sotomayor!

Era la primera vez que alguien llamaba Luisito a mi padre. Pero ¿cuántos años debía de tener esa señora?

Entonces apareció Carlota como por arte de magia. Creo que nunca la había visto recién duchada y limpia. Estaba guapísima. Me miró con cara de pocos amigos y me di cuenta de que quizá la idea de presentarme en su casa sin avisar había sido una equivocación.

—Ya nos vamos, tía Rosa —dijo, y me empujó a la calle—. Te dejé bien claro que no vinieras a mi casa —me advirtió enfadada.

Atravesamos el Parque de Abajo en silencio. Carlota estaba de mal humor y no hacía ningún esfuerzo en disimularlo. Cuando empecé a hacerle preguntas sobre lo que acababa de ver en su «palacio» no me contestó. Yo me sentía un poco culpable y, para hacer las paces, le comenté que estaba muy guapa.

Era verdad. Se había arreglado a conciencia y me di cuenta de que mi piropo surtía el efecto deseado. Se le pasó el enfado en un dos por tres y empezó a hablar de su peinado, de cómo le quedaba la ropa y cosas por el estilo. Yo le contestaba al tuntún confiando en que, si le seguía la corriente, ella comentaría algo sobre esa tía rara que me acababa de recibir con tanta ceremonia en su casa. Le pregunté qué hacía una moto con sidecar aparcada delante de una de las ventanas de su casa. Mi amiga me cortó.

—¿Cómo está tu padre?

—Mejor —le contesté.

Nada más pisar las baldosas de colores de la calle Santa Eulalia, Carlota se convirtió en un sol poderoso. Ese lugar parecía tener un poder especial que la hacía resplandecer como una estrella de cine. Todos los hombres se giraban y la repasaban de arriba abajo.

Yo caminaba a su lado como una sonámbula, muerta de vergüenza.

—A ver si vemos al chico del niqui blanco —me dijo.

A Carlota le gustaban tres: el del niqui blanco de ojos azules y rizos rubios de angelito; el barquero con brazos de Madelman que tenía una barcaza de remos con la que transportaba a los bañistas a la playa de la otra orilla del Guadiana, y Alberto, el único que tenía nombre. Este tercer pretendiente era un vecino mío con el que había jugado en la calle cuando éramos pequeños, un morenazo de ojos negros como pozos profundos en los que te podías hundir y quedar inconsciente hasta que un parpadeo de sus pestañas kilométricas, capaces de levantar un vendaval, te devolvía al planeta Tierra. Era guapísimo, se parecía a Sean Connery y estaba loco por Carlota. Ella se hacía la interesante y aparentaba que le era indiferente, pero no lo dejaba escapar. Le decía un par de cosas bonitas y después se lanzaba a la conquista de los chicos tipo vaquero del anuncio de Marlboro.

Durante nuestro paseo, no dejó de darme la tabarra preguntándome quién me gustaba. ¡Como si yo no tuviera otras preocupaciones! Daba la casualidad de que a mí, en ese preciso momento, los chicos me la traían al fresco. Bueno, la verdad es que yo también se la traía bastante al fresco a ellos. Era invisible para el género masculino, y el pasear al lado de esa bomba sensual tampoco ayudaba demasiado.

—Ese —le dije mientras señalaba al primer guaperas que se nos cruzó.

—No tienes mal gusto. Julián está más bueno que el pan, Ana, pero ya sale con Lali Gómez…

«Menos mal», pensé poniendo cara de desengaño. Sonaba bien eso de tener un amor imposible por quien debería luchar apasionadamente. Era la mejor excusa para pasear tranquila por la calle Santa Eulalia sin que Carlota me pusiera la cabeza como un bombo y me obligase a elegir novio cada dos por tres.

Mientras charlábamos, Carlota daba lengüetazos provocativos al helado que acabábamos de comprar y se contoneaba como una serpiente ante un faquir. Su bonita melena morena le llegaba hasta la cintura y se columpiaba alegre al compás de su culo redondito y juguetón. Se notaba que la llevaba recién lavada. Olía a lavanda y brillaba al sol de junio. Recordé los comentarios de las compañeras del colegio sobre su suciedad y llegué a la conclusión de que algún baño debería haber en aquella casa medio derruida.

Yo no sabía dónde meterme cada vez que mi amiga lanzaba una de sus miradas con caída de párpados a los chicos que se nos cruzaban. Algunos se quedaban como hipnotizados o, mejor dicho, idiotizados, pero también los había picantones de ojos maliciosos que, con todo el descaro del mundo, señalaban sus pechos duros y puntiagudos. Los pezones se le marcaban bajo el ceñido polo Lacoste amarillo limón. En un acto reflejo, crucé los brazos para tapar los míos, que apenas despuntaban bajo la blusa azul.

Hacíamos una pareja extraña, Carlota y yo, tan diferentes las dos: ella tan provocativa y yo, un palo tieso con la sensualidad de un poste de teléfonos desfilando ante los mandos de un ejército imaginario. Quizá lo único que teníamos en común eran los comas de nuestros padres y la ruina familiar.

—Lali Gómez es una cursi de cuidado, además se tiñe el pelo con agua oxigenada y se rellena el sujetador con algodón —me dijo Carlota. No captó mi mirada burlona y siguió parloteando como si tal cosa—. No te preocupes, Ana, que Julián y Lali van a durar menos que un escupitajo en una plancha. Este verano tendrás a Apolo para ti solita.

Yo no estaba tan segura.

42

A papá le dieron el alta el lunes siguiente a primera hora. Cuando llegué a casa a mediodía, mamá todavía no había vuelto de la oficina y él me abrió la puerta en bata y zapatillas.

—Hola, hija —me dijo sin mirarme a los ojos—. Mamá llegará sobre las tres.

Le di un beso y le pregunté cómo estaba.

—Mejor —me contestó.

—¿Y María del Mar? ¿Ha llegado ya?

Pensé que, si había alguien en casa, no tendría que esforzarme en buscar un tema de conversación.

—Por ahí anda —me contestó, y desapareció por el pasillo.

El pestillo de la puerta de nuestro dormitorio estaba echado.

—Ábreme, María del Mar.

Silencio.

—No me hace ninguna gracia, venga, déjame pasar.

Descorrió el cerrojo y me miró con gesto de fastidio. A continuación, se llevó un dedo a la sien y empezó a girarlo.

—Papá está como una regadera —me dijo.

Se tumbó en la cama y siguió leyendo. Mi hermana empezaba a recuperarse.

—¡Uf! ¡Vaya tufo! Tú has estado fumando. Ya verás como se entere mamá.

Mi hermana se levantó sin ganas, abrió la ventana y empezó a imitar con sus brazos el movimiento de las aspas de un molino. Cogí el pulverizador de colonia Nenuco del armario. El perfume no logró camuflar la peste de los Ducados que María del Mar le había mangado a mi padre.

—Te voy a enseñar a tragarte el humo, Ana.

—Vaya cosa. Ni que fuera tan difícil.

—Pues venga, lista. Demuéstralo ya que sabes tanto.

—Primero tú.

Sacó un cigarrillo del fondo del cajón de la mesilla y un Clipper de color amarillo. ¿De dónde habría salido ese mechero? Se asomó a la ventana. Se ve que le daba igual mostrar sus artes de fumadora delante de todo el vecindario. Se llevó el cigarrillo a la boca y lo encendió en plan vampiresa. Dio una calada tan fuerte que el humo debió de llegarle hasta la planta de los pies. Había que reconocer que María del Mar tenía un estilazo fumando, pero a mí el rato que retuvo el humo se me hizo eterno. Disimulé mi preocupación, después mi admiración cuando vi esas coronas redondas que iban saliendo de entre sus labios. Se elevaban distraídas y parecían estar buscando por el cielo azul cabezas de ángeles donde colocarse.

—Ahora te toca a ti.

Le di una calada al cigarrillo y tengo que reconocer que mi estilo fumando, comparado con el de mi hermana, dejaba mucho que desear.

—Eso no es fumar ni es nada —me soltó sin compasión—. Eso es soplar. Si no te tragas el humo, no sabes fumar y punto.

La obedecí, lo intenté y me mareé. María del Mar me tapó la boca para que mi padre no me oyera toser. No podía parar, me ardía la garganta y tenía un sabor como a cobre oxidado que me producía tales arcadas que tuve miedo de echar la papilla y salpicar al primer peatón que pasara por delante de la ventana.

—Así no, Ana. ¿Quieres asfixiarte o qué? Mírame a mí.

Dio una calada interminable y dejó que el humo se colocara y reposara bien en sus pulmones, y, sin tosecita o carraspeo alguno, la escuché recitar:

—Fui al monte, cogí leña, hice una hoguera y ahora traigo humo de ella.

Y expulsó todo el humo, esta vez en una columna recta y fina. Las formas artísticas y filigranas circulares las debía de tener reservadas para la segunda lección.

Después me dijo de sopetón:

—La he visto.

Cuando mi hermana ponía esa cara a lo Sherlock Holmes, yo sabía que la noticia que vendría a continuación sería jugosa e interesante.

—¿A quién? —le pregunté, disimulando mi curiosidad.

—A Angelita.

—¿A qué Angelita?

—A ver, Ana. Piensa un poco por primera vez en tu vida. ¿A cuántas Angelitas conoces?

—¿Entonces quieres decir Angelita, Angelita?

—Pareces un mono de repetición: Angelita, Angelita, de verdad, de verdad, no me digas, no me digas…

—No me lo creo.

—Bueno, tú misma, Ana. Aquí tengo algo que te va a convencer. —Se sacó un papelito doblado del bolsillo y lo colocó encima de la mesilla—. Su número de teléfono.

Cuando intenté quitárselo, ella saltó como una liebre, agarró el papel, cerró el puño y levantó el brazo retándome:

—Cógelo si puedes.

Me senté en la cama y esperé a que mi hermana se cansara del jueguecito. Me escocían los ojos. No me podía creer lo que me acababa de contar. Así que quizá Angelita había ido a visitar a papá al hospital… ¿Cómo se habría enterado de lo que había pasado?

Mi hermana se acercó, me dio el papel y me abrazó.

—Toma, Ana, llámala si quieres, pero hazlo pronto. En verano se van a Barcelona.

—¿Quiénes se van a Barcelona?

—Pues ella, su marido y su hijo.

—¿Su hijo es el del retrato de la mesilla de papá?

—Ni idea.

43

Me fijo bien en la fotografía. La tata Angelita sonríe coqueta con su abrigo marrón. Es el mismo que llevaba cuando mamá estuvo a punto de despedirla por primera vez. Aún recuerdo los detalles de aquella tarde.

Es la hora de la siesta. Nuestra niñera llora desconsolada delante de la puerta de casa y agarra con fuerza una maleta de cartón atada con una cuerda. Yo tengo unos siete años y mi hermana ocho. La tata Angelita está vigilándonos en el Parque de Abajo, guapa a rabiar, incluso con ese uniforme ridículo que llevaban las niñeras de entonces. El cintillo blanco sujeta su mata de pelo moreno y salvaje que atrae todas las miradas. La lazada del delantal inmaculado ribeteado con puntillas almidonadas se mueve al compás de sus muslos prietos y bien formados. El parque está lleno de soldados. Uno de ellos es su novio. Observo cómo la arrastra detrás de los setos, la agarra por el culo y le da chupetones y besos de tornillo como los de las películas. Mi hermana la llama, la tata Angelita no contesta y yo le señalo el lugar donde están magreándose los dos amantes. María del Mar se dirige a los setos con paso firme, se planta delante de la tata Angelita y, con cara de malas pulgas, le tira del delantal.

—¡Quiero irme a casa! —grita histérica.

—Vale, María del Mar. Cinco minutos y nos vamos —le contesta nuestra tata, sorprendida, mientras intenta despegarse de esa especie de pulpo con uniforme.

—¡Me quiero ir ahora mismo!

El soldado, que no está acostumbrado a los prontos de las niñas sietemesinas consentidas, la mira con gesto severo y le grita con voz de trueno:

—¡Tú, guapa, te irás a casa cuando te lo digan!

Y los novios empiezan a discutir.

La tata Angelita: que si tú no eres nadie para hablarle así a la niña, que si todavía la vamos a tener bien gorda, que cómo te atreves…

El soldado: que eso no es una niña sino un monstruo mimado y maleducado, que si lo que le hace falta a la dichosa niña es una torta bien dada, que si patatín, que si patatán…

Mi hermana me agarra de la mano bien fuerte y empieza a andar hacia la salida.

—Y ahora nos vamos las dos solas a casa.

Los novios empalagosos siguen discutiendo y no se dan cuenta de nuestra fuga.

Del parque a casa hay un buen trecho. Lo peor es atravesar la carretera. Mis padres nos lo tienen prohibido. Por eso, nos portamos bien y miramos tres veces antes de cruzar.

Cuando mamá abre y nos ve llenas de churretes y barro delante de la puerta, se queda un momento esperando a que la tata Angelita aparezca.

—¿Dónde está la tata? —le pregunta a mi hermana.

—Está en el parque dándose chupetones y besos en la boca con un novio soldado.

Ahora los ojos de mi madre son los de un dragón a punto de expulsar fuego.

—¡Señora, señora! Qué susto. Menos mal que están bien. Se me han escapado.

La tata Angelita se agarra el costado con la mano y casi no puede respirar de la carrera.

Se arma la de Dios. Mamá le grita a Angelita fuera de sí:

—¡Haz la maleta y vuelve al parque a besuquearte con el soldado! ¡Estás despedida!

Al cabo de media hora todavía estamos en la acera, al lado de una maleta: mi hermana y yo agarradas a las piernas de nuestra tata, mi madre avergonzada de su comportamiento exagerado y Angelita, la pobre, desorientada, sin saber adónde ir. Las cuatro lloramos.

—¿Queréis dejar de una puñetera vez esa comedia barata y chabacana que estáis representando en medio de la calle? —grita papá enfadado desde el pasillo.

Después, sale y coge la dichosa maleta. Yo lo sigo sorbiéndome los mocos y mamá y Angelita caminan detrás de mí con la cabeza baja.

Un par de años después, mamá la despide por segunda y última vez. Yo no entiendo muy bien qué ha pasado, pero enseguida me doy cuenta de que en esta ocasión no va a haber perdón en la puerta de casa.

44

El padre Jesús, alias «Cabeza Huevo», se quedó sorprendido al escuchar mi voz. Hacía tiempo que no me había visto el pelo. Tampoco era tan raro, y es que cualquiera le contaba a ese ministro de Dios las barbaridades que se me habían pasado por la cabeza cuando mi padre estuvo en coma. En la cama, me imaginaba que mis abuelos me despertaban para decirme que había muerto y yo no podía llorar. ¿Qué pensaría mi familia si no soltaba ni una lágrima?

Durante horas, en la oscuridad de mi habitación, practicaba el truco de los actores. Lo había leído una vez en uno de los muchos fascículos del *Reader's Digest* que había en una mesita de la consulta de mi vecino Andrés. Consistía en no pestañear y quedarte con la mirada fija en algún punto. Al cabo de un rato, empezabas a sentir una especie de escozor y se te llenaban los ojos de lágrimas.

Desde entonces, me quedaba extasiada observando en la pantalla del Cine María Luisa esas gotas saladas, brillantes y perfectas que se iban abultando y abultando hasta que pesaban tanto que se desbordaban de los ojos de los actores, pulcras y ordenadas. Seguía con atención su recorrido al caer como hilos de plata por las mejillas, tan bonitas vistas en el tamaño gigantesco de la pantalla. Esa debía de ser la razón por la que los joyeros habían imitado durante siglos su forma en pendientes y colgantes. También los fabricantes de lámparas las hacían de cristal y las colocaban alrededor de las pequeñas bombillas de aquellas arañas gigantes que colgaban del techo de los salones como si fueran preciosos monumentos al llanto.

La voz del cura me devolvió a la realidad.

—Ana, me alegra que hayas vuelto a los brazos de Dios. Dime, hija.

A pesar de mis buenos propósitos, no pude evitar enfadarme un poco al pensar que ese huevo con sotana se creía Dios, pero hice un esfuerzo para concentrarme y recordar la lista de pecados que en mi época de católica convencida repetía como un loro en el confesionario de la capilla del cole. Rebobiné en mi memoria y no pude contener una sonrisa al recordarme arrodillada en el reclinatorio susurrando pecados insulsos y aburridos con los que seguramente había logrado anestesiar al cura. Me los sabía de carrerilla y los recitaba deprisa para no darle a Cabeza Huevo la oportunidad de hacer sus preguntas indiscretas. El final del interrogatorio era siempre el mismo.

—¿Has tenido pensamientos impuros, hija?

—¿Qué son pensamientos impuros, padre?

—Tú ya me entiendes, hija —contestaba él.

—No, no lo entiendo bien, padre.

Claro que lo entendía, pero no se lo iba a poner fácil.

—Anda, márchate ya, no vayas a llegar tarde a clase.

—¿Y la penitencia? —preguntaba yo.

—Reza un padrenuestro y tres avemarías.

—¿Solo?

—Sí, Ana, solo eso —respondía Cabeza Huevo impaciente, y seguía con su trabajo—. Yo te absuelvo en el nombre del Padre, del Hijo y del Espíritu Santo. Amén.

—Amén.

Y ya está. Ese portavoz de Dios siempre lo solucionaba todo con un par de oraciones y te mandaba lo más rápido posible a tomar viento fresco, sobre todo cuando no tenías nada picante que contar. Sin embargo, ahora era distinto, ahora yo ya era mayor e iba a confesarme de algo muy grave. Estaba segura de que me iban a excomulgar. Dios era muy paciente, o eso al menos era lo que nos habían enseñado en las clases de religión, pero también debía de tener sus límites y a mí me daba la impresión de que los había sobrepasado todos.

—Padre, he desobedecido a mis padres, he mentido, me he peleado con mi hermana, he jurado en falso, he dicho palabrotas y he deseado que mi padre se muera y...

—¿Qué has dicho, Ana? —me detuvo Cabeza Huevo—. ¿Puedes repetir eso último?

—Que... he deseado la muerte de mi padre y he..., ¡he tenido pensamientos impuros!

Cabeza Huevo se había quedado tan pasmado que ni siquiera me preguntó los detalles guarros de mi último pecado y tampoco me puso penitencia. Su voz sonaba apagada y más suave que otras veces, casi triste. Y entonces hizo algo que yo nunca antes había visto hacer a un cura. Salió del confesionario, me ayudó a levantarme y me cogió la mano con delicadeza. Cabeza Huevo me empezaba a caer bien. Decidí devolverle su verdadero nombre: Jesús.

—Estoy seguro de que Nuestro Señor ya te ha perdonado —afirmó el padre Jesús—. Ve con Dios, hija.

Me dirigí a la entrada principal, hice una genuflexión ante el altar mayor, miré el Cristo crucificado y volví corriendo y con el corazón en un puño al confesionario. Me arrodillé de nuevo.

—Padre... También he rezado para que el viejo Fanega se muera.

—¿Qué acabas de decir, Ana de Sotomayor?

—Sí, padre. Es mi bisabuelo y quería que se muriese. Bueno, la verdad es que ya es muy viejo. Tiene casi cien años.

—Pero, hija... ¿A cuántas personas les has deseado la muerte últimamente, si se puede saber? Me voy a quedar sin feligreses. Vete a casa y piensa, Ana de Sotomayor. Piensa en lo que acabas de decir. Seguro que ha sido un arrebato y no lo deseas de verdad.

—Un poco de verdad sí que... ¿Me va a bendecir, padre?

El padre Jesús suspiró y luego dijo:

—Yo te bendigo en el nombre del Padre, del Hijo y del Espíritu Santo.

—Amén.

45

Mi padre vagaba por casa arrastrando los pies como un fantasma en zapatillas. Las pastillas se habían llevado lo mejor de él y nos lo habían devuelto hecho una piltrafa. Todo era muy raro, y mi hermana y yo nos sentíamos incómodas en su presencia. No sabíamos muy bien qué hacer o decir cuando coincidíamos con él en el comedor. Se convirtió en un huésped extraño que se había instalado en nuestro hogar sin avisar y lo estaba convirtiendo en un lugar sombrío y frío.

No salía mucho, solo algún sábado por la mañana cuando mamá estaba en misa o en casa de los abuelos. Sus salidas misteriosas eran un sinvivir. María del Mar y yo nos poníamos a limpiar, a ordenar la cocina y a hacer todas las tareas pendientes que siempre dejábamos para el final. No comentábamos nada de lo que sentíamos para no llamar a la mala suerte y la tensión inundaba todos los rincones de nuestra casa. Al menor ruido o pequeño movimiento que llegaba desde la puerta de la calle, nos precipitábamos al pasillo y a veces chocábamos la una con la otra. Entonces, nos reíamos incómodas sin saber muy bien qué decir. Si no era papá, volvíamos a nuestras ocupaciones, cabizbajas, intentando disimular el terror que nos producía su ausencia.

—¿Dónde está papá? —preguntaba mamá jadeando cuando volvía.

—Ha salido.

—¿A qué hora?

—Hace un ratito.

—¿Un ratito corto o largo?

—Corto.

Nos sentábamos a comer en silencio y mirábamos su sillón vacío con desconfianza. Mamá bendecía la mesa con las manos tan apretadas que parecía que sus nudillos, blancos de la tensión, fueran a estallar y saltar sobre el mantel. El mínimo choque de cubiertos nos producía dolor de oídos y el tiempo pasaba muy despacio. Hasta que el sonido de unas llaves abriendo la puerta nos devolvía el habla: un habla con un tono demasiado alto y desafinado.

Papá saludaba cabizbajo, se iba a la cocina y comía de pie unos pimientos asados con un poco de pan. Después, se metía en la cama y allí se quedaba, mirando al techo, hasta la mañana siguiente.

Era como si en el hospital nos lo hubieran cambiado —como ocurre en las películas con los bebés—, y nos hubieran devuelto al equivocado, al otro. A nuestro verdadero padre, el juerguista, el parlanchín, el protector, el generoso, el presumido, el mimado, el mentiroso, a ese se lo había llevado una familia desconocida quién sabía adónde.

46

—Papá, me quedan diez días para los exámenes finales y no sé si me va a dar tiempo a prepararme bien.

—No te preocupes, Ana. Seguro que apruebas —me dijo y volvió a concentrarse en el crucigrama.

—No creo. Con *todo* lo que ha pasado este curso...

Mi padre no despegó los ojos del periódico, pero vi que se sonrojaba. Aproveché ese momento de debilidad para exponerle con claridad lo que me rondaba por la cabeza desde hacía unos días.

—Si me quedara en casa la semana antes de los exámenes, podría aprovechar más el tiempo que en clase.

—Ya hablaré yo con tu madre. Con esa gastritis no puedes ir al colegio, ¿verdad? —Me guiñó un ojo y siguió rellenando casillas.

Me sorprendió la facilidad con que mamá aceptó la idea. Yo creo que pensó en papá, en que así estaría más vigilado y bebería menos.

—Te puedes quedar estudiando en casa esta semana, Ana, pero aprovecha el tiempo, hija —me dijo mi madre a la mañana siguiente, mientras descolgaba el teléfono—. Sí, madre Purificación, Ana tiene una gastritis. Claro, las niñas lo han pasado mal con lo de su padre, y eso tiene que salir por alguna parte.

Para no cruzarme con papá por los pasillos, decidí estudiar en la habitación de la mesa de mármol, que era el antiguo despacho del abuelo Pepe. Mis padres habían conservado milagrosamente el escritorio de caoba. Aunque le hacía falta una buena capa de barniz, seguía siendo uno de los muebles más bonitos de la casa. Me senté y puse mi libro de física encima. De pronto me sentí incómoda en aquel sillón de cuero desgastado. Unos escalofríos muy raros empezaron a bajarme desde la nuca por la columna vertebral. Me giré asustada. Detrás, en la vitrina de las armas, solo quedaban dos escopetas que mi abuelo Pepe y mi tío José parecían observar desde la pared con impotencia, como si intentaran atravesar el cristal de sus retratos, coger el arma y escapar de ese encierro de tantos años.

Me levanté y me dirigí a la mesa de mármol, que ocupaba gran parte de la pared izquierda y llegaba hasta la ventana, que estaba protegida por rejas plateadas. Limpié el mármol a conciencia y puse los libros y las carpetas lo más lejos posible de los retratos familiares; no quería que me distrajeran.

Abrí el cajón del centro de la mesa y entonces los vi. Estaban allí todavía: botones rojos, azules, negros… Todos bien colocaditos y seleccionados por tamaño en sus compartimentos de cartón. En un par de esquinas, la cinta adhesiva se había despegado y los más pequeños se habían desplazado y ocupaban un lugar equivocado. Los fui poniendo en su sitio con delicadeza, con miedo a romper aquella especie de caja registradora que había fabricado de niña con tanto esmero. En el fondo del cajón, a la derecha, había un montoncito de notas, todavía colocadas con pulcritud. Al sacarlas del cajón, se me cayeron unas cuantas al suelo. Me agaché para recogerlas y pude ver, escritas con mi caligrafía de colegiala, las listas de las deudas de «mis clientas», casi todas vecinas que hacía tiempo que no nos visitaban.

Arroz, 2 ptas., ciruelas, 4 ptas…

—Ana…

Mi padre estaba en la puerta aguantando una jarra de limonada. Despacito, casi de puntillas, se acercó al escritorio del abuelo y puso encima la jarra y un vaso.

—Te la dejo aquí, por si te apetece.

Y salió de la habitación en silencio.

185

A partir de ese día, a las once en punto de la mañana, papá me esperaba en el patio, debajo del ciruelo, con un vaso de limonada. Muchas veces nos quedábamos en silencio. De reojo, yo lo observaba y pensaba en lo cerca que había estado de la muerte. Me obsesionaba que ese deseo de desaparecer de este mundo fuera algo hereditario, algo con lo que se nace, una especie de tara, como un pecho o un dedo de más.

La primera vez que me quise morir tenía ocho años. Era verano. Todavía resuenan en mis oídos los gritos y los portazos dentro de casa. Mis padres se estaban peleando. Salí al patio. Me senté a la sombra de uno de los dos ciruelos que mi abuelo Pepe había plantado para animar a su esposa cuando esta estaba ya muy enferma.

Las ciruelas, desperdigadas sobre el tablero que formaban las baldosas recién regadas, se transformaron en las fichas de colores de un parchís gigantesco. Apoyé los codos y las manos sobre la superficie húmeda y miré hacia el cielo límpido y azul que se elevaba por encima de las paredes encaladas, donde las lagartijas organizaban sus carreras nocturnas las noches de verano. Empecé a tararear una de las canciones que Angelita me había enseñado.

Tardé un rato en notar el cosquilleo debajo de mi mano derecha. La apoyé con más fuerza contra la baldosa y apreté. Un crujido seco, al que siguió una sensación de humedad viscosa, me provocó un escalofrío. Debía de ser el primer síntoma del veneno que el pequeño monstruo atrapado debajo de la palma me acababa de inyectar. En pocos segundos, empezaría a trepar por las venas de mi brazo derecho y llegaría directo al corazón. Antes de un parpadeo, me quedaría inmóvil para siempre. Muerta.

—¿Qué haces, Ana? —María del Mar estaba delante de la puerta del patio en bañador—. ¿Jugamos con la manguera?

Levanté la mano, sorprendida de estar viva, y observé a mi hermana.

—No, al final no era un escorpión, sino un ciempiés —le dije ensimismada.

La segunda vez que me jugué la vida fue la semana antes de la mudanza a Sevilla.

Era de noche y llevaba horas en la cama mirando al techo, atenta a cualquier pequeño ruido. Esperé hasta que la casa se quedó en silencio. De puntillas, me asomé al pasillo y me aseguré de que la lamparita del dormitorio de mis padres estuviera apagada. Después, me acerqué a la cama de María del Mar y le di un par de golpes suaves en el hombro. Ella se levantó de un salto y, cogidas de la mano, vagamos por nuestra casa como dos espíritus traviesos.

Todo estaba manga por hombro, era imposible encontrar nuestros tesoros en aquel laberinto de trastos amontonados por los pasillos. Mamá los había repartido por orden de importancia: los montones del patio eran para tirar, en el comedor estaban las cajas con los casos de duda y en la sala de estar, al lado del recibidor, se amontonaba todo lo que no nos podíamos olvidar de ninguna de las maneras. A María del Mar y a mí no nos habían preguntado nada. Como siempre.

A hurtadillas, nos dirigimos al patio. Con una pequeña linterna de mano nos adentramos en aquel bosque de bultos hasta llegar a los lugares más alejados. Rebuscamos con sigilo en las cajas condenadas al basurero. Si alguna de las dos encontraba algo de valor, lo metíamos en una bolsa que habíamos colocado allí de antemano. Una vez acabada la operación, nos acercamos al lugar donde estaban las cajas de la mudanza que contenían lo imprescindible y escondimos nuestros pequeños tesoros entre mantas, sábanas y sartenes. Después, volvimos a la cama y nos deseamos buenas noches, convencidas de que habíamos ganado nuestra particular batalla secreta.

Pero esas correrías nocturnas y todos los objetos que escondimos no fueron suficientes para ilusionarme por esa nueva aventura organizada por mis padres. Así que decidí dejar en manos de mi Dios de los Milagros la solución a mi gran duda: irme a vivir a Sevilla o morir.

La noche antes de la mudanza, papá fue a tomar algo y mamá se acostó pronto. Salí a la calle y empecé a caminar por la acera con los ojos cerrados. Me había propuesto no abrirlos hasta después de atravesar la carretera a la altura del edificio del manicomio. Si mi Dios decidía que me había llegado la hora, no los abriría nunca más y se tendrían que ir a Sevilla sin mí.

Con mi ceguera voluntaria y palpando las paredes, llegué a la calle Vespasiano y giré a la derecha.

—¡Niña, mira por dónde andas! —me gritaban los vecinos que tropezaban conmigo.

—Perdón —respondía yo sin abrir los ojos.

El ruido del tráfico me alertó de que me encontraba al lado del cruce. Sin pensarlo dos veces, apreté bien los ojos y lo atravesé.

—¡Me cago en la leche que te han dado! —Fue lo último que oí antes de perder la conciencia.

«Mi Dios de los Milagros ha decidido que me vaya a Sevilla con mis padres», pensé al despertarme tumbada en la acera. El hombre de «la leche que te han dado» era un ciclista que por poco se muere del susto. Al menos eso fue lo que comentó una señora arrodillada a mi lado que me acariciaba la cabeza con dulzura. El ciclista estaba llorando y se daba golpes con los puños en la cabeza ante la mirada enfadada y los insultos de la gente que me rodeaba. Miré a la señora y puse cara de víctima.

—¡Un loco, eso es lo que es usted! Ha estado a punto de matar a esta criatura —le gritó al ciclista.

—Señora, le juro por Dios que la niña se me ha puesto en medio. Y menos mal que era yo, porque si llega a ser un camión esta inconsciente no lo cuenta.

«Pobrecito —pensé—, tiene toda la razón del mundo», pero yo, por si acaso, seguí rezando con cara de dolor. Esa gente que me miraba y me reconfortaba con sus dulces palabras nunca entendería que todo había sido un experimento para ver si mi Dios estaba de acuerdo con el traslado. Y yo no iba a ser quien se lo contara…

El hombre de la bicicleta se empeñó en acompañarme a casa.

—No lo vuelvas a hacer. Estás jugando con tu vida —me advirtió mientras caminábamos por mi calle.

Justo cuando iba a contestarle, vi a papá delante de la puerta de casa.

—Ahí está mi padre. Será mejor que se marche porque tiene muy malas pulgas y cuando se enfada rompe cosas.

El ciclista se montó en su bici y desapareció como por arte de magia.

—Ana, hija, ¿se puede saber qué te ha pasado? —me preguntó papá, asustado al verme llena de arañazos y con las rodillas hechas una piltrafa.

—Me he tropezado y me he dado un buen mamporro.

—Siempre en las nubes. Vamos a ver si el botiquín todavía no está embalado.

El primer día que papá y yo tuvimos una charla normal en el patio fue cuando me explicó la receta secreta de la limonada que servían en el bar de su compadre Benito en el Parque de Abajo. No era algo importante, pero no hacía falta. Yo le agradecía el esfuerzo que hacía para comportarse como un padre normal en esos momentos que pasábamos juntos y ya no me sentía tan incómoda a su lado.

No nombró Sevilla ni la desgracia. Me hablaba de los viejos tiempos de gloria, de su accidente de caballo, cuando se rompió el brazo que luego le escayoló un veterinario que pasó por la finca y que lo hizo tan mal que nunca volvió a poderlo estirar del todo, de las competiciones de natación en el río Guadiana y de sus coches descapotables. Yo lo escuchaba con atención. Me emocionaba que todavía intentara despertar mi admiración presumiendo de esas cosas.

A veces, se quedaba pensativo mirando al cielo y, con ojos vidriosos, me hablaba de su hermano José. Siempre lo hacía en presente: «Entonces, José va y le dice a Adolfo Sanabria: "A tu suegro, ni caso, porque tal y cual…"» o «En ese momento, tu tío José apunta y le pega un tiro al perro que estaba malherido y…».

Nunca me contó nada sobre el accidente de moto que le costó la vida a su hermano, el tío Pobre José de mi niñez. Y al abuelo Pepe, su padre, apenas lo nombraba.

Un día me paré delante del mueble de las escopetas y, mirando fijamente la última que quedaba dentro, le pregunté:

—¿De qué murió el abuelo Pepe, papá?

—Mi padre murió de un infarto, hija.

El 29 de junio, dos semanas después de los exámenes, fui a recoger las notas. La madre superiora estaba de pie delante de su despacho con un sobre blanco en las manos.

—¿A qué santo has invocado? —me dijo.

—A santo Tomás, santa Rita y fray Burro —le contesté sonriendo.

—Bueno, con esas recomendaciones, no me extraña el milagro que se ha producido. Has aprobado todo menos el dibujo artístico. Dios es justo.

47

Habíamos quedado a las doce y Carlota me esperaba delante de su casa. Yo no había vuelto a pasarme por su palacio desvencijado desde que me lo prohibió. Me saludó muy seria, se sentó en el poyete de la ventana, sacó un folio y me lo alargó para que lo leyera.

> *Yo, Ana de Sotomayor, prometo guardar silencio sobre la familia y la casa de los García de Montenegro.*
> *En Mérida, a 23 de junio de 1973.*
> *Firma:*

Me eché a reír y le dije que ya éramos mayorcitas para esas tonterías.

—Tú calla y firma —me contestó ella muy seria pasándome una pluma. Firmé.

—Falta el sello de sangre, Ana.

Sacó del bolsillo una cajita con la aguja de coser más grande que yo había visto en mi vida y empezó a quemar la punta con un mechero. Me aparté un poco cuando se pegó el primer pinchazo en el dedo gordo. Ella, sin inmutarse, estampó su huella sangrienta en ese contrato de pacotilla.

—Ahora tú —me ordenó sin contemplaciones.

No es que yo sea una cobarde, más bien me definiría a mí misma como una persona algo aprensiva. Disimulé. Agarré esa cosa puntiaguda intentando no temblar y me la hinqué en el pulgar. Estuve a punto de caerme redonda. Menos mal que Carlota me cogió bien fuerte y me ayudó a entrar en su casa. Sin dejar de sujetarme, abrió la puerta de un salón con las paredes descoloridas y llenas de espejos de marcos dorados donde observé mi imagen cuadriplicada. Desde luego, tenía una mala cara que no veas… Me tumbé en uno de los dos sofás de época que solo conservaban el tapizado de seda azul en algunos asientos. En los otros, apenas quedaban un par de hilos que dejaban al descubierto la tela amarillenta que cubría el relleno. Era una habitación triste y sucia. Los postigos de la ventana que daba a la calle estaban entornados, no sé si para mantenerla fresquita o para tapar los cristales turbios, todavía con restos de las lluvias de invierno.

Carlota se mordió el labio mientras me miraba, esperando mi reacción con una mezcla de curiosidad y nerviosismo reflejados en sus ojos. Estaba a punto de comentar algo para tranquilizarla cuando se abrió la puerta y entró una señora a la que fui incapaz de calcularle la edad.

—¿Y esta blandengue es la hija de Luisito?

Se llamaba Eulalia y era otra tía de Carlota, ¿cuántas tías tenía mi amiga? La tía Eulalia no iba maquillada y olía a jabón Magno de La Toja. Llevaba dos trenzas que se había enrollado en una especie de rodetes encima de las orejas. Más que una señorita de familia bien, parecía un locutor de radio con unos auriculares demasiado grandes para su cabeza pequeña y delicada. Cerré los ojos.

Por lo visto, esa mujer no tenía intención de callarse, aunque yo estuviera a punto de morir. La tía Eulalia empezó a explicar no sé qué rollo sobre la guerra: se ve que había hecho de enfermera en el hospital improvisado en que se había convertido la casa en aquella época. Señaló el piano como el lugar donde se encontraba la mesa de operaciones y describió, con todo lujo de detalles, la amputación sin anestesia de una pierna de un soldado.

—Y no me mareé —añadió con cierto retintín.

Me hice la tonta y me concentré en quedarme impasible al imaginar el miembro amputado tirado por el suelo.

—Ya me encuentro mejor —mentí, mientras la tía de mi amiga me miraba de arriba abajo.

De repente, un olor a chamuscado alarmó a doña Eulalia.

—Carlota, voy a echarle una mano a tu madre con la comida antes de que salgamos todos ardiendo —dijo algo nerviosa—. Y salió a toda prisa de la habitación.

Mi amiga me dirigió una mirada interrogativa. Tragué saliva.

—Tu tía es muy…

Nos interrumpieron los gritos que llegaban del patio.

—¡Que me dejes hacerlo a mi manera, Eulalia!

—Es mi madre —dijo Carlota con una sonrisa forzada—. Esas dos se llevan como el perro y el gato.

La madre de Carlota apareció en el salón, me sonrió, me dio un beso y yo me quedé prendada de ella para siempre. Se llamaba Elena y llevaba un vestido, o más bien una especie de bata estampada de nailon ajustada a la cintura con un cordoncito dorado. Era mayor que mamá, pero por su cuerpo, de carnes apretadas, y la agilidad con la que se movía parecía más joven. Su mirada era dulce y a la vez socarrona.

—Así que tú eres la famosa Ana. Carlota no para de hablar de ti. Tienes toda la cara de tu abuelo Pepe, que en paz descanse, el pobre… Pero en guapo, ¿eh? —añadió al observar mi gesto de disgusto—. Qué mal aspecto tienes, cariño. Carlota, ve a buscar una copita de Licor 43 para Ana, que está muy pálida. Es mano de santo.

—¿Puedo tomarme una yo también, mamá?

—Pero solo un poquito. A ver si vas a acabar como tu padre.

Carlota salió pitando a buscar el Licor 43. Yo no sabía dónde meterme, y lo único que se me ocurrió fue sonreír como una boba mientras disimulaba el daño que me hacía en el trasero un muelle que sobresalía del sofá deshilachado de aquel salón lleno de espejos, de polvo y de telarañas.

Carlota llegó con dos vasos de Duralex llenos de licor amarillo, y la tía Eulalia detrás.

—Si las niñas se beben eso, Elena, yo no me hago responsable de lo que pueda pasar.

—No te pongas así, mujer. No vayamos a pelearnos por una tontería.

La madre de Carlota cogió mi vaso y se bebió un buen lingotazo de golpe. Luego hizo lo mismo con el de su hija y me guiñó un ojo.

—Ya está, Eulalia, asunto solucionado. Mira que te complicas la vida, Eulalia.

Y dando traspiés se dirigió al sofá y se dejó caer a mi lado.

Aquel licor estaba buenísimo. Al dar el primer sorbo, sentí una especie de cosquillas juguetonas en el estómago. Unos minutos después, miré a mi alrededor y me noté rara, como si una máquina del tiempo me llevara a esas épocas lejanas en que las damas se desmayaban en los salones de baile y después aspiraban de sus cajitas las sales para que se les pasara el soponcio. Me levanté y me dirigí hacia la puerta.

—Esta niña no puede volver a casa en estas condiciones, Elena.

—Tienes razón, es mejor que se quede a comer con nosotras. Tinita hoy está en el campo con su padre, así que hay suficiente para todas. Por cierto, ¿conoces a Tinita, Ana?

—Creo que no.

—Es la imbécil de mi hermana —repuso Carlota.

Llamé a casa para avisar. La comida fue una experiencia única.

48

Al salir del caserón de los Montenegro, el calor me abofeteó con fuerza. Allí, fuera de los muros de ese palacio ruinoso, la vida seguía con normalidad. Yo volvería a casa y mi padre continuaría a rastras con su vida como pudiese, mi madre iría de arriba abajo haciendo mil cosas a la vez para no pensar y mi hermana saldría el fin de semana de campamento con las Scouts. Y yo…, yo había descubierto todo un mundo extraño en la casa de mi amiga Carlota, una familia rarísima que estaba más loca que la mía. Me di cuenta de que durante el tiempo que había permanecido allí dentro, no había pensado ni una vez en mi padre.

Entré en la iglesia de Santa Eulalia y me mojé los dedos con el agua bendita de la pila bautismal. Estaba fresquita y me espabilé. Con disimulo, metí la mano entera y me la pasé por la cara. Me pregunté si ese gesto no sería un sacrilegio y me dio por pensar en las clases de catequesis de mi niñez y en la vez que estuve con la sagrada forma pegada en el cielo de la boca durante un tiempo que se me hizo interminable para no masticarla y hacer pedazos el cuerpo minúsculo del niño Jesús. Cuando era niña, siempre me lo imaginaba durmiendo en su cunita de paja en aquel redondel blanco de oblea que se iba disolviendo en mi boca en contacto con la saliva.

Ese lugar sagrado se había convertido para mí en una especie de refugio y me tranquilizaba su silencio. Me fijé en la puerta de la sacristía. Estaba entreabierta. Me acerqué y eché una ojeada. Respiré aliviada al comprobar que don Gregorio no estaba dentro.

Me senté en la capilla de la mártir santa Eulalia. Cuando me acostumbré a la oscuridad, distinguí un par de siluetas tenebrosas que se movían de puntillas de aquí para allá. Esos bultos arreglaban las flores o pasaban una bayeta de gamuza por la sillería del coro. Observé a las beatas con curiosidad. Desde niña me habían llamado la atención esas mujeres medio jorobadas, cubiertas con velos negros, que siempre intentaban pasar desapercibidas. Quizá era esa facilidad de camuflarse entre confesionarios y reclinatorios la que las había convertido en invisibles para los hombres. Parecían no necesitarlos y preferir aquella soledad que disimulaban entre las sombras y el silencio de las iglesias. Me quedé embobada mirando a una de ellas, bajita y hacendosa. ¿La reconocería si me la cruzara por la calle a plena luz del día?

De pequeñas, María del Mar y yo íbamos a misa cada domingo con mamá. La daba don Gregorio en la iglesia de Santa Eulalia y a ella asistía la flor y nata de Mérida. Todos iban endomingados, y en la iglesia se mezclaban el olor a cera y flores con el de los perfumes de las señoras y el de Varon Dandy de los hombres recién afeitados. Mi madre nos repeinaba y nos echaba litros de colonia después de obligarnos a bañarnos y ponernos la ropa de los domingos.

Papá nunca iba a misa. De pequeña me daba mucha vergüenza, porque todos los otros padres eran muy católicos y tenía miedo de que el mío fuera de cabeza al infierno. Solo hablaba de eso con Merceditas. Al fin y al cabo, ella ni siquiera conocía a su padrastro, el marqués de Madrid, y no podía saber si era creyente o no había pisado una iglesia en su vida.

Debía de tener ocho o nueve años cuando le conté que papá no iba a misa.

—Entonces, tu padre es ateo —me dijo horrorizada.

Nunca había oído esa palabra pero me sonaba mal, como a algo por lo que te podían excomulgar, y me fui muy preocupada para casa.

—Papá, ¿tú eres ateo? —le pregunté ese mismo día durante la cena.

Todos se quedaron mudos hasta que mi padre soltó una carcajada. Después, carraspeó y me dijo que no, que él era *agnóstico*. Y así, con estas mismas palabras, se lo conté a mi amiga una semana más tarde.

—¿Agnos… qué? —me preguntó ella con los ojos muy abiertos.

Yo repetí como un loro lo que papá me había explicado:

—Los agnósticos piensan que hay un dios o algo superior, pero que es tan grande que nuestra mente humana nunca lo podrá entender.

—Vamos, que tu padre es un ateo y además tiene la inteligencia de un mosquito —me dijo mi amiga mientras se daba la vuelta y se marchaba sin decirme ni adiós.

Creo que papá se había inventado ese cuento para hacerse el interesante y no reconocer que solo le quedaba un traje gastado con el que no se atrevía a aparecer en la iglesia los domingos. Era un presumido que siempre se daba importancia y le encantaba usar palabras raras y dejar a todo el mundo con la boca abierta en el quiosco del parque donde antes se tomaba unas cañas con sus amigos. Por eso le puso Dostoievski a mi gato, para llamar la atención y reírse de la gente que no podía pronunciar ese nombre tan raro. Recuerdo que la abuela Paca lo intentó y nada. Nos mondábamos de risa cuando gritaba: «¡Doctor Cheski!». Al final acabó llamándolo Gato a secas.

Mamá dejó de ir a esa iglesia poco tiempo después de que lo hiciera papá. Quizá por miedo a los cotilleos o para no tener que hablar con don Gregorio y volver a pasar por una situación tan violenta como la de aquel domingo.

Hacía ocho años por lo menos de eso. Recuerdo que don Gregorio estaba en la sacristía rodeado de un grupo de señoras emperifolladas. Mi madre dio unos golpecitos en la puerta.

—¿Se puede? —dijo con un tono discreto, intentando no aguarle la fiesta a nadie.

Don Gregorio la miró y, de repente, sus ojos se llenaron de dulzura. Se acercó hasta ella tropezando aquí y allá como un niño vergonzoso.

—Perdone, don Gregorio, veo que tiene mucho trabajo, ya volveré uno de estos días —se disculpó mamá.

—No, no, Eugenia. Dame cinco minutos y estoy contigo.

Mamá me cogió de la mano y nos sentamos fuera en un banco a esperar. Don Gregorio se fue despidiendo de sus feligresas y nos hizo un gesto para que entráramos. Yo me senté en un rincón a leer un tebeo que me había dejado el monaguillo. Más que leer, observaba en silencio cómo aquel hombre con sotana cogía la mano de mi madre entre las suyas y la acariciaba como si fuera de cristal y pudiera romperse si la apretaba demasiado. Mamá, un poco incómoda, miraba hacia la puerta mientras le contaba la última trastada de papá esperando unas palabras de consuelo. Me empecé a sentir rara y me fui encogiendo cada vez más en mi rincón. Después, don Gregorio, sin decir palabra, se levantó, abrió un cajón del escritorio y sacó un talonario del que arrancó un cheque. Lo rellenó, lo firmó y se sentó al lado de mamá para entregárselo. Ella empezó a llorar mientras decía que no con la cabeza y don Gregorio la consolaba con palabras suaves al oído mientras apoyaba una mano en su pierna. Mamá la apartó y se levantó de golpe.

—Vámonos, hija, que papá debe de estar preocupado.

Mi madre se alisó la falda y dejó el cheque sobre el escritorio. Nos dirigimos las dos a la puerta y, antes de salir, se giró y solo dijo:

—Ay, don Gregorio, don Gregorio…

Todavía estaba perdida en mis pensamientos cuando alguien se acercó por detrás y me dio un golpecito en el hombro. Era María del Mar.

—¿Cuánto tiempo llevas aquí, Ana? Te he buscado por todas partes.

A mí me dio por pensar que debía de haber pasado algo gordo en casa.

—Ana, deja de temblar. Esta vez son buenas noticias: ¡el viejo Fanega ha muerto!

—Chsss… —le dije a mi hermana colocando el dedo índice sobre mis labios—. Nos van a excomulgar como sigas pegando esos gritos.

Y me entró la risa floja y María del Mar también tuvo que reprimir sus carcajadas tapándose la boca.

49

El cadáver del viejo Fanega lo debían de tener escondido en alguna de las habitaciones que daban al comedor. Agucé el olfato para adivinar dónde se encontraba. «Los muertos apestan», me había dicho la abuela Paca, que no se perdía un velatorio y era una especialista en esnifar carne putrefacta, pero... ¿y si toda una casa huele desde siempre a muerto y a podrido? Entonces, tienes que dejarte guiar por un sexto sentido que te lleve hacia el cadáver, digo yo.

Papá no iba a ir ni al velatorio, ni al entierro, ni a la lectura del testamento. A nada. Habló de un tal Martínez, un abogado amigo suyo, que se ocuparía de todo. Tampoco iría María del Mar, que le tenía terror a la muerte y no quiso ni oír hablar del tema. Al final, mamá me convenció para que la acompañara y debo reconocer que no le costó mucho trabajo. Yo siempre había sentido curiosidad por todos esos misterios que rodean a la muerte y nunca se me había presentado la ocasión de observarla tan de cerca.

No me sorprendió el ambiente que se respiraba en aquella casa triste y oscura. Había poca gente: un grupo de mujeres vestidas de negro, sentadas en las sillas que habían colocado en el comedor haciendo una especie de corro, y los hijos y los nietos del bisabuelo Fanega con sus mujeres. Y mamá. Y yo. Estábamos allí las dos un poco apartadas del resto, fuera de lugar. ¿Dónde estaría el cadáver?

Mi madre miraba a toda esa gente con la esperanza de que alguien se dignara a dirigirnos la palabra. Finalmente, un par de familiares se acercaron a saludarnos. Los noté tensos y molestos. A mí no me engañaban, menudos hipócritas. Ahora que… otra cosa no, pero allí guardaban las apariencias de maravilla y todos se hacían los compungidos disimulando la alegría que debían de sentir al haberse quitado, nunca mejor dicho, a ese muerto de encima.

De fondo, se oía a las plañideras susurrando los misterios del santo rosario y exagerando lloros insípidos y suspiros mentirosos, pero… ¿dónde estaría el muerto?

A las nueve, sacaron rosquillas y moscatel. Me tomé una copita y, aunque un par de vejestorios me miraron con un gesto severo, no se atrevieron a decirme nada. Mamá tampoco. El vino fue mano de santo y todo el mundo se animó. Yo también.

Me empecé a imaginar que el aroma y los vapores que soltaba el alcohol se colarían por entre las baldosas de ese comedor tenebroso hasta llegar a las Tinieblas. Allí abajo, Satanás, al esnifarlo, subiría a toda velocidad. O lo más seguro es que ya estuviera entre nosotros, escondido en algún sitio de la casa de mi bisabuelo, animando a los enlutados a empinar el codo más de lo normal. Digo yo que, además de alegrar un poco el ambiente, también se dedicaría a etiquetar a algún que otro condenado a punto de palmarla. Lo que estaba clarísimo es que el viejo Fanega había sido su último cliente allí abajo. Y de los importantes, ¿eh?, porque no todos los días se muere una mala persona de ese calibre. El demonio debía de estar frotándose las manos al imaginarse su reciente viaje de cabeza a los Infiernos.

Me tomé otra copita.

No se volvieron a oír lloros, ni historias de los sufrimientos del fallecido en vida, ni ninguna de sus *virtudes*. No, ahora solo se charlaba de bodas, de bautizos, de engaños, de infidelidades, de gente arruinada… Yo no sabía hacia dónde dirigir mis oídos para no perderme ni media. Mamá se animó a hablar con una conocida y se relajó un poco. Aproveché ese momento para beberme dos copitas más de moscatel y me fui a sentar en la oscuridad justo detrás de un sillón orejero.

—Si Eugenia se piensa que por venir aquí van a pillar algo más, está muy equivocada. Que trabaje de una vez el inútil de su marido y mantenga a su familia como corresponde a un hombre de su posición —decía uno de los nietos del Fanega, que tenía pinta de ser un claro candidato al infierno.

El otro nieto, que seguro que pensaba lo mismo de papá, hacía el papel de bueno y le contestaba con cara compungida:

—Me da pena de Eugenia y de las niñas. Luis las ha tenido engañadas todo este tiempo. Ella es una santa, una inocente que se cree todos los cuentos que él le explica…

—Pues ya es hora de que espabile. Las migajas de ese gran capital es lo que van a recoger. Eso en el caso de que quede algo. Todo por culpa de Pepe de Sotomayor. El abuelo Fanega nunca le perdonó que estuviera fornicando con esa marquesa en su palacio de Madrid mientras su hija Elvira, la madre de sus nietos Luis y José, agonizaba. Oí al viejo jurar que no se quedaría tranquilo hasta verlos mendigar… a *todos*.

Me bebí otra copa de moscatel y me alejé de aquellas dos víboras.

Agucé el olfato y decidí entrar en la habitación del muerto para cantarle las cuarenta. Allí no había nadie llorando ni rezando, toda esa comedia la representaban en el comedor con un público que seguramente habían pagado «los herederos».

El ataúd estaba abierto y rodeado de cirios encendidos. Me acerqué muy despacio y casi me caigo al tropezar con un reclinatorio. Todo me daba vueltas, tenía ganas de vomitar. El viejo Fanega parecía un maniquí de cartón al que hubieran colocado en un escaparate demasiado grande para su cuerpo minúsculo y acartonado. La cara la tenía toda chupada, como las de esas cabezas secadas y reducidas que colocaban en palos los cazacabezas. Seguro que lo habían vestido con su mejor traje, pero aun así tenía la pinta de un mendigo con ropa de rico prestada. Sus manos eran nervudas, grandes, capaces de estrangular a alguien, y me dieron miedo. Su gesto era el de un hombre que no había muerto en paz, sino lleno de furia y de rabia contra papá y contra nosotras. De eso estaba segura.

Me entraron ganas de vomitar en el féretro, de echarle los restos de las rosquillas mezcladas con el moscatel en toda la cara a ese viejo asqueroso. Y me dio un ataque de risa y no podía parar…

Uno de los hijos de la cabeza disecada entró y se quedó de una pieza al oír mis carcajadas. Llamó a mamá, que entró con la cara desencajada, me agarró del brazo y me sacó a rastras de la habitación.

Una vez fuera, seguí riéndome y riéndome cada vez más alto. Hasta que las carcajadas se convirtieron en gritos, en una especie de alaridos como los de los lobos de las películas de terror. Y no podía parar, y un manantial de llanto me salió como si fuera un géiser de debajo de la tierra, con mucha fuerza. Y me desmayé.

Se ve que me había dado un ataque de histeria, me contó mamá cuando me desperté en el comedor de la casa del viejo Fanega, rodeada de rostros preocupados.

—¿Por qué todas las fincas las tenía el viejo Fanega a su nombre? —le pregunté a mamá de vuelta a casa—. ¿No eran del abuelo Pepe?

—La avaricia rompe el saco, Ana. Tu abuelo Pepe también se adueñó de lo que no era suyo. Fue el único varón y el mimado de su madre. Así que ella le firmó un poder y, después, tu abuelo se quedó con todo. También la parte de la herencia que le correspondía a su única hermana. Era muy ambicioso e invirtió en algunos negocios que no funcionaron bien del todo. Entonces, para que no lo embargaran, lo puso todo a nombre del viejo Fanega, que hizo lo que quiso con ese dinero. Y ahí empezaron los problemas. Por eso se suicidó tu abuelo. Espero que cuando se abra el testamento, se haga justicia, pero Ana…

—¿Qué, mamá?

—No le digas nada a papá de lo que te he contado. Él no habla nunca de su padre. Todo fue muy triste.

50

Los días de espera hasta que se abrió el testamento fueron días extraños. No le conté a mamá lo que había oído en el velatorio y, cuando me sentía mal, me iba a casa de Carlota. Subíamos a la terraza con una botella de Licor 43 y dos copitas que nos escondíamos debajo de las camisetas. Allí arriba saboreábamos ese licor dulce de un amarillo tan intenso que parecía oro líquido cuando los rayos abrasadores del sol de julio caían de bruces sobre él. Y observábamos el ir y venir de las cigüeñas en silencio.

Al bajar, doña Elena se daba cuenta de que estábamos un poco piripis, pero no decía nada. Me miraba con una mezcla de dulzura y compasión. Me consolaba sin hablar, solo con su sonrisa que dejaba al descubierto una dentadura milagrosamente blanca y perfecta. Le salían dos hoyuelos en las mejillas y sus ojos embadurnados de abénula azul se le llenaban de chispitas de afecto. A mí me recordaba a un ángel de una ilustración de un libro de cuando era pequeña que todavía rondaba por casa.

—Doña Elena, ¿podemos ver su caja? —le preguntaba.

Y ella desaparecía detrás de la cortina remendada que separaba un cuarto minúsculo de la salita de estar. Era su dormitorio (hacía años que ella y su marido dormían en habitaciones separadas). Allí solo cabían un catre estrecho y una mesita de noche en la que había colocado una imagen de la Virgen Inmaculada con la nariz descascarillada. De sus manos de porcelana colgaba un rosario de nácar.

Doña Elena se hacía rogar un ratito. Después, con la llave que llevaba colgada del cuello en una cadena de plata, abría el primer cajón de su mesilla y cogía un pequeño cofre donde decía que cabía toda su vida. Sacaba sus dos libretitas de baile. Las páginas amarillentas estaban repletas de nombres de pretendientes que le habían pedido un vals o un pasodoble en alguna de las muchas fiestas que se organizaban en el Casino en su época de jovencita casadera. Tenía también un abanico de nácar y encaje al que le faltaba una varilla. Lo abría y cerraba con elegancia y nos enseñaba una serie de movimientos, un código especial con el que las damas de entonces les comunicaban a los apuestos caballeros si estaban comprometidas o no.

—Esperad un momento —nos dijo un día con cara misteriosa, y desapareció de la habitación corriendo.

La oímos subir las escaleras del patio que daba al piso de arriba. Atentas, seguimos sus pasos por el dormitorio que se encontraba justo encima de la salita. Yo había subido allí con Carlota un par de veces y lo recordaba repleto de regalos de boda todavía empaquetados, cubiertos de polvo y apilados contra las paredes. En el techo había un agujero, un pedacito azul de cielo.

—¡Ajá! ¡Aquí está! —la oímos gritar entusiasmada.

Bajó las escaleras con la excitación de una adolescente y nos hizo un gesto para que nos sentáramos a su lado. Sacó del bolsillo de su bata una cajita forrada en terciopelo rojo. Cuando la abrió me quedé embobada: el brillo de una piedra verde enorme ensartada en un anillo de oro iluminó aquella habitación cochambrosa. Miré a Carlota con sorpresa y ella me respondió poniendo los ojos en blanco.

—Es una esmeralda, la dote de Carlota. Este anillo será suyo el día de su boda —me dijo doña Elena mirando a su hija con orgullo.

—Mamá, ¿puede saber Ana el nombre del novio? —le preguntó Carlota con un gesto burlón.

—Pues el príncipe Alberto de Mónaco, ¿quién va a ser, hija?

Esta vez no me reí, me quedé paralizada de la impresión. ¿Lo decía doña Elena en serio? Sí, aquello no era broma... Su cara irradiaba la felicidad de una jovencita que estrena zapatos nuevos el Domingo de

Ramos. Miré a mi amiga que, para mi sorpresa, se acercó a su madre y la abrazó con dulzura.

—Bueno, mamá, ya veremos si tu príncipe favorito me acepta como esposa…

—Estaría loco si no lo hiciera, hija.

Nos dirigimos al salón de los espejos y doña Elena se puso a tocar al piano y a cantar cuplés de su época que nosotras ya nos sabíamos de memoria.

—Ahora a ensayar *El Danubio azul,* el vals que bailarás con el príncipe Alberto el día de tu boda.

Carlota se acercó al sofá deshilachado, me hizo una reverencia y ofreciéndome la mano me dijo:

—¿Me permite este baile, señorita de Sotomayor?

Me levanté y empezamos a bailar. Mejor dicho, Carlota empezó a bailar y yo a pegarle pisotones.

—Ana, para ya de machacarme los pies y déjate llevar.

Y lo hice, me dejé llevar y de pronto desapareció mi torpeza. Me sentí flotar en esa sala desmantelada que se convirtió en un salón de baile de la película de *Sissi Emperatriz.* Me daban igual lo que pudiera pasar en mi casa y todas las barbaridades que se le ocurrieran a mi padre y…

Carlota se paró de golpe al oír abrirse la cancela de la entrada.

—¡Elenaaaa! —gritó una voz.

—Ya está aquí el pesado de tu padre —dijo doña Elena con cara de fastidio mientras recogía y escondía rápidamente todas sus partituras.

Salió al pasillo cerrando con delicadeza la puerta del salón.

—Se acabó la fiesta —dijo Carlota, y nos dejamos caer las dos en un sofá.

—¿Qué mosca te ha picado ahora, Enrique? —preguntó doña Elena.

—Se me ha caído un botón de la camisa. A ver si me lo puedes coser —dijo la voz.

—Son veinticinco pesetas.

—Elena, que sepas que como sigas cobrándome por coserme los botones, le regalo tu finca a los rojos y en dos días está expropiada.

Doña Elena se puso hecha una fiera.

—Pobre de ti, Enrique. Si te atreves a darle la finca a esos bolcheviques, te pongo de patitas en la calle.

—Otra vez ha caído mamá —me dijo Carlota—. No te creas nada de lo que dice mi padre, Ana. Siempre están igual. El día menos pensado, cojo el petate y no me vuelven a ver el pelo.

—Te queda poco, Carlota. ¿Cuándo será la boda en Mónaco?

Carlota intentó sonreír.

—Ana, lo he pensado muy bien y ese anillo será mi puerta a la libertad, a la universidad. Desde niña conozco su escondrijo, solo tengo que acabar el bachiller, robarlo y escaparme. Igual llega el dinero de su venta para las dos.

La abracé y ella me apartó con delicadeza.

—Mira que eres pegajosa.

—Carlota, ¿qué son «bolcheviques»?

—Pues comunistas, Ana, que no te enteras de nada.

51

—Anda, Ana, cuéntame lo de la comida en casa de los Montenegro.
Era el punto flaco de mamá y se desternillaba con esa historia.

—Para, hija, para, que me voy a hacer pis encima —me decía cuando estaba en lo más interesante.

Me encantaba que mamá llorara de risa, verla contenta y que olvidara durante un rato los jaleos del testamento.

—Pues la madre de Carlota abre el paquete de la carnicería... —empezaba yo por quincuagésima vez.

—No, no, Ana, desde el principio, que está muy bien.

Se sabía la historia de la preparación de las comidas en casa de Carlota de pe a pa y reaccionaba como un niño cuando le lees, por ejemplo, el cuento de Blancanieves y cambias el nombre de algún enanito: tienes que volver al principio y andarte con mucho cuidado de que todo sea idéntico a la primera versión.

—Doña Elena se levanta a las once, se arregla, se pone abéñula azul en las pestañas y se las riza después. Parece un oso panda, pero le da igual que todos los del mercado piensen que su marido le ha servido un puñetazo en cada ojo de desayuno. A continuación, se cepilla el pelo cien veces, ni una más ni una menos, se lava como un gatito en el aguamanil de su cuarto, se hace las dos trenzas y...

—¿Y dices tú, hija, que no tiene canas? Ahí hay truco, Ana, ella es bastante mayor que yo y...

—Mamá, si me vas a interrumpir cada dos por tres...

—Tienes razón, hija, perdona, Sigue, sigue.

—Vale, pues doña Elena se viste y se pone su estola de visón, aunque estemos a treinta grados. Por eso, lo primero que hace antes de entrar en el mercado es comprarse un cucurucho de helado. Chuperretea y lame el barquillo como si le fuera la vida en ello. Después va a la carnicería y compra dos bistecs de 150 gramos y dos paquetitos con 50 gramos de jamón serrano cada uno para la cena de sus hijas. Así Carlota y su hermana Tinita no se pelean.

—¿Y esa es la compra, Ana? ¿Cada día lo mismo?

—Sí, mamá. Mucha variedad de menú no hay en aquella casa.

—¿Y su padre?

—Nunca come en casa. Siempre va a los bares del centro y se hincha de tapas y de chatos de vino. Al menos eso es lo que me ha contado Carlota.

Mamá mueve la cabeza con un gesto de desaprobación y me anima a seguir.

—Y ahora, hija, imita a la madre cuando cocina, anda.

Mamá ya empieza a reírse cuando pongo la sartén encima de un infernillo de butano que tenemos de reserva, uno de esos con una bombona azul y una hornilla pequeña. Después, cojo un trozo de masa de empanadilla (que se supone que es un bistec) y, ¡zas!, la tiro a la sartén desde detrás de la puerta de la cocina. Aterriza en el suelo y entonces pego un gritito imitando a doña Elena:

—¡Carlota, Ana, no os acerquéis, que os salpicará el aceite y acabaréis llenas de cicatrices de quemaduras! ¡No os saldrá ni un pretendiente y os quedaréis para vestir santos!

Espero a que mamá se calme un poco, me vendo la mano con un trapo pringoso, cojo la pinza de cocinar más larga que tenemos, me tiro al suelo y empiezo a reptar. Me voy acercando poco a poco a la empanadilla sin perder de vista el infernillo y la atrapo en un visto y no visto. Luego me alejo corriendo, la limpio con el delantal y la vuelvo a tirar. ¡Bingo! Esta vez aterriza en el centro de la sartén. Imito el ruido del aceite chisporroteando y salgo escopeta de la cocina sin olvidarme de cerrar la puerta. Pasados un par de segundos, abro sigilosamente, asomo la cabeza con cuidado y, con los ojos tan abiertos que casi se me salen de las órbitas, vuelvo a acercarme al infernillo. Le doy la vuelta a la masa y me aparto otra vez. Ahora mamá está al borde del colapso.

—Para, Ana, para, que me voy a hacer pis.

Finalmente, agarro el mango de la sartén como si fuera un trozo de carbón incandescente, tiro el bistec en un plato, coloco al lado un tomate abierto y le echo medio salero encima.

—Ven aquí, hija, que si no fuera por estos momentos…

Carlota vino a comer el domingo y mi madre nos hizo huevos fritos con patatas. Mamá y María del Mar la miraban como con una mezcla de pena y extrañeza. Yo también un poco. No es que comiese con la boca abierta o se manchase, no. Conocía las normas de urbanidad en la mesa muy bien gracias a doña Elena, que había sido una maestra muy estricta de protocolo con sus hijas. Lo que más llamaba la atención no eran sus buenos modales, sino la concentración, la cara de placer con la que comía y su sonrisa cuando se llevaba a la boca un trocito de pan empapado de yema de huevo. Dejó el plato reluciente.

—Doña Eugenia, ¿puedo preguntarle cómo se llama esto tan rico?

—Pero, cariño…, si son solo unos simples huevos fritos. ¡No me digas que es la primera vez que los comes!

—Sí…, ¿se hacen con aceite?

—Pues claro. ¿Cómo si no?

—¿Con un poquito o hay que llenar la sartén?

—Bueno, hay que poner bastante para que floten y la yema quede blandita.

—Ah, entonces saltará el aceite. Vaya…

Mi amiga se quedó pensativa y no comentó nada más.

Como no pudo convencer a su madre para que se los cocinara en casa, no perdió la oportunidad de pedir huevos fritos unos días después en un restaurante de Badajoz al que fue con su padre. En la mesa de al lado vio un plato donde bailaban dos yemas amarillitas. Se las señaló al camarero para que se las sirviera de primer plato. Al primer intento de hundir el pan en una de ellas, salió disparada y aterrizó en el suelo.

—¡Pero qué duro que está este huevo! —exclamó.

—¡Qué huevo ni qué niño muerto, Carlota! Lo que acaba de salir disparado de tu plato es medio melocotón en almíbar —le dijo su padre sorprendido.

Me reí tanto cuando me lo explicó que guardé la historia en mi memoria para contársela a mi madre cuando los ánimos estuvieran por los suelos.

Las malas noticias, como siempre, no tardaron en llegar. Fue el día que mamá estuvo en el notario con el abogado para la lectura del testamento y escuchó lo que ya era un secreto a voces. No hubo panadería ni caballos, no hubo fincas, no hubo absolutamente nada. Solo la casa.

—El piso de arriba se podría vender… —dijo mamá pensativa.

A partir de entonces, papá casi desapareció del mapa. Nadie tenía ni idea de dónde se alojaba las noches en que no venía a dormir. Hasta que mamá llamó al tío Miguel para preguntarle si sabía algo y él le contó que mi padre le pedía el coche a menudo para ir a Badajoz. Se pasaba horas hablando con un abogado que le había prometido recuperar la finca de El Encinar. Por lo visto, mantenía esa esperanza, se aferraba a ella con todas sus fuerzas y mi tío no se atrevía a llevarle la contraria. Lo conocía lo suficiente para comprender que en su desesperación era incapaz de ver que ese picapleitos lo estaba engañando. Mejor así. Todos sabíamos de qué era capaz Luis de Sotomayor si las cosas se torcían.

En agosto, la tía de Carlota, doña Eulalia, llamó a mamá para convencerla de que me dejase trabajar en el *camping* que había construido en su finca el año anterior.

Los tíos de Marta Azuaga, la mejor amiga de mi hermana, se la llevaron a pasar el verano en su chalé de Sanlúcar.

Mi madre aceptó las invitaciones, aliviada, sin pensárselo dos veces y, a la mañana siguiente, colgó el cartel en la ventana del despacho.

EN VENTA
Razón: tel. 302416

52

—La tía Eulalia no ha podido venir, así que la tía Rosa nos acompañará al *camping* en su coche. Entra, que esto va para rato —me dijo Carlota al verme con la mochila delante de su casa.

«¡Dios de mi vida!, si nos lleva la tía locatis de la leche condensada, ya podemos ir despidiéndonos de este mundo», pensé.

Me quedé en el salón de los espejos mientras Carlota iba a buscar sus cosas. Me senté al piano y, sin apretar sus teclas para no llamar la atención, empecé a acariciarlas interpretando un concierto mudo. Me desabroché los primeros botones de la camisa, me solté el pelo y eché la cabeza hacia atrás hasta sentir las caricias de mi melena rizada sobre los hombros. En esa posición incómoda, me contemplé en los espejos de marcos dorados que cubrían los muros de la habitación, hasta que unas voces desde el pasillo interrumpieron mi sensual representación.

—¡Dame dinero, dame dinero, dame dinero…! —gritaba alguien que no logré identificar.

Carlota entró de nuevo en el salón. Respiraba muy deprisa y estaba furiosa.

—No te asustes, Ana, es la burra de mi hermana. —Salió otra vez corriendo y la oí decir—: ¡Deja de gritar, subnormal!

—¡Olvídame, gorda! —contestó la voz que debía de ser la de la hermana.

Me acerqué a la puerta y me puse a escuchar con atención.

—No te daré ni un duro hasta que dejes de portarte como una criatura, Tinita —dijo una voz que reconocí como la del padre de Carlota.

—¡Dame dinero, dame dinero, dame…!

Estaba claro que la tal Tinita parecía ser bastante materialista.

—¡Carlota! Dile a tu hermana que se calle de una puñetera vez.

—¡Babababababa…! —contestó Tinita.

Entreabrí la puerta y vi en el pasillo a una chica guapísima sentada en una silla desvencijada. Mecía su cuerpo hacia adelante y hacia atrás. Lograba mantener el equilibrio a duras penas apoyándose tan solo en una de las cuatro patas de la silla. Gritaba, se tapaba los oídos y movía la cabeza de un lado para otro.

Un señor de casi dos metros, con una barriga enorme y cara de desconcierto daba vueltas por el pasillo como un león enjaulado. Para entonces, yo ya había salido del salón y estaba apoyada en la pared descascarillada intentando pasar desapercibida. Carlota me hizo un gesto para que volviese a entrar, pero yo me hice la tonta y me quedé allí: no me quería perder ese espectáculo por nada del mundo.

De pronto, el señor grandote se paró en seco y se me quedó mirando con curiosidad.

—Y tú, ¿quién coño eres?

—Yo…, yo soy…

—Es Ana de Sotomayor, papá —contestó Carlota.

—¿La hija de Luisito?

¡Pero bueno, qué manía tenía esa familia de usar diminutivos!

—Ana, ¿has visto qué hija mayor tan guapa tengo? Pues todo lo que tiene de guapa lo tiene de gritona. Sale a la familia de mi mujer, los Montenegro, y me tiene un poco preocupado. ¿Tú crees que esta niña es normal?

Tinita, que no debía de tener los oídos tapados del todo, le sacó la lengua y empezó a reírse. Su boca se agrandó mostrando una hilera de dientes blanquísimos como los de su madre. Tinita era una belleza. Eso sí, una belleza enigmática y, como dicen los poetas, algo perturbadora, pero ¿qué se suponía que tenía que contestarle yo al padre de mi amiga? ¿Que tenía razón y que su hija mayor estaba como un cencerro? ¿Y si luego Tinita me atacaba? Nunca se sabe… Mejor que usara la palabra «especial» para describirla, por si las moscas.

El padre de Carlota no esperó mi respuesta y se sacó un billete de quinientas pesetas del bolsillo, se lo dio a su hija y se marchó. Tinita se quedó muda, me guiñó el ojo, me sonrió y a mí me pareció tan bella como una de esas figuras que había visto flotar en una postal de la cúpula de la Basílica de San Pedro en El Vaticano. Era clavadita a su madre, doña Elena.

—Así que al final os lleva al *camping* en coche la tía Rosa —me dijo—. Pues que sepas que te juegas la vida.

—¿Por qué no te esfumas, Tinita? —dijo Carlota.

—Solo la estoy avisando, idiota.

Carlota me llevó a rastras hasta la sala.

—En cuanto cumpla los dieciocho, me piro de esta casa y tú te vienes conmigo ¡Vaya desastre de familia que tenemos las dos! Te juro que no me vuelven a ver el pelo en esta ruina como que me llamo Carlota.

Asentí seria y pensativa.

La tía Rosa apareció poco después con un manojo de llaves atado a la cintura con una cuerda de esparto. Me saludó con un educado «Buenos días, Anita de Sotomayor» y nos hizo un gesto para que la siguiéramos.

Lo que en sus buenos tiempos debía de haber sido un dos caballos gris estaba aparcado en el callejón de al lado. Tenía la carrocería llena de parches oxidados de reparaciones que nadie se había molestado en repintar. Aquello no me daba buena espina.

—¿Me siento detrás? —pregunté más que nada por prevención, pero, cuando eché un vistazo, me di cuenta de que allí no cabía ni una aguja.

La parte trasera estaba repleta de lecheras enormes vacías, rollos de cuerda, sacos de esparto, trapos pringosos y cajas de todos los tamaños y colores.

—Como no te metas dentro de una lechera… —me dijo la tía de mi amiga con una sonrisa burlona.

Mientras tanto, Carlota colocó un cartón encima de un agujero que había en el suelo delante del asiento del acompañante. Acto seguido cogió una alfombrilla de caucho de detrás y la puso con cuidado encima del cartón, no sé si para camuflarlo o por seguridad. Nos pusimos en marcha después de tres intentos de arranque.

Yo conocía bien el camino hasta la Charca, que era el nombre por el que todo el mundo conocía el embalse de Proserpina. Era una presa romana con una muralla preciosa donde María del Mar y yo con todos los primos competíamos tirándonos de cabeza desde la parte más alta. Lo llamábamos «el Pico» por la forma de uno de los pilares que sostenían la enorme pared de piedra.

La Charca estaba a unos cinco kilómetros de Mérida y, tanto si íbamos en coche como en autobús, cogíamos la carretera nacional. Pasábamos por delante del cementerio después de dejar atrás el acueducto romano de Los Milagros y atravesar el puente del río Albarregas.

—¿No vamos por el camino del cementerio? —me atreví a preguntar a la tía Rosa cuando la vi tomar un desvío que no conocía.

—No, mejor cojo el atajo. Me ahorro un kilómetro de gasolina.

El atajo era una pista de tierra llena de baches. Íbamos como mucho a veinte kilómetros por hora.

Unos minutos después escuché los bocinazos. Giré la cabeza y vi una caravana de cinco coches cuyos conductores debían de estar a punto de asesinarnos.

—Tía Rosa, vas por el medio. Mejor que te apartes un poco y los dejes pasar —le comentó Carlota con mucho tacto.

—¿Quién conduce aquí, señorita?

—Tú, tía Rosa.

—¿Quieres ponerte tú al volante?

—No, tía Rosa.

—¡Esta carretera es mía! —gritó la conductora sacando la cabeza por la ventana.

Recé para que, con el ruido de las bocinas y los insultos, la comitiva que llevábamos detrás no la hubiera entendido bien. Hasta que un conductor levantó el dedo corazón haciendo una peineta perfecta. La tía Rosa frenó de golpe, bajó de su tartana, cogió la barra antirrobo del volante y, sacudiéndola en el aire, repitió:

—¡Esta carretera es mía, señores!

Las bocinas dejaron de sonar y hubo unos segundos de absoluto silencio que a mí se me hicieron eternos. Después empezaron a oírse unas carcajadas discretas que, a medida que yo me iba encogiendo en el asiento, fueron subiendo de volumen.

La tía Rosa se subió al coche y se colocó todavía más en medio del camino para asegurarse de que nadie la adelantara. Cuando llegamos al cruce y volvimos a coger la nacional, empezaron los bocinazos de nuevo. Los gritos de despedida se mezclaban con el pitorreo general.

—¡Adiós, marquesa! —gritaban los conductores a pleno pulmón.

53

El resto del viaje lo hicimos en silencio. Me puse a pensar en Carlota, tan guapa y tan lista, y en lo mal que debía de sentirse en aquella casa sucia y destartalada al lado de una hermana que le gritaba a su padre ¡bababa! para exigirle dinero, y de una tía que se alimentaba de leche condensada y no se avergonzaba de ir pegando voces por los atajos de las carreteras nacionales que creía suyos.

La miré mientras se pasaba el cepillo por su larga melena. Lo acababa de sacar de una mochila llena de arrugadas bolsitas de colores donde guardaba sus pequeños tesoros: una azul para el lápiz de ojos, una rosa para el rizador de pestañas y una blanca para el rímel con las letras de la perfumería ya medio borradas de tanto manosearla. Cuidaba esas cosas con un esmero que te llegaba al corazón. El poco dinero que le daba su padre, cuando estaba de buenas o pletórico por haber ganado una partida, lo metía en una hucha de plástico amarillo con forma de conejo al que le faltaba una oreja. Había encontrado el escondrijo ideal para que su hermana no se lo quitara: un hueco cuadrado empotrado en la pared, camuflado por un cuadro en el salón de los espejos. Allí, me contó, ocultó su madre su collar de brillantes cuando entraron los rojos a requisar los bienes de la familia.

La tía Rosa se decidió por su colchón de lana para esconder sus tesoros. Cosió un rubí y dos esmeraldas en su interior. Todavía seguían en el mismo lugar, «por si acaso hay una revolución comunista y esos granujas ateos vienen y me lo roban todo», solía susurrarle al oído a Carlota.

Observé a doña Rosa, esa marquesa desfasada y protestona. Estaba empapada de sudor en su asiento de conductora, chiquitita, encorvada y subida a una torre de cojines deshilachados para poder llegar al volante. Iba atenta con su cara de mico y la nariz pegada al parabrisas, porque era miope y se negaba a usar gafas. Esa mujer tan rara poseía una fortuna y vivía como una mendiga. ¿Qué se le pasaría por la cabeza en ese momento? No parecía preocupada o enfadada por las burlas e insultos que acababa de recibir del grupo de conductores que la habían seguido hasta el cruce. Era como si le resbalase lo que los demás pudieran pensar de ella. En ese sentido, yo la admiraba: había que ser muy valiente para hacer lo que te diera la gana en una ciudad donde los cotilleos parecían ser una necesidad vital.

El coche se caló en mitad de la cuesta más empinada de la carretera.

—¡Me cago en…! —gritó doña Rosa mientras tiraba del freno de mano con la cara empapada de sudor.

Al sentirse observada, cambió ese taco por un discreto «¡Mecachis!».

—Tía Rosa, tranquila, a ver, ve dándole gas poquito a poco y no dejes de pisar el embrague. Así, así, ahora, despacito, muuuy bien… ¡No! ¡No sueltes el freno de mano de golpe!

¡Virgen santa! ¡Qué paciencia tenía mi amiga!

Por fin, llegamos a la Cruz, el punto más alto y más bonito del camino. Desde allí se divisaba toda La Charca. Enfrente se encontraba el pinar donde los domingueros, semana tras semana, arrastraban sus neveras portátiles llenas de tortillas de patata, filetes empanados y gaseosas de litro. A la izquierda, la muralla romana se extendía hasta el otro lado del lago. Casi pegando a la carretera que lindaba con ella, se encontraba la finca de la tía Eulalia.

Al cortijo se accedía por un enorme portalón. En el muro de piedra que lo sujetaba se podía leer *Cuidado con el perro*. Al lado, alguien había dibujado la cabeza de un animal que a mí me pareció más monstruo que perro y debajo, en letras rojas, ponía *Asesino*. Dos gotas de sangre pintadas en el mismo color colgaban de sus colmillos puntiagudos y desproporcionados. Me agarré con fuerza a Carlota.

—Se llamaba León —me dijo sonriendo—. Tranquila, Ana. Murió el año pasado.

Respiré aliviada mientras observaba la casa.

La planta baja estaba abandonada y, según me explicó mi amiga, antes se usaba como esquiladero. Subimos una escalera de hierro oxidado y entramos por la cocina. La voz de la tía Eulalia nos recibió con un tono alegre y cantarín. Digo la voz porque la cocina era tan grande que no logré verla hasta que apareció al fondo y avanzó hacia nosotras sorteando lecheras de veinte litros y tinajas de barro que me recordaron a las que aparecían en las ilustraciones de Alí Babá y servían de escondrijo a sus cuarenta ladrones. La tía Eulalia parecía muy animada y nos plantificó un sonoro beso en la mejilla a cada una.

Una señora rechoncha estaba removiendo algo en una cazuela encima de la hornilla de hierro.

—Buenas tardes. Eso huele muy bien —dije educadamente.

Ella no me devolvió el saludo. Se limitó a mirarme de arriba abajo y siguió concentrada en darle vueltas a ese caldo delicioso, del que no se dignó a ofrecerme ni una tacita.

—Es mi tía abuela —susurró mi amiga—. A simpática no hay quien la gane.

—Venga, niñas, os enseñaré la habitación —nos dijo la tía Eulalia.

La seguimos llenas de curiosidad. Nuestro dormitorio estaba al final de un salón de unos diez metros de largo como mínimo.

—Tengo que arreglar el techo —dijo la tía Eulalia observándolo con cara de desconfianza—. Al ser de cañizo, está cuajado de murciélagos y...

—¡Murciélagos! —grité.

Les tenía pánico desde pequeña.

—Son duros, los jodidos. Como se te agarren al pelo, no te los sacas de encima así como así. ¡Anda que no he tenido yo que cortar mechones para liberar a las amigas que no tomaban la precaución de ponerse un pañuelo en la cabeza al atravesar esta habitación! Recuerdo la vez que uno se enganchó en la estola de visón de mi hermana Elena. La había heredado de mamá y yo no iba a dejar que un bicho cabezota se la estropeara. Lo agarré y empecé a tirar de él mientras le retorcía el pescuezo. Nada. El puñetero no se daba por vencido y no se soltaba ni a la de tres. Le quité la estola de un tirón a Elena y la puse en el suelo. Cogí la escoba y lo maté a palos. En fin, ya estáis avisadas. Son tremendos, esos bichos.

Al final del salón de los murciélagos estaba nuestro dormitorio. Tenía dos camitas con cabeceras de hierro pintadas en azul cielo. Debajo de la ventana había una palangana y un aguamanil de porcelana adornados con unas cenefas de florecitas rojas muy pequeñas. También me fijé en los dos orinales blancos medio escondidos debajo de la cama. Respiré tranquila, porque el cuarto de baño estaba en la otra punta de la casa y vete tú a saber por cuántos murciélagos podría ser atacada cada vez que tuviera que ir por la noche.

En eso estaba pensando cuando se abrió la puerta de la habitación de enfrente y un chico un par de años mayor que nosotras apareció delante de ella. Se quedó clavado en el suelo cuando nos vio.

—¡Hola, Juan Carlos! —le dijo Carlota mientras se acercaba a darle un beso.

Juan Carlos se lo devolvió y me dirigió una mirada interrogante.

—Uy, perdonad. Ahora caigo en que no os conocéis. Mira, Ana, te presento a mi primo Juan Carlos.

—Hola —balbuceé.

—Hola, Ana —contestó él.

No me miró a los ojos ni hizo ademán de darme un beso.

—¿Qué tal, primo? ¿Pasando unos días por aquí? ¿Hasta cuándo te quedas?

—Creo que no mucho tiempo. Solo he venido a ver a mi abuela.

Me sorprendió su voz ronca y profunda. Había algo diferente en él, una especie de tristeza contenida que no había visto en ninguno de esos guaperas que paseaban por la calle Santa Eulalia y volvían loca a Carlota.

Se hizo un silencio incómodo y Juan Carlos se puso a juguetear pasándose de un pie a otro una ramita seca que estaba en el suelo. Me fijé en sus pestañas rizadas como las de una chica y en su barba fea y poco poblada.

—Bueno, pues yo ya me iba… Adiós —dijo, y me sonrió.

Sentí un vacío en el estómago, un vértigo que me recordó al de las bajadas de una montaña rusa.

54

—No me digas que te gusta mi primito —me dijo Carlota nada más salir del caserón—. ¡Sí! Te lo veo en la cara. No lo puedes disimular. Pues que conste que es el nieto de la señora mayor que has visto en la cocina, esa que no se ha dignado ni a invitarnos a una tacita de caldo.

—Déjame en paz, ¿quieres? —le contesté mientras me alejaba dando zancadas.

Cuando consiguió alcanzarme, no me dijo nada más y caminamos cabizbajas. Nos dirigimos al antiguo lavadero de lanas y estuvimos un buen rato allí haciendo equilibrios por los bordes de los pequeños canales que lo rodeaban, intentando no caernos. No es que estuvieran demasiado altos en relación al suelo, pero sí lo suficiente para pegarnos un buen porrazo si dábamos un traspiés. Al final de ese pequeño laberinto había una nave rodeada de antiguas arcadas de piedra. Hacía un calor bochornoso y nos refugiamos allí a tomar el fresco. Me llamaron la atención unas bañeras de piedra enormes, donde se ve que antes enjuagaban la lana. Ahora las habían vaciado y cubierto con losas de granito para evitar accidentes.

Juan Carlos estaba tumbado encima de una de ellas leyendo un libro. Nada más vernos, lo guardó en su mochila, se levantó, farfulló algo como que iba a darse un baño y se marchó.

—¿Por qué ha escondido el libro y se ha ido tan rápido? Parecía que se lo fuéramos a quitar.

—Mi primo es, digamos, especial. Acompáñame, anda. Te voy a enseñar algo que te va a gustar.

La playa del *camping* era pequeña pero tranquila y, tumbada en la arena, había una mujer extraña, muy despampanante o llamativa, no sé muy bien cómo explicarlo.

—Vamos, Ana, que te la presento.

La dama misteriosa llevaba un bañador de flores verdes y amarillas con un escote enorme que le dejaba al descubierto la espalda bronceada y el comienzo de un trasero enorme y descarado que sufría atrapado en esa prisión elástica de tela estampada que parecía incapaz de contenerlo.

—Hola, tía Verónica.

Se llamaba Verónica. V-e-r-ó-n-i-c-a… Un nombre que a mí me sonaba a brisa de mar o a marca de perfume exótico.

—Hola, cariño —le contestó Verónica incorporándose con desgana.

Sus gafas de sol negras con forma de mariposa le daban un aire de actriz americana. Los labios se los había pintado de rojo pasión, como decían en un anuncio de la tele. Había algo en aquella mujer que chocaba con el paisaje que nos rodeaba, con aquella playa de *camping* tan poco sofisticada. No sé… Era como si alguien hubiera colocado a Rita Hayworth en medio de un prado de vacas o en una lechería.

—Mira, tía Verónica, esta es mi amiga Ana.

—¿Ana y qué más? —preguntó ella.

—Ana de Sotomayor.

Su gesto rígido se suavizó en un intento de sonrisa.

—Acércate, Ana, y dame un beso, guapa.

Me incliné y la besé algo intrigada.

—¿Cómo está tu padre? —me preguntó.

—Pues, muy bien, gracias. ¿Cómo va a estar?

—Me alegro, Ana. Me alegro muchísimo. Ha debido de sufrir mucho el pobre.

Me molestó su comentario. Todo el mundo se metía en los asuntos de los demás y repetían la misma cantinela: «Ha sufrido mucho». Menuda pesadez. *Él* era el pobrecito. ¿Y nosotras, qué? ¿Acaso no habíamos sufrido nosotras también sin comerlo ni beberlo?

—Quería ir a visitarlo al hospital, pero al final no me atreví.

«Menos mal», pensé. Ya éramos la comidilla de Mérida, y lo único que habría hecho falta es que esa Betty Boop hubiera ido a ver a mi padre al hospital. Menudo escándalo se habría organizado.

—No pasa nada. Él tampoco tenía muchas ganas de visita. Creo.

—Ya…

—Bueno, pues nada… Adiós, señora Verónica.

—Adiós, Ana. Encantada de conocerte. Recuerdos a tu padre de mi parte.

Al darnos la vuelta casi nos chocamos con Juan Carlos. ¿Habría escuchado la conversación con Verónica sobre mi padre? Iba en bañador y tenía un cuerpo atlético y proporcionado que me sorprendió. Llevaba el libro apretado contra su pecho moreno y la toalla bajo el brazo.

—Hola otra vez, primo —le dijo Carlota.

—Hola, prima. Hola, Ana.

Me sonrió con dulzura y yo no me derretí allí mismo de puro milagro.

—Ana, siento mucho lo de tu padre —me dijo mientras se acercaba y me rozaba el brazo suavemente.

«Sí, lo ha escuchado todo», pensé. Carlota, mientras tanto, me miraba atentamente. Quizá esperaba una reacción brusca por mi parte.

Juan Carlos apartó la mano de mi brazo con dulzura y me dio un beso. Hizo un gesto de despedida con la mano y siguió su camino. Pasó por delante de Verónica sin saludarla. Se dirigió hacia las rocas que marcaban el límite de la playa del *camping* y estiró la toalla sobre una de ellas antes de sentarse con cuidado. No abrió el libro. Miraba hacia el lago, inmóvil, perdido en sus pensamientos.

Salimos de la playa y caminamos en silencio. Carlota me observaba con una expresión de tristeza que cada vez me hacía sentir más incómoda.

—Deja de mirarme así, por favor —le dije—. No sé qué me ha pasado, no sabía qué decirle a Juan Carlos. Soy una idiota. —Ella me abrazó en silencio—. Carlota… ¿De dónde ha salido esa señora del bañador de flores y las gafas de vampiresa? ¿Es otra hermana de tu madre?

Allí parecían salir tías Montenegro de debajo de las piedras.

—No, Ana. Verónica es una prima lejana de la familia y la madre de Juan Carlos.

—Pero… si ni siquiera se han mirado. Espero que tu primo se lleve mejor con su padre.

—No lo tiene, Ana. Verónica es madre soltera.

55

No había que ser una lumbrera para comprender que aquel *camping* no funcionaba como negocio. Observé los troncos esqueléticos de los árboles recién plantados. Tardarían años en dar sombra.

Nuestro trabajo consistía en limpiar los servicios por cincuenta pesetas diarias y estar un rato en recepción cuando la tía Eulalia tuviera que ir a algún recado.

Nada más entrar en los lavabos, Carlota y yo salimos escopetadas, perseguidas por una pandilla de avispas que se habían animado al oírnos. Nuestra jefa nos dirigió una mirada furiosa. Después, siguió dándonos instrucciones sobre los productos de limpieza que debíamos utilizar, rodeada de ese enjambre de insectos venenosos sin que se le moviera una ceja. Yo de los nervios no podía concentrarme y escuchar lo que decía. Solo rezaba para mis adentros para que esos bichos, si tenían que atacar a alguien, fuese a la tía Eulalia, que seguro que era inmune a su veneno.

Carlota aparentaba tener una sangre fría a prueba de avispas; no soportaba que su tía la tachara de cobarde. Estaba allí en medio, petrificada, como una muñeca de porcelana en la que solo se apreciaba vida en el movimiento de sus ojos, muy atentos al trayecto de una avispa rebelde que se había separado de las colegas y revoloteaba alrededor de su cabeza dando zumbidos amenazantes. Al miedo se sumaba el calor asfixiante de aquellas instalaciones de techo de uralita.

Salimos de allí con las caras congestionadas. No habríamos caminado ni cien metros, cuando nos pusimos a buscar una sombra como si nos fuera la vida en ello.

—Bueno, ya sé que hay poca sombra, pero lo abrí el verano pasado y los eucaliptos están recién plantados y... ¡Basilio!

Basilio estaba roncando a la sombra de la fuente de agua potable: un oasis en esa especie de desierto. Se puso de pie dando un respingo, se sacó la gorra y empezó a retorcerla entre las manos. Lo único que sobresalía de su cara coloradota era el palillo que sujetaba entre los dientes amarillentos. El resto era una especie de torta con dos agujeros en el centro que alguien parecía haber taladrado para permitirle respirar y expulsar el humo del cigarrillo sin filtro que acababa de encender. Esa apariencia plana desaparecía cuando te fijabas en su enorme barriga, cubierta por un mono azul al que solo le quedaban dos botones a punto de saltar.

—Usted dirá, señorita Eulalia.

—Basilio, me parece recordar que usted está contratado como jardinero.

—Así es, señorita.

—Pues coja ahora mismo la manguera y póngase a regar, hombre de Dios. Póngase a regar.

—Eso es lo que quería hacer, pero han cortado el agua.

—¿Que han cortado el agua?

—Como se lo digo, señorita Eulalia. Ha pasado un secretario por aquí y ha dicho que era por las ratificaciones.

—¿Por las qué?

—Me parece que se refiere a las restricciones, tía Eulalia —dijo Carlota con tacto.

—Eso mismo que acaba de decir aquí la sobrina de usted, señorita.

—Restricciones para un negocio y permisos para llenar las piscinas de esos ricos nuevos de la urbanización con el agua de nuestro lago.

—Diga usted que sí, señorita. La culpa es de esos señoritingos rica-chones. Los del Tiro de Pichón son los peores porque...

—Cállese, Basilio, que a usted nadie le ha dado vela en este entierro.

Basilio bajó los ojos y empezó a retorcer la gorra otra vez entre sus manotas gordezuelas llenas de callos y de mugre.

56

La playa del club del Tiro de Pichón estaba a tope de gente joven. Todos charlaban animadamente mientras los camareros retiraban las mesas y sillas de la terraza de la cafetería y las iban colocando alrededor de la improvisada pista de baile.

Esa mañana, dando un paseo, habíamos visto colgado en uno de los muros exteriores del club el póster anunciando la fiesta. Lo primero que pensé fue que no nos dejarían pasar porque ninguna de las dos tenía el carné de aquel club de pijos, pero Carlota me contó que su tía Eulalia era socia honoraria desde su fundación. En su juventud había ganado un montón de trofeos de tiro al pichón. No me extrañó nada.

El sábado a las ocho de la tarde ya estábamos haciendo cola para entrar. Con su desparpajo habitual, mi amiga saludó al portero, que nos dejó pasar cuando la reconoció.

—Buenas noches, señorita de Montenegro y compañía —nos dijo con tono guasón mientras inclinaba la cabeza imitando a un lacayo del año catapún. En fin...

Las banderitas y bombillas colgaban de los troncos y las ramas de los pinos que rodeaban el lugar formaban un cielo de colores que se balanceaba al compás de la última canción de Roberto Carlos.

El gato que está triste y azul
no va a volver a casa si no estás.
Lo sabes muy bien, qué noche bella,
presiento que tú estás en esa estrella.

El gato que está en nuestro cielo
sabe que en mi alma una lágrima hay.

Alberto, no el príncipe de Mónaco, sino mi vecino y pretendiente incansable de Carlota, apareció por sorpresa, se le acercó y la sacó a bailar.

Dejé a esos dos tortolitos besuqueándose en la pista y me acerqué a la barra. No sabía cómo colocarme al encontrarme allí sola. Hice un esfuerzo y me puse a hablar con algunos conocidos sin prestar mucha atención a lo que decían. De reojo, observaba la entrada.

No fue Juan Carlos, sino Manolo Blanco quien se acercó y me invitó a bailar. Era un tío simpático y dicharachero, hermano de una compañera de clase. Acepté enseguida y metí la pata.

No sé lo que me pasó, creo que fueron la sangría y los nervios los que me jugaron una mala pasada. Empecé a hablar muy deprisa y a contarle a ese bonachón una tontería tras otra mientras bailábamos. Él me reía todas las gracias y me animaba a seguir.

Entonces, lo vi. Estaba en el bar sirviéndose un vaso de sangría. Me miraba fijamente, muy serio. Yo le sonreí. Levantó el vaso a modo de brindis, pero no hizo ningún gesto de acercarse, sino que siguió allí tieso como un garrote observándolo todo.

Dos chicos veinteañeros y un señor que parecía su padre se acercaron a la barra. Charlaban animadamente mientras tomaban unas copas. Juan Carlos los miró muy serio, se le torció el gesto y su interés por mí desapareció en el acto.

—Ana, me encanta bailar contigo —me estaba diciendo Manolo—. Me entero de todas las noticias y…

Dejé de escucharle y me dio por hacer idioteces para llamar la atención de Juan Carlos; cualquier cosa con tal de que se dignara a mirarme. Más de una pareja se giraba al escuchar mis carcajadas chirriantes y mis grititos fuera de lugar. Noté que Manolo se sentía incómodo, aunque el pobre seguía sonriéndome con sus ojos castaños de niño grande. Desesperada, me pegué a él como una lapa, le pasé los brazos alrededor del cuello y le estampé un beso en toda la boca.

Me apartó con delicadeza.

—Ana, me parece que te has pasado con la sangría.

Lo miré con descaro:

—Vaya, vaya con don puritano… Pensaba que te gustaba. ¿O a lo mejor solo te divierte mi conversación sobre las últimas noticias de Mérida? Ese montón de chismorreos que les encantan a todos estos pueblerinos y…

—No, Ana, claro que no.

Ya no lo oía, estaba llena de soberbia y de rencor. No solo me rechazaba Juan Carlos, por lo visto tampoco le gustaba a Manolo, que me apartaba de él como si fuera una leprosa.

—Pues, ¿sabes lo que te digo, Manolo? Que para estar al día de las últimas novedades, te compras un periódico en el quiosco de la plaza y bailas con él.

Lo dejé plantado y desconcertado en medio de la pista.

Corrió detrás de mí y me cogió del brazo con afecto.

—Pero, Ana, mujer, ¿qué te pasa hoy? No te lo tomes así…

Lo aparté de un empujón y me alejé con cara de ofendida.

En la barra, el padre de los veinteañeros se peleaba con un señor que llevaba un chaleco de caza y un sombrero de fieltro verde. Lo que menos me apetecía en ese momento era ser testigo de una paliza; pero no, no era una pelea barriobajera, esos dos señoritos estaban forcejeando, cada uno con un fajo de billetes en la mano para pagar las consumiciones. Me acordé de papá y me empezaron a escocer los ojos.

Juan Carlos dejó el vaso en la barra, se giró y desapareció entre el gentío.

Estaba tan avergonzada por mi comportamiento que solo quería que me tragara la tierra con toda mi tristeza y mis meteduras de pata, que se cerrase y no me dejara salir a la superficie nunca más.

Me senté en una mesa, sola. Carlota y Alberto me hacían señas para que me acercara a la suya. Yo negué con la cabeza.

57

Doy vueltas y más vueltas en la cama. No puedo borrar las imágenes de la fiesta de esta noche. La sensación de ridículo se convierte en un alfiler que se me clava por todas partes.

De pronto, oigo el chirrido de la puerta de la habitación de Juan Carlos al cerrarse. Me quedo inmóvil escuchando sus pasos, que se alejan por el largo salón de los murciélagos. Me levanto y me asomo a la ventana. Observo los faros encendidos de un coche aparcado al lado de la muralla y reconozco su silueta al pasar delante de ellos. Abre la portezuela de al lado del conductor, se monta en el coche y cierra con cuidado. El vehículo comienza a moverse y desaparece de mi vista después de tomar la primera curva.

Carlota se revuelve en la cama.

—¿Qué pasa, Ana?

—Nada. Duérmete, Carlota.

Espero hasta oír sus suaves ronquidos y salgo de puntillas al pasillo. Entro a ciegas en su dormitorio, tropiezo con la cama antes de llegar a la mesilla de noche. Enciendo la lamparita y abro el primer cajón. Reconozco inmediatamente la cubierta del libro que Juan Carlos había escondido aquella tarde al vernos aparecer en el lavadero: *El capital* es el título, y su autor, Karl Marx.

—Es comunista —dice una voz a mis espaldas.

—¡Carlota! ¡Menudo susto! ¿Qué haces aquí?

Muy seria, mi amiga se sienta en la cama y me mira con dulzura.

—Le prometí que no se lo diría a nadie, pero ya que lo has descubierto, es mejor que te lo cuente yo a que se lo oigas comentar a algún facha de mi familia.

—Pues, te felicito, Carlota. Has disimulado muy bien esa simpatía que le tienes a tu primo el revolucionario. ¿Pensabas que lo iba a denunciar o algo así si me enteraba?

—Todos mis familiares están muertos de miedo. Temen que los señalen con el dedo por tener un familiar rojo. Imagina, con lo reaccionarios que son… Y sí, he aprendido a disimular, a ser una buena actriz. En mi casa es necesario para sobrevivir, ¿o no te has dado cuenta de que la vida en ese caserón en ruinas es insoportable?

Me quedo un rato pensativa, hasta que me atrevo a hacerle la pregunta que me ha estado martirizando desde que me metí en la cama.

—No le gusto, ¿verdad, Carlota? ¿Te has dado cuenta de que se ha marchado de la fiesta en cuanto ha visto que me acercaba al bar?

—No tienes ni idea de nada. ¿Piensas que el mundo gira alrededor de tu ombligo, Ana? Juan Carlos no huía de ti, Juan Carlos se *ha escapado* del Tiro de Pichón en cuanto su padre y sus hermanos se han acercado a la barra. Sí, es-ca-pa-do. No me mires con esa cara de tonta.

Ahora me doy cuenta de que el señor gritón que alardeaba aireando delante de todos el fajo de billetes y los dos chicos jóvenes que le reían las gracias debían ser el padre y los hermanos de Juan Carlos.

—Pero si no les ha dirigido la palabra, Carlota. ¿Tan mal se lleva con ellos?

—Simplemente, no se llevan. Su padre nunca lo ha querido reconocer legalmente. Se portó fatal con Verónica después de dejarla embarazada. Siempre la ha tratado como a una fulana. Los hermanos de Juan Carlos lo saben todo, pero no tienen ninguna relación con él. Esos marquesitos de tres al cuarto parecen salidos de la batalla de Roncesvalles. Se creen superiores.

Pienso en Juan Carlos y en el misterio que lo rodea. Es el primer chico que me gusta de verdad. Lo sé por ese extraño escalofrío que recorre mi cuerpo cada vez que lo veo. Llevo más de una hora despierta pensando en él. Pienso en cómo debe de ser que tu padre niegue tu existencia y tu madre te culpe de un *error* del pasado y apenas te dirija la palabra. Cierro los ojos. No puedo dormir. Escucho la respiración regular de Carlota en la cama de al lado. Y pienso en Juan Carlos, en su sonrisa triste.

La luz de la luna llena entra a través de la ventana y dibuja un cuadrado blanco en la pared de enfrente. Allí, en esa pequeña pantalla, está él caminando encorvado con las manos en los bolsillos. Se dirige al antiguo lavadero de lanas y empieza a saltar sobre los pequeños canales con los brazos en cruz, intentando guardar el equilibrio. Primero lo hace despacio, con precaución. Poco a poco coge seguridad, empieza a correr, tropieza con una piedra saliente y se tambalea. Cuando está a punto de caer, lo cojo de la mano muy fuerte. Me mira agradecido. Baja despacio y, poco después, estamos tumbados los dos juntos en las losas de granito. Hace frío y me abraza muy fuerte. Nos quedamos allí callados, escuchando el canto de los grillos que se mezcla con los latidos de nuestros corazones. Nos besamos. Su mirada en la mía y la mía dentro de la suya.

De pronto, como si nuestros pensamientos se hubieran fundido, nos levantamos los dos al mismo tiempo y corremos hacia el muro de la entrada. La luz de la noche clara ilumina la moto de Basilio, que está aparcada justo debajo de los colmillos sangrientos del perro asesino dibujado en la pared. Reprimimos las risas tapándonos la boca al oír los ronquidos que provienen de la casita de Basilio. Juan Carlos agarra fuerte el manillar y empieza a empujar la Vespa despacio, yo camino a su lado. Empapados de sudor, llegamos a la carretera de la muralla. Me monto detrás y le rodeo la cintura con los brazos. Cuando arranca, me acerco aún más a él y dejo reposar mi cabeza en su espalda. Nos vamos. Dejamos atrás los chismes pueblerinos, las ofensas, el caciquismo, las injusticias y a los padres y las madres con heridas incurables en el corazón, así como la ciudad que las abre y reabre sin dejarlas cicatrizar.

58

No hay quién entienda a mi amiga Carlota. Ahora resulta que está loquita por Alberto. Desde la fiesta, no me habla de otra cosa. Que si es muy tierno y muy inteligente, que si le ha prometido dejar su trabajo en la oficina para irse con ella a estudiar a Barcelona, que si besa así, que si la mira asá…

Sin embargo, yo no puedo ni nombrar a Juan Carlos. Cuando empiezo, solo le saca peros a nuestra amistad: que si se irá a estudiar a París, que si me romperá el corazón, que si está metido en un rollo político peligroso…

Alberto, al que ahora Carlota repentinamente llama «mi novio», se ha quedado a pasar unos días en la Charca. Ha montado su tienda en el pinar de enfrente de nuestra playa. Me imagino que no se ha quedado en el *camping* de la tía Eulalia por discreción. Menudo escándalo se armaría si la familia de Carlota se enterara de que le está poniendo los cuernos al príncipe Alberto de Mónaco con un chico normal que, por esas casualidades de la vida, también se llama Alberto.

El caso es que Carlota, a la mínima que puede, se escapa al encuentro de su amante y ahora tengo yo que limpiar los servicios sola. Mi amiga se pasa el día metida en la tienda de nailon de su amado y, por la noche, me explica sus jueguecitos sexuales con pelos y señales. Me conozco el cuerpo de Alberto mejor que el mapa de España. Carlota no se da cuenta de mi incomodidad y sigue dale que te pego, horas y horas. A mí lo que más me apetece en esos momentos es taparme los oídos para no tener que enterarme de los detalles escabrosos que cualquier amiga preferiría no escuchar. Lo peor de todo es que, ahora, cada vez que veo a Alberto, no puedo evitar sonrojarme y tartamudear de lo nerviosa que me pongo. No sé, me resulta muy difícil hablar con un amigo de la infancia al que ya no puedo ver vestido. Ya sé que suena raro, pero no me atrevo ni a mirarlo sin sentirme una ninfómana.

Carlota y Alberto se han transformado en una unidad indivisible. Actúan como si un gran apocalipsis estuviera a punto de destrozar el mundo y ellos fueran los responsables de repoblar el planeta Tierra.

—¿Dónde está Carlota? —me pregunta la tía Eulalia enfadada cuando me ve sola en recepción.

—Está hablando con Alberto.

La tía Eulalia sonríe orgullosa.

—Ya sabía yo que el príncipe de Mónaco y Carlota acabarían prometiéndose, aunque no quiero ni pensar en la próxima factura de teléfono.

No me molesto en aclararle que no se trata de una conversación telefónica. Tampoco miento. Pobre tía Eulalia… Tan dura y tan ingenua a la vez.

Cuando Carlota y Alberto están ocupados «en sus cosas», yo me voy al restaurante del *camping* y pienso. Se llama El Mirador y está encima de una pequeña colina. Desde la terraza se divisa todo el lago. A veces, corre una brisa agradable y las servilletas de papel revolotean alrededor de las mesas como palomas blancas.

Me gusta estar sola, en silencio, pensar en mis cosas. Cuando era más pequeña, las escasas salidas de mis padres se convertían en un alto el fuego en medio de la batalla y yo aprovechaba esas treguas para leer comiendo chocolate. Leí todos los libros que había por casa, los de la biblioteca del cole y también los tebeos que nos pasaban mis primos.

Mis tebeos preferidos eran los del Capitán Trueno y sus ayudantes Crispín y Goliath. Estos tres personajes luchaban contra la injusticia y siempre estaban al lado de los pobres. La novia del Capitán Trueno se llamaba Sigrid y era una reina guapísima, rubia, de pelo ondulado y cintura de avispa. Yo quería ser como ella: justa y buena. Y guapa, claro. Por eso, en esas tardes de soledad me maquillaba con las pinturas de mamá, me probaba su ropa y me disfrazaba de la reina Sigrid. Me dejaba el pelo suelto y los rizos rubios me acariciaban la espalda. Mis ojos parecían más claros bajo las pestañas embadurnadas de rímel negro y la gruesa capa de maquillaje con el que me empolvaba la cara. Los labios pintados de rojo coral se abrían en una sonrisa de dientes blanquísimos ante el espejo. El camisón de raso beis de la noche de bodas de mamá completaba mi disfraz.

Otras veces, me ponía sus zapatos negros de tacón, una minifalda azul marino, me ataba un pañuelo de seda al cuello y me convertía en una azafata de Iberia que sonreía a sus pasajeros por encima de las nubes. Mientras recorría el mundo, tenía tanto trabajo que no paraba en casa. Mis padres lo entendían, estaban orgullosos de mí y no me daban la lata.

La cocinera de El Mirador se llama Adela y solo trabaja en el restaurante del *camping* la temporada de verano. Vive en una casita al otro lado de la finca. Paco, su marido, es pastor, un hombre menudo que ocupa como diez veces menos espacio que su mujer. Tienen un burrito de ojos tristes. No me extraña, porque el pobre animal debe soportar cada día sobre su lomo los cien kilos de Adela, a la que no le da la gana ir andando hasta el bar.

—Me ahogo y puede darme algo al corazón —dice cuando me sorprende mirándola con cara de pocos amigos.

Paco dirige el burrito agarrándolo por el bozal con la mano izquierda. En la derecha lleva una vara que usa para azotarlo y obligarlo a levantarse cuando, de puro agotamiento, dobla sus patas traseras para sentarse a descansar. No siempre logra que se vuelva a poner en pie, porque Adela no es precisamente un peso pluma.

Carlota y yo lo llamamos Platero por el burrito del libro de Juan Ramón Jiménez *Platero y yo*.

Platero es pequeño, peludo, suave; tan blando por fuera que se diría todo de algodón, que no lleva huesos. Solo los espejos de azabache de sus ojos son duros cual dos escarabajos de cristal negro.

Lo atan en la parte de atrás del bar, entre las cajas de cerveza y los cubos de basura. Platero ya ha perdido toda la confianza en el ser humano y, si se te ocurre acercarte, levanta las patas traseras y, ¡zas!, te suelta una coz que te tira al suelo. Por eso yo siempre me pongo delante para acariciarle la cabeza. A veces, le doy una naranja mientras le recito algún trocito del libro que muchos niños tuvimos que aprender de memoria en el colegio. Al masticar la fruta, Platero enseña sus dientes enormes y parece que se ríe.

Le gustan las naranjas mandarinas, las uvas moscateles, todas de ámbar, los higos morados […].

El otro día una voz, que enseguida reconocí como la de Juan Carlos, se fue acercando poco a poco por detrás y se unió a la mía recitando el poema. Juan Carlos empezó a acariciar el lomo del animal y, con cada movimiento, rozaba mi mano. No dije nada. Me sentía feliz y pensé que ese momento me acompañaría durante toda la vida.

Es tierno y mimoso igual que un niño, que una niña…; pero fuerte y seco por dentro, como de piedra.

—Te invito a una cerveza, Ana —me dijo Juan Carlos apartando la mano.

—Vale, pero solo si me dejas invitarte a mí a otra después.

—De acuerdo.

Íbamos ya por la cuarta o quinta tanda y Adela no dejaba de mirarnos con desconfianza. La última caña que nos sirvió la colocó en la mesa con tal fuerza que vertió parte de su contenido en mi falda roja nueva.

—¡Adela! Mira lo que has hecho. Jolín, mi madre se va a enfadar si esto no sale.

—Por otras cosas se tendría que enfadar tu madre —me dijo con retintín mirando las cervezas, a Juan Carlos y a mí.

Él le dedicó una sonrisa de oreja a oreja.

—Venga, Adela, no te enfades. ¡Con lo guapa que estás cuando te ríes!

—Mi niño… Mira que eres zalamero.

Adela le revolvió el pelo a su niño y le plantó un beso en la coronilla. Después, entró en la cocina como flotando, en éxtasis.

Vaya, vaya, vaya… Juan Carlos no dejaba de sorprenderme. Nunca me lo hubiera imaginado piropeando a una mujer, y, por lo visto, no se le daba mal. Ni siquiera Adela, una señora que ya no tenía edad para esos tonteos, parecía poder resistirse a sus encantos. ¿Sería Juan Carlos un donjuán camuflado y su timidez, una especie de truco que lo convertía en irresistible?

—Ana, no me mires con esa cara de susto —me dijo como si pudiera leer mis pensamientos—. Esa mujer es como una madre para mí, me ha criado. La adoro. He pasado aquí todos los veranos desde que era pequeño. Mi verdadera madre nunca estaba cuando la necesitaba, así que ¿entiendes ahora la debilidad que siente por mí? Y, por supuesto, yo también por ella.

—Pues a mí no me puede ver ni en pintura —repuse enfurruñada.

—Eso es verdad, Ana. Adela está celosa. Muy muy celosa.

Soltó una carcajada, se levantó de un salto y echó a correr colina abajo.

—¡El último que llegue al lavadero es un fascista! —gritó.

59

En estas tres semanas que llevo en el *camping* he hablado muy pocas veces con mis padres. Mamá llama a veces y noto que hace un esfuerzo por mostrarse alegre. No nombra a papá y yo tampoco le pregunto. A pesar de eso, *él* está ahí siempre, entre nosotras. Su presencia parece recorrer las espirales del cable telefónico hasta llegar a mi mano derecha, que empieza a sudar y a resistirse. Es como si papá me la intentara apretar y yo forcejeara para soltarla. La respiración se me acelera y mamá se da cuenta.

—Hija, ¿estás bien? Te noto nerviosa.

No me atrevo a decirle que el corazón se me dispara cada vez que oigo su voz.

—No pasa nada, mamá. Es que he venido corriendo para llegar a tiempo de coger el teléfono.

No la dejo hablar sobre mi padre. Ya tengo preparada una anécdota que le hará pasar un buen rato.

—¿Sabes, mamá? La tía Eulalia mata a los murciélagos a escobazos. Una vez que se agarró uno a la estola de visón de la madre de Carlota…

La risa de mi madre borbotea como la pequeña cascada del lavadero de lanas.

Por la tarde, suelo ir a la playa a darme un baño. Me meto despacio en el agua y observo mi imagen reflejada en su superficie, que poco a poco se transforma en la de la niña que flotaba en un cisne blanco en el mar de Chipiona, un mar inmenso que yo imaginaba plagado de tiburones de los que solo papá podía rescatarme. Me aferro a ese padre protector e intento expulsar de mí al otro.

Ojalá pudiera borrar todo lo malo del pasado y llenarlo con lo que podría haber sido y no fue, rebobinarlo como una película y cortar la escena en que aparece la vitrina de las escopetas del abuelo Pepe, o vaciar el depósito de la moto del tío José y así salvarle la vida, o hacer que alguien esconda todos los somníferos del botiquín de los Salesianos.

Ha empezado a oscurecer y ahora son las luces de los chalés las que se reflejan en la superficie del lago.

Salgo despacio del agua y me envuelvo en la toalla de baño. Su mullido abrazo me reconforta y, caminando despacio, me dirijo a la casa de la tía Eulalia. Atravieso el salón de los murciélagos sin protegerme la cabeza. Me tumbo encima de la cama con el bañador todavía húmedo y me quedo dormida.

A las dos de la madrugada, suena un disparo. Silencio y, poco después, gritos. Me siento en la cama y veo a Carlota de pie con la oreja pegada a la puerta. Nos miramos durante unos segundos y corremos al salón de los murciélagos, que es de donde proviene todo el jaleo. Nos escondemos detrás de un pilar.

—¡Señorita Eulalia, señorita Eulalia, somos nosotros!

La silueta de la tía Eulalia, con un camisón blanco que le llega hasta los pies, destaca entre las sombras. Me fijo en la trenza que descansa en su hombro izquierdo y le baja hasta la cintura. Está apoyada en el quicio de la ventana central y apunta con una escopeta a alguien fuera. Desde la oscuridad, unas voces gritan suplicando clemencia.

—¡Identifíquense! —grita la tía Eulalia. El silencio que sigue a esta orden no nos da buena espina—. Es la última advertencia, yo disparo a bulto.

La tía Eulalia apunta a la noche con determinación.

—No, no dispare, señorita Eulalia, somos nosotros, de la Guardia Civil.

—¿Hernández? ¿López? ¡Acabáramos! Que sea la última vez que aparecen ustedes así, sin avisar. Si no me equivoco, hoy no les tocaba pasar por aquí. Me van a matar a disgustos. Dios mío, les ha ido de un pelo.

Miramos a través del ventanuco de al lado de nuestro dormitorio y, gracias a la claridad de la noche, distinguimos el brillo de dos tricornios entre la maleza y lo que parecen dos pañuelos blancos que sus propietarios agitan con fuerza por encima de sus cabezas. Sigilosos, los dos hombres caminan hacia el caserón.

—Pasen y tómense una copita mientras me explican qué hacen en mi finca jugando a los detectives a estas horas de la madrugada. Que sepan que se acaban de jugar la vida. Soy mujer y llevo esta finca sola, así que a mí, bromas y bravuconadas, las mínimas.

Por mucho que nos esforzamos en descifrar los susurros que provienen de la cocina donde los guardias civiles se curan del susto con un buen café y una copa de coñac, solo distinguimos algunas palabras sueltas: «comunistas», «célula en la clandestinidad», «veinte jornaleros detenidos en Don Benito»...

—¿Cómo se atreven ustedes a sospechar de mí? Nunca contrataría ni escondería a un rojo en mi casa —dice la tía Eulalia.

Y Hernández:

—Señorita Eulalia, son órdenes...

Al regresar al dormitorio, me quedo rezagada con la excusa de ir al baño. Apenas rozo con los nudillos la puerta de la habitación de Juan Carlos y abro despacio. Tengo que avisarlo.

No hay nadie. Me siento en su cama, que todavía está hecha y me pongo a pensar.

Unos golpes en la puerta me sacan de mi ensoñación.

—Ana, ¿qué haces ahí dentro?

No abro. Carlota mete algo por debajo de la puerta.

—Usa esto, no vaya a ser que tenga un sobrino antes de tiempo. Buenas noches, tortolitos.

Me acerco lentamente, abro el sobre blanco y me quedo de una pieza. ¿De dónde ha sacado mi amiga ese condón? ¿Y si Juan Carlos entra y me pilla con él en las manos? ¿Qué pensará de mí?

Me lo escondo en la zapatilla. Empiezo a fisgonear en el armario, donde hay algunos libros amontonados, todos forrados de manera que resulta imposible a primera vista leer sus títulos. Debajo de los jerséis hay una pila de paquetitos de lo que parecen octavillas de propaganda.

Estoy tan enfrascada en mi registro que no lo oigo entrar. Para mi sorpresa, Juan Carlos no se enfada.

—Juan Carlos… Perdona, yo no quería… No soy una cotilla…

—Chsss… Ana, si nos oyen y la tía Eulalia te pilla aquí, no quiero ni imaginarme el escándalo que se va a armar.

Y entonces, me sonríe y se sonroja.

—Bueno, la verdad es que un poco cotilla sí que eres. ¿Para qué nos vamos a engañar? —me dice bajito, acercando los labios a mi oído derecho—. Para empezar, le sacaste toda la historia de mis andanzas políticas a Carlota, una historia peligrosa que ella no le contaría a nadie. Luego, me conquistas recitando poesía con tu mirada angelical y, ahora, estás buscando pruebas en mi armario y…

Me da un beso que me sabe al algodón de azúcar de la feria. Me mira con dulzura y me aparta los rizos de la cara. Me abraza y me siento transportada a un lugar lejano del que no querría volver nunca.

Luego, con un gesto pícaro, me anima a tumbarme en la cama junto a él. Entre besos y caricias, me habla del dolor de su madre y del suyo al sentirse rechazado, del odio al «padre terrateniente que solo admite su paternidad en el Casino en presencia de sus amigotes con prepotencia de macho, pero que le niega el saludo cuando lo ve. Ya no lo necesita», me dice.

—Ahora lucharé para que a todos los de su calaña les expropien sus fincas de caza y recreo. La tierra es para el que la trabaja, Ana.

Lo abrazo muy fuerte. De pronto, las luces de un coche parpadean en la luna del armario y Juan Carlos se levanta de un salto. Mira el reloj y se asoma a la ventana.

—Ya están aquí. Será mejor que te vayas, Ana. Esto no es un juego. Confía en mí. Buenas noches.

Lo beso y, antes de salir de su habitación, le guiño un ojo desde la puerta y le hago el signo de la victoria. Él levanta el puño izquierdo.

—Salud, compañera —me dice.

Entro en mi dormitorio de puntillas y cierro la puerta despacio.

—¿Lo has hecho?

Carlota está sentada en la cama. La miro y le sonrío.

—¿Es que no puedes pensar en otra cosa? Mira que eres… Mañana hablamos.

—¡Lo has hecho! —grita entusiasmada.

Después bosteza, se tumba en su cama y se queda frita inmediatamente.

Escucho el motor del coche al arrancar. Me asomo a la ventana y veo cómo Juan Carlos se sube en él y desaparece en la oscuridad de la noche.

60

La tristeza es caprichosa. Siempre llega sin avisar. Penetra por todos los poros de nuestra piel y se nos instala dentro sin permiso, sin escuchar nuestros ruegos para que se vaya.

No puedo apartar los ojos de la ventana, ese cuadrado en la pared que en las noches de luna se iluminaba como una pantalla en la que yo proyectaba las imágenes de nuestra huida hacia un futuro feliz en la vespa de Basilio.

Ahora es noche cerrada y la ventana se convierte en la entrada de una cueva profunda, oscura como la boca de un lobo donde todo es negro y el peligro acecha. Tengo miedo de que esa bestia devore sus caricias, sus gestos y sus palabras, que desaparezcan para siempre. Por eso, cada noche recorro su cuerpo con mis manos y dibujo su silueta en las sábanas de mi cama. Lo hago despacio, parándome en cada recodo para no pasar por alto ningún detalle. Llego a sus labios y de ellos surgen esas palabras que repito y repito, como una letanía: «La tierra es para el que la trabaja, Ana. La tierra es para el que la trabaja...»; unas palabras que me adormecen como los rosarios de mi infancia.

Yo debía de tener siete años. Era domingo y fuimos de visita a la finca de Anselmo y Rosita. Los recuerdo esperándonos sonrientes delante de la puerta del caserón. Mientras ellos charlaban animadamente con mis padres, María del Mar y yo observábamos los viñedos y los cestos rebosantes de uvas colocados entre las cepas retorcidas.

Dos temporeros dormitaban bajo una encina. Era la hora de la siesta y hacía un calor espantoso. Nos acercamos a los barracones y aceptamos el vaso de leche recién ordeñada que nos ofreció uno de ellos. La vaca miraba impasible hacia un punto en la lejanía. De vez en cuando espantaba alguna mosca con la cola o mugía mientras el jornalero, entretenido con nuestra cháchara, le daba algún tirón que debía de hacerle daño.

María del Mar y yo íbamos vestidas igual: pantalones cortos blancos y camisas sin mangas de florecitas rojas y azules. Mamá nos hacía toda la ropa y nunca se le había ocurrido que tropezar continuamente con una imagen casi idéntica a la tuya nos producía una sensación extraña, como de no ser única, sino un doble, un reflejo de otro.

Serafín, el hombre que nos había ofrecido la leche, no paraba de reír, encantado del asombro que nos producían sus movimientos milagrosos que hacían precipitar la salida del chorro espumoso de los pezones de la vaca. Poco a poco, se iba llenando el cubo de zinc. Él nos miraba orgulloso de su arte. No sé por qué, pero recuerdo que me fijé en que solo tenía un diente en la encía inferior, que parecía estar a punto de caerse.

En ese momento, la vi. Debía de tener unos tres años y andaba tambaleándose. Solo llevaba un pañal y no paraba de llorar.

—Hola —le dijimos.

Ella levantó la cabeza e intentó mirarnos, pero se tapó la carita churretosa con las manos. Tenía los ojos pegados por las legañas y dos velas de mocos verdes bajaban desde los orificios de su nariz diminuta.

El ordeñador dejó de sonreír, se levantó y la cogió con una delicadeza que me sorprendió en ese hombre de manos rudas y ásperas. Acunó a su niña, la besó y desapareció con ella en brazos a través de la puerta desvencijada. Lo seguimos y entramos en una especie de establo donde había un infernillo de butano en un poyete, dos jergones en el suelo de tierra y una escupidera de porcelana.

Serafín, que trabajaba cada año de temporero en la finca de Anselmo, parecía incómodo, molesto por ese asalto a su pequeña intimidad, y nos hizo un gesto para que saliéramos de allí.

Un cielo límpido y despiadado nos cegó ya una vez fuera de la barraca.

—¡Niñas, a comer! —gritó mamá desde el porche del caserón.

Subimos la cuesta despacio, todavía impresionadas por lo que acabábamos de ver.

—¿No tienen dinero? —le pregunté a papá.

—Bueno, hija… Ganan un jornal y tienen que ahorrar para pasar el invierno.

—Ah…

Rosita sostenía a Anselmito en su regazo. Una sirvienta uniformada colocó una gran cazuela en el centro de la mesa instalada en el porche. Nos sonrió y empezó a servirnos un plato de caldereta de cordero.

Dos años más tarde visitamos a Anselmo y Rosita en su palacio de Badajoz. Estaban arruinados y habían vendido la finca. Cuando les pregunté por Serafín y su hijita de ojos legañosos, no sabían de qué les hablaba.

61

La tormenta me pilló sola en los aseos del *camping*. Carlota se había quedado en recepción atendiendo a unos alemanes que llevaban allí un buen rato vociferando en su idioma, como si el volumen fuera una varita mágica que nos convirtiera en políglotas a la primera de cambio.

El ruido del agua de las duchas y de las cisternas me había impedido oír el estruendo de los truenos. Era una tormenta seca, de las peores, según me había contado mi tía Isabel de pequeña. La pobre debía de estar metida en la cama rezando el rosario con todos los aparatos de casa desenchufados.

Me asomé a una de las ventanas. Un relámpago atravesó el cielo amenazante, que parecía acercarse a la tierra empujado por el peso de su vientre hinchado de nubes negras. Ni una gota de agua.

Un trueno ensordecedor me hizo recular. No había que ser un meteorólogo para saber que le seguiría otro relámpago. ¿Y si caía encima del techo de uralita de los servicios? Entonces me fulminaría en un par de segundos…

Mientras corría por el terreno, donde los turistas habían colocado sus tiendas, rezaba a voz en grito, porque yo ya no me quería morir. Lo que yo quería era volver a ver a Juan Carlos, besarlo y estar junto a él, porque él me había enseñado que era posible alejarse de lo que te hace daño y luchar por un mundo más justo. Y ser feliz.

Llegué a la recepción jadeando y empapada de sudor. Carlota me miró asustada.

—Ana, acabo de oír por la radio que un hombre ha sido alcanzado por un rayo y ha muerto carbonizado no muy lejos de aquí. ¿Cómo se te ocurre atravesar el *camping* con esta tormenta?

Pensé que mi Dios de los Milagros me había elegido a mí y me sentí culpable. Quién sabe si, en caso de no haberle pedido ayuda, aquel pobre hombre seguiría ahora con vida.

Los alemanes estaban allí todavía y me miraron con curiosidad, pero yo no les dije nada. ¿Tenía sentido explicarles a unos extranjeros que no entendían nada de español que acababas de esquivar un rayo mortal por voluntad divina?

En todo eso estaba yo pensando cuando escuchamos el motor del Renault rojo de la tía Eulalia. Aparcó justo delante de la puerta de recepción y entró corriendo.

—Anita, cariño, sube al coche, tengo que llevarte a casa. Tu madre ha llamado y parecía muy preocupada.

Desde entonces han pasado siglos;
pero cada uno parece más corto
que el día en que anuncié por vez primera
que las cabezas de los caballos
apuntaban hacia la eternidad.

EMILY DICKINSON

Luis de Sotomayor se levantó muy temprano. Arrastrando los pies, entró en la cocina y se tomó un café. Todavía sentía su sabor amargo cuando cerró la puerta de la calle. Se dirigió hacia el viejo Seat 1500 de su cuñado Miguel. Pensativo, armándose de valor, dirigió una última mirada a la ventana del dormitorio de sus hijas, ahora vacío. Suspiró y, después de la primera bocanada de aire caliente y pesado, presintió la tormenta que se avecinaba. Arrancó y sin titubear se dirigió al paraíso del que él creía haber sido expulsado.

Evitó pasar por delante del cementerio tomando un atajo que pocos conocían. Tenía la impresión de que, si se acercaba al camposanto donde estaban enterrados sus padres y su hermano, no resistiría la tentación de entrar a visitar su tumba. Y eso, quizá, lo hubiera disuadido de sus planes.

Eran las siete cuando atravesó el portalón de El Encinar. Las luces de la casita de Mariano ya estaban encendidas. La sombra del guardés se recortó en el marco de la puerta.

—¿Quién anda ahí?

A pesar de su postura rígida y la fuerza con que sostenía su escopeta el viejo guardés, Luis percibió el temblor de su voz al verlo descender del coche.

—¡Don Luis! Perdone que lo reciba de esta guisa. No lo esperábamos tan temprano. Bueno, usted sabe que siempre es bienvenido, pero con lo que ha pasado… Por aquí no se habla de otra cosa y ya sabe cómo es la gente de novelera. Comenta sin saber. No se puede usted figurar el disgusto que nos hemos llevado la mujer y yo.

—Agradezco sus palabras, Mariano. No querría que tuviera problemas con los Fanega por mis visitas. Al fin y al cabo, usted se debe ahora a los nuevos propietarios.

Mariano había colocado el arma de pie junto a la puerta y no sabía muy bien qué hacer. Incómodo, alternaba el peso de su cuerpo de una pierna a la otra. Sus ojos tristes se concentraron en las juntas de las baldosas de barro de su humilde vivienda.

—Estese usted tranquilo, don Luis, que nadie se ha de enterar de nada. Ahora mismo le digo a la Felisa que le prepare un buen café de puchero. Le sentará bien.

—Me encantaría, Mariano, pero acabo de tomar uno en casa. Quizá más tarde, cuando termine lo que tengo que hacer.

—Pues entonces, no insisto más. Ya sabe dónde me tiene si necesita cualquier cosa.

—¡Ah! Y no te preocupes, será una visita corta. La nostalgia, que es muy mala.

—Y que lo diga, don Luis, y que lo diga…

El coche se caló en mitad de la cuesta que llevaba al caserón. Luis de Sotomayor no se impacientó, al contrario, una ola de ternura lo invadió al pensar en ese viejo trasto. Se había convertido en su amigo, uno de los pocos que no lo habían traicionado.

Accionó el freno de mano al notar que su compañero de fatigas empezaba a retroceder por la colina y sonrió. ¿Estaba loco o esa máquina cabezota intuía algo e intentaba ganar tiempo para hacerlo cambiar de idea?

Una vez arriba, aparcó el coche y empujó la puerta del antiguo caserón, que chirrió como quejándose de su estado de abandono.

Sí, aún estaba allí, en el arcón, debajo de las pellizas, en el macuto de lona que había llevado la semana anterior. Se lo colgó al hombro y salió. Respiró hondo, intentando retener ese aroma a campo que tanto amaba.

Invadido por la tristeza, observó un par de caballos que pastaban en la lejanía y pensó en María del Mar y Ana. En su promesa incumplida…

Abrió la puerta del granero con delicadeza.

La detonación hizo temblar las hojas de la parra del porche. Una bandada de pájaros alzó el vuelo.

Printed in the USA
CPSIA information can be obtained
at www.ICGtesting.com
LVHW050928220624
783712LV00001B/4

9 788418 976537